dtv

Theobald war eine Romanfigur, die sich nicht länger der Phantasie ihres Autors unterwerfen wollte. Theobald wollte Taten vollbringen, wie sie sich der Autor nicht träumen lassen konnte. Er wollte zu Wörtern greifen, die es im Wortschatz des Autors nicht gab. Wenn ihm das gelänge, dann hätte seine Leibeigenschaft unter der Herrschaft des Dichters ein Ende … Jostein Gaarder versammelt in seinem Debütband zehn Erzählungen und Kurztexte, in denen Grenzen überschritten werden: Grenzen zwischen Realität und Traum, zwischen Zeit und Unendlichkeit, zwischen Leben und Tod. Spielerisch nähert Gaarder sich den großen Fragen des Lebens; einfühlsam und poetisch, humor- und phantasievoll, zeigt er sich hier als wunder- und wandelbarer Geschichtenerzähler.

Jostein Gaarder, geboren 1952, studierte Philosophie, Theologie und Literaturwissenschaft in Oslo und lehrte Philosophie an Schulen und in der Erwachsenenbildung. Daneben schrieb er Romane und Erzählungen für Kinder und Erwachsene. Heute lebt er als freier Schriftsteller in Oslo. Mit ›Sofies Welt‹ (inzwischen in über 40 Sprachen übersetzt) wurde Gaarder international bekannt.

Jostein Gaarder

Der seltene Vogel

Erzählungen

Aus dem Norwegischen
von Gabriele Haefs

Deutscher Taschenbuch Verlag

Von Jostein Gaarder
sind im Deutschen Taschenbuch Verlag erschienen:
Das Kartengeheimnis (12500)
Sofies Welt (12555)
Das Leben ist kurz (12711)
Durch einen Spiegel, in einem dunklen Wort (62033)

Ungekürzte Ausgabe
Juni 2001
Deutscher Taschenbuch Verlag GmbH & Co. KG,
München
www.dtv.de
© 1986/1995 H. Aschehoug & Co. (W. Nygaard), Oslo
Titel der norwegischen Originalausgabe:
›Diagnosen – og andre noveller‹
© 1997 der deutschsprachigen Ausgabe:
Carl Hanser Verlag, München · Wien
Umschlagkonzept: Balk & Brumshagen
Umschlagbild: © Quint Buchholz
Satz: Design-Typo-Print, Ismaning
Gesetzt aus der Caslon Regular 11/12,5˙ (QuarkXPress, Macintosh)
Druck und Bindung: C. H. Beck'sche Buchdruckerei,
Nördlingen
Gedruckt auf säurefreiem, chlorfrei gebleichtem Papier
Printed in Germany · ISBN 3-423-12876-3

Inhalt

Der seltene Vogel	7
DER ZEITSCANNER	9
Das arbiträre Bewußtsein	9
Pleroma	15
Der Tod der Wissenschaft	26
Das Ende der Geschichte	31
Der absolute Geist	34
Buddha	37
DIE DIAGNOSE	39
Asphalt	39
Röntgen	40
Bestrahlung	44
»Café Reimers«	48
Siddhartha	55
April	62
Die Welt	67
Die Sterne	75
Alkohol	79
Erkenntnis	84
Lachen	89
Masken	93
Tausendfüßler	98
Auflösung	103
THEOBALD UND THEODOR	105
Ein Schritt zurück	115
DER KRITIKER	117

Übung	147
DER MANN, DER NICHT STERBEN WOLLTE	149
Die Welt ist los	159
FALSCHER ALARM	161
Die Digitaluhr	165
DER BESUCH DES SCHRIFTSTELLERS	167
Secondhand	177
TREFFPUNKT ENGELSBURG	179
1. Akt	179
2. Akt	182
3. Akt	191
Freiheit	209
GEFÄHRLICHER HUSTEN	211
Orgel	221
DER KATALOG	223

Der seltene Vogel

Es heißt, die Welt sei sehr alt. Doch dauert sie selten länger als hundert Jahre. Wir sind es, die alt werden.

Solange Menschen auf die Welt kommen, wird sie so neu und frisch sein wie am siebten Tag, an dem der Herr ruhte.

Wir sind jetzt Zeugen einer Schöpfung. Sie entsteht vor unseren Augen, am hellichten Tage, das ist unerhört! Eine Welt taucht auf aus dem Nichts ...

Und doch gibt es Leute, die sich langweilen!

Den größten Teil der Zeit verschläft die Welt. Den größten Teil des Raumes auch.

Nur ab und zu reibt sie sich den Schlaf aus den Augen und erwacht zum Bewußtsein ihrer selbst.

»Wer bin ich?« fragt die Welt.

»Woher komme ich?«

Für einige Sekunden hat der seltene Vogel auf unserer Schulter Platz genommen.

Der Zeitscanner

Das arbiträre Bewußtsein

1

Vor vielen, vielen Jahren fand das Leben im Freien statt. Häuser suchte man nur auf, wenn man hungrig war oder fror. Wollte man einen Menschen treffen, mußte man ihn physisch aufsuchen. Aber das ist lange her. Warum sollten wir ausgehen, wo sich doch das ganze Leben innerhalb unserer vier Wände abspielt?

Ein Mensch lebt nur achtzig, neunzig Jahre. In gewisser Hinsicht aber lebt er ewig. Denn er kann sich vor seinen Nachkommen nicht verstecken. In tausend Jahren wird es bestimmt irgend jemanden geben, der mich hier vor dem Bildschirm sitzen sieht. Doch mehr als achtzig, neunzig Jahre *erleben* wir nun einmal nicht. Warum also sollten wir das Haus verlassen? Man will doch soviel wie möglich erleben. In den letzten Wochen zum Beispiel habe ich mich vor allem auf den Vietnamkrieg konzentriert. Eine ekelhafte Geschichte. Die sich zudem noch einige Jahre später in Afghanistan wiederholt hat. Aber Afghanistan hat Zeit bis zum nächsten Monat.

2

Begonnen hat alles in der ersten Hälfte des 20. Jahrhunderts mit den *Radioapparaten*. Die Vorstellung, welch zitterndes Gefühl von der Qual der Wahl das Radio den Menschen damals eingeflößt haben muß, finde ich schon rührend. Plötzlich konnte man Signale aus allen Winkeln der Welt in sein Wohnzimmer holen. Doch hätten die Menschen damals gewußt, was noch alles passieren würde … Schon damals erhielt die eigene Wohnung eine neue Dimension. Was waren schließlich Nachrichten, von denen man im lokalen Pub oder in der Kneipe an der Ecke erfuhr, im Vergleich zu brandaktuellen Neuigkeiten aus New York oder Tokio?

Aber das ist ja bekannt. Dennoch muß man sich klar vor Augen führen, welche auffälligen Ähnlichkeiten zwischen einem Radioapparat und dem heutigen *Zeitscanner* bestehen. Im Prinzip war es möglich, Tausende von Radiosendern in Hunderten von Ländern zu empfangen.

Manche Menschen wurden damals zu *Amateurfunkern*. Das heißt, sie kauften oder bauten sich einen eigenen kleinen Sender, um damit die Aufmerksamkeit der Welt auf sich zu lenken. Eine Weiterentwicklung dieser Möglichkeiten waren die vielen *Lokalradios*, die zu Beginn der 1980er Jahre wie Pilze aus dem Boden schossen.

Schon durch diese Entwicklung verloren geographische Entfernungen entscheidend an Bedeutung. Gleichermaßen wichtige Faktoren waren neben dem Radio aber auch *Telefon* und *Telegraf* – die während des gesamten 20. Jahrhunderts eine erstaunliche Entwicklung durchmachten.

3

Noch ehe das Radio auf den Markt kam, wurde mit lebenden Bildern experimentiert.

Wie man weiß, stellte der Film eine brutale Form einseitiger Kommunikation dar. Man bezahlte einige Kronen und setzte sich in den *Kinosaal*. Die einzige Wahlmöglichkeit, die einem blieb, war, den Saal vor Ende der Vorstellung zu verlassen. Kann man heute überhaupt noch ermessen, mit welcher Begeisterung die Welt das Kino begrüßte?

Dann kam das *Fernsehen*. Um 1970 umspannte das Fernsehnetz große Teile der Welt, und damit begann das Kinosterben. Die Familien konnten nun gemütlich vom eigenen

Sofa aus auf dem Bildschirm verfolgen, was in der Welt geschah.

Zu Beginn der 1970er Jahre kamen dann auch die ersten *Videogeräte* in den Handel. So, wie man früher Töne auf Magnetband gespeichert hatte, verfuhr man nun mit lebenden Bildern.

Das Video eroberte die Welt im Sturm. Viele Hotels versahen nun ihre Zimmer mit diesem neuen Wunder. Im Privatleben eröffneten sich völlig neue Möglichkeiten beim Gebrauch des Fernsehgerätes. Jede Familie konnte von nun an selber entscheiden, welche Filme sie sehen wollte. Videokassetten ließen sich für einen Spottpreis im Tabakladen an der Ecke ausleihen. Und das war noch nicht alles: Nach einigen Jahrzehnten verfügten die meisten modernen Familien über ihre eigene Videokamera.

Leben und Geschichte der Menschen wurden auf Magnetband gespeichert. Noch die schändlichsten Verbrechen auf den Straßen, in den U-Bahnstationen, in Banken und überall dort, wo Menschen unterwegs waren, konnten von den Videokameras aufgenommen werden. Das eigene Heim wurde zum sichersten Aufenthaltsort. Dort hatte man natürlich mehr zu tun als vorher.

Zusammen mit den Videogeräten verbreitete sich auch das sogenannte *Kabelfernsehen*. Noch viel wichtiger aber war der immer dichter werdende Gürtel von *Fernsehsatelliten*, der die Erde umgab. Von der Mitte der 1990er Jahre an empfing jeder Besitzer eines Fernsehgerätes einige Dutzend Fernsehsender, die meisten Menschen hatten die Wahl zwischen Hunderten von Programmen. Nach fünfzig Jahren hatte das Fernsehen die interkontinentale Reichweite der Kurzwellen eingeholt.

Inzwischen war auch die Produktion von Videos und Fernsehprogrammen beträchtlich angestiegen. Jederzeit konnte man eine ansehnliche Anzahl von Sendern mit dem Fernse-

her empfangen. Wer trotzdem nichts Interessantes fand –
ich sage bewußt, trotzdem –, hatte immer einige Regalmeter
voll mit Filmen und Aufzeichnungen, für die ihm sonst die
Zeit gefehlt hatte. Die Sammlungen dieser Aufzeichnungen
nahmen zum Teil erstaunliche Dimensionen an.

Dem eifrigen Sammler von Wirklichkeitsfragmenten boten sich enorme Möglichkeiten. Schon begannen die Menschen, sich von den Straßen und Marktplätzen zurückzuziehen. Und das war ja schließlich kein Wunder. Was hatten die Straßen denn noch zu bieten? Im eigenen Zimmer hatte man Zugang zu jeder nur erdenklichen Form von Erbauung.

4

Die Möglichkeiten der Fernsehempfänger vergrößerten sich zusätzlich durch die *Datenrevolution*, die die Welt gegen Ende des 20. Jahrhunderts erlebte.

Um die Jahrtausendwende dienten die allermeisten Fernsehgeräte gleichzeitig als Computerterminals. Der Ausbau des Telenetzes hatte die Welt zu einem einzigen Kommunikationsnetz zusammengeschlossen.

Um das Jahr 2030 fanden die Bezahlung von Dienstleistungen, jeglicher Geldtransfer sowie sämtliche Warenbestellungen vom Wohnzimmer aus statt. Man war nicht mehr vom privaten Videogerät oder den eigenen Videofilmen abhängig. Man brauchte auch keine eigenen Bücher mehr, die im Regal verstaubten. Alles, was man sehen, und alles, was man wissen wollte, ließ sich direkt von Datenbanken in die Apparate in Wohnzimmer oder Küche holen. Wer den Ausdruck eines Zeitungs- oder Lexikonartikels, eines Gedichts oder eines Romans wünschte, konnte ihn am familieneigenen Drucker selbst herstellen.

Jedermann hatte nun Zugang zu allen alten und neuen Nachrichtensendungen, zu alten und neuen Filmen; die gesamte Kunstgeschichte war als Videoproduktion zugänglich – kurz gesagt: Eine ganze Reihe der heutigen Errungenschaften war bereits in der ersten Hälfte des 21. Jahrhunderts in alltäglichem Gebrauch.

Zu Beginn des 21. Jahrhunderts dann mußte das alte Tontelefon dem *Bildtelefon* weichen. In eine Sprechmuschel zu sprechen ist nicht dasselbe, wie sich von Angesicht zu Angesicht zu unterhalten. Die Mimik ist ein wichtiger Teil der Sprache. Es ist schön, einen Menschen zu sehen, den man mag – fast so schön, wie ihn in den Arm zu nehmen. Insofern hat das Bildtelefon paradoxerweise dazu beigetragen, die Menschen voneinander zu entfernen.

Darüber hinaus scheint erwähnenswert, daß damals an vier- bis fünftausend zentralen Orten auf der ganzen Welt Videokameras aufgestellt wurden, die ohne irgendeinen Text oder Kommentar zeigten, was draußen vor sich ging. Wer wissen wollte, welches Wetter irgendwo auf der Welt war, mußte nur den entsprechenden Sender aufrufen. Vom Sofa aus konnte man dann in alle Winkel der Welt blicken.

Nach und nach – und das ist der Kern der Sache – geschah bedauerlicherweise immer weniger unter freiem Himmel. Das Haus zu verlassen bedeutete, seinen Horizont gewaltig einzuschränken.

5

Es lassen sich lange Abhandlungen über die Entwicklung der Kommunikation vor dem Scanner schreiben, und es lassen sich viele *Suchworte* oder *Schlüssel* zu diesem Thema erstellen. (Besonders empfehlenswert: ›Von der Trommel zum Zeitscanner‹). In diesem Fall soll ein kurzer Überblick genügen. Zusammengefaßt läßt sich folgendes sagen:

Alle älteren Kommunikationsformen, die Unterhaltung und jegliche Art von Wissensvermittlung eingeschlossen, funktionierten bis zur Mitte des 21. Jahrhunderts über den Fernsehapparat. Jeder menschliche *Kontakt* – von Kontinent zu Kontinent, von Generation zu Generation – fand am Bildschirm statt, der auch *Terminal* genannt wurde.

Alles sammelte sich in einem einzigen Datennetz. Einer oder mehrere Bildschirme in jedem Zimmer waren die Regel. Zumeist hatte man, wie heute, in jeder Wohnung einen großen Bildschirm im Wohnzimmer und unterschiedlich viele kleine Bildschirme in den übrigen Räumen. Um das Jahr 2080 war es durchaus nicht unüblich, daß sich in allen Zimmern der Wohnung an jeder Wand ein Bildschirm befand. Heute ist man eher der Auffassung, daß diese vielen Bildschirme einer Wohnung ihre Atmosphäre rauben. Andererseits: Wer in der Küche Brot schneidet oder gerade auf der Toilette sitzt, möchte ja auch etwas zu sehen haben. Schließlich darf keine Zeit vergeudet werden. Alles ist in Reichweite, die ganze Welt liegt auf dem Küchentisch. Es grenzte an Apathie, diese vielen Möglichkeiten nicht zu nutzen.

Seit Anfang des 21. Jahrhunderts können wir von echter *zweiseitiger Kommunikation* sprechen. Das Netz ermöglichte es nicht nur, alle Formen von Information auf die Bildschirme zu holen. Es erlaubte auch, Kontakt zu jedem beliebigen lebenden Menschen aufzunehmen. Die Wahrscheinlichkeit, jemanden bei sich zu Hause anzutreffen, lag um 2050 bei 87 Prozent. (Heute liegt sie bei 97 Prozent).

Nun hatten die Menschen die Straßen und Marktplätze endgültig verlassen. Der Terminal war ihnen zum Marktplatz geworden. Wer zur Entspannung einen Spaziergang durch die Stadt machen wollte, mußte, wie heute noch, nach Hause gehen, um Tomaten zu kaufen oder sich mit anderen zu unterhalten.

Pleroma

1

Der radikale Umbruch in der Geschichte der Menschheit setzte nach einer Reihe von bahnbrechenden Entdeckungen in der Quantenphysik um das Jahr 2100 ein.

Bereits um 1900 wußte man, daß die Atome keine winzigen Bauklötze aus undurchdringlicher Materie sind, wie Demokrit sich das vorgestellt hatte. Vielmehr hatte man erkannt, daß sie sich in noch kleinere »Elementarteilchen« zerlegen lassen.

Doch auch diesen Elementarteilchen fehlen die Festigkeit und Greifbarkeit, die die Grundlage jeglichen Materialismus bilden. Im einen Moment verhalten sie sich wie kompakte Kugeln oder Partikel – im nächsten wie Wellen oder Energie, was damit zusammenhängt, daß die sogenannten Elementarteilchen keine Elemente sind, sondern Ansammlungen von Quarks.

Das Komplementaritätsprinzip nach Bohr war seit Anfang des 20. Jahrhunderts bekannt. Damals sprach man von einem postmaterialistischen Trend in der modernen Physik. Eher panegyrisch war eine Zeitlang die Rede von der ›Emanzipation der Physik von der menschlichen Vernunft‹. (Vgl. Suchschlüssel ›Quantenphysik‹ sowie die Stichwörter ›Planck‹, ›Einstein‹, ›Bohr‹, ›Schrödinger‹, ›Heisenberg‹, ›Dirac‹, ›Eddington‹ und ›Pauli‹.)

Gerade als man glaubte, die winzigsten Teile der Materie einzufangen, waren sie verschwunden. Jedenfalls verhielten sie sich gespenstischer, als man erwartet hatte.

»Der Wissensstrom fließt in Richtung einer nicht-mechanischen Wirklichkeit«, hieß es. »Das Universum ähnelt eher einem großen Gedanken als einer großen Maschine.« (Jeans, ›Quantenphysik‹, 4.312.) oder, wie Eddington es ausgedrückt hat: »Der Stoff der Welt ist Seelenstoff.«

Wenn diese Menschen gewußt hätten, was sie als nächstes entdecken würden!

Denn das war noch längst nicht alles. Blumenberg bewies im Jahre 2062, daß die Wirklichkeit fünf Dimensionen hat, von denen das sichtbare Universum nur die ersten vier ausmacht. Zeit und Raum sind die Eigenschaften einer einzigen Substanz, die wir heutzutage *Pleroma* nennen. (Vgl. Suchschlüssel ›Physik‹ sowie die Stichwörter ›Blumenberg‹, ›Knox‹ und ›Tangstadt‹.)

Der Tunesier Labidi konnte schließlich beweisen, daß die Bewegungen der Quarks im Pleroma gelagert werden – dort, wo Zeit und Raum zu einem Kontinuum zusammenfallen.

Damit fügte sich alles zu einem Bild zusammen. Die zahllosen Gesetze der Physik hatten sich zu einem universellen Naturgesetz vereint.

2

Bereits im 18. Jahrhundert phantasierte der französische Mathematiker Laplace von einer Intelligenz, die die Position aller Stoffpartikel zu einem gegebenen Zeitpunkt kannte. Für diese Intelligenz sei »nichts ungewiß, und Zukunft und Vergangenheit würden ihr offen vor Augen liegen«.

Diese Intelligenz, an die Laplace dachte, es gibt sie also wirklich. Wir nennen sie Pleroma – obwohl sie nicht intelligenter ist als eine Datenbank.

Abdullah Rushdie wies im Jahre 2105 nach, daß alle Ereignisse des Universums im Pleroma gespeichert werden. Von dort können sie auch zurückgeholt werden.

Bereits fünfzehn Jahre später, im Januar 2120, wurde der erste Prototyp seines Zeitscanners konstruiert.

Die Welt war vor Erstaunen wie gelähmt. Mit Hilfe der beiden Sucher war es nun möglich, alle ungelösten Rätsel der Geschichte zu lösen. Sämtliche Ereignisse der Weltgeschichte konnten auf den Bildschirm geholt werden. Nicht in Form von Videofilmen, geschichtlichen Werken oder Forschungsberichten, nein, direkt vom Schauplatz der Geschichte.

Damit fing alles an. Und damit war alles Alte Vergangenheit.

3

Zunächst hielt man die neue Erfindung geheim. Wie würde die Menschheit mit diesem neuen Werkzeug umgehen?

Der Zeitscanner (der Prototyp wurde beim CERN-Zentrum in Genf aufgestellt) war natürlich etwas ganz Neues. Aber man darf nicht vergessen, welche Entwicklung ihm vorausgegangen war. Schon damals hatte jeder Mensch Zugang zu jeglicher Form menschlicher Erfahrung. Im Jahre 2120 gab es keinerlei Daten mehr, die nicht durch einfachen Tastendruck auf den heimischen Bildschirm geholt werden konnten. Alle Filme, alle Kunstwerke, alle geschriebenen Texte und alle existierenden Informationen über die Menschen waren kultureller Allgemeinbesitz.

Neu war alles, was die Menschen bisher *nicht* in Erfahrung gebracht hatten. Jetzt konnte man die gesamte Weltgeschichte auf dem Bildschirm Revue passieren lassen. Eine solche Veranstaltung würde an die fünf Milliarden Jahre dauern, doch konnten mit dem Zeitscanner auch lange Zeitabschnitte innerhalb sehr kurzer Zeit über den Bildschirm laufen. Wer etwas Interessantes fand, mußte nur die Geschwindigkeit drosseln oder bei der relevanten Szene anhalten.

Es war nun nicht mehr nötig, sich einen Film oder einen Lexikonartikel über den Zweiten Weltkrieg zu besorgen. Dieses traurige Kapitel in der Geschichte der Menschheit ließ sich jetzt am Bildschirm direkt erleben. Ein einzelnes

Ereignis, eine Hinrichtung zum Beispiel oder ein Treffen von Hitler und Goebbels, ließ sich mit Hilfe der beiden Sucher, dem *Zeit-* und dem *Raumsucher,* mit denen heute alle so vertraut sind, ohne Schwierigkeit einfangen.

Zu behaupten, die Pioniere in Genf hätten sich mit Begeisterung über den Zeitscanner hergemacht, wäre eine gelinde Untertreibung. Schließlich hielten sie nicht weniger als die gesamte Weltgeschichte in Händen.

Doch war diese neue Erfindung tatsächlich ein Segen für die Menschheit? Oder hatte man es mit einem gefährlichen Spielzeug zu tun?

4

Wie wir wissen, wurden schon nach wenigen Jahrzehnten die Bildschirme in den Privatwohnungen an den Zeitscanner angeschlossen. Um 2150 hatten nur äußerst wenige darauf verzichtet, sich die Zusatzgeräte zuzulegen, die sie benötigten, um das neue Angebot zu nutzen.

Das Publikum reagierte mit spontaner Begeisterung, die alte Technologie hatte bereits für die Grundlagen gesorgt. Und viele empfanden den Wechsel als nicht besonders dramatisch, sondern betrachteten ihn eher als graduell.

Die beiden Sucher des Zeitscanners waren nicht schwieriger zu bedienen als die Joysticks der alten Computerspiele. Wer mit einem Sucher umgehen konnte, konnte auch den Zeitscanner benutzen. Das bedeutete natürlich nicht, daß alle Menschen im Umgang mit der Kultur gleichermaßen geschickt vorgingen. Doch dazu später mehr.

Es wurden bereits Parallelen zu den alten Radiogeräten gezogen. Wer einen bestimmten Kurzwellensender suchte, mußte behutsam vorgehen. Mit einer winzigen Umdrehung konnte man zehn Sender überspringen.

Auch bei der Bedienung des Zeitscanners stellte (und

stellt) das *Fingerspitzengefühl* ein wichtiges Prinzip dar. Das galt sowohl für den Zeit- als auch für den Raumsucher. Ich möchte ein Beispiel nennen:

Stellen wir uns vor, wir suchten den französischen Philosophen Jean-Paul Sartre. Wir wissen vielleicht, daß er in Paris gelebt hat. Vielleicht wissen wir auch, daß er um die Mitte des 20. Jahrhunderts in Paris gelebt hat. Dennoch genügt es natürlich nicht, den Zeitscanner auf das Paris des Jahres 1950 einzustellen. Paris! Wo in Paris? Und wann genau lebte er dort? Vielleicht suchen wir uns zuerst ein Panorama von Paris am 7. April 1952 um 11.30 Uhr. Selbst wenn wir wissen, daß unser Mann sich zu diesem Zeitpunkt in der Stadt aufhält, könnten wir genausogut eine Stecknadel im Heuhafen suchen (alte agrarische Metapher). In welchem Café mag Monsieur Sartre sitzen? Schon damals gab es in Paris Tausende von Cafés. Wir können natürlich alle Straßen nach ihm absuchen, so muß man häufig vorgehen, um einen bestimmten Menschen zu finden. Allerdings kann man unterwegs leicht abgelenkt werden. Vielleicht erregt eine Prügelei unser Interesse, ein Überfall, eine Vergewaltigung oder ein Regierungsbankett. Wir brauchen einen Anhaltspunkt. Wenn wir beispielsweise wissen, daß Sartre am 11. November 1956 am Montparnasse mit Simone de Beauvoir zu Mittag gegessen hat, dann liegt der Fall schon viel einfacher. Jetzt müssen wir nur noch in Erfahrung bringen, wie der Mann ausgesehen hat. Wir »spazieren« auf dem Montparnasse, und schwupp: Da ist er. Wir haben ihn. Und er wird uns nie wieder entkommen. Wir können Sartres Leben vor- oder rückverfolgen, bis zu seiner Geburt, bis zu seinem Tod oder einfach bis zu dem Moment, an dem wir unser Interesse an ihm verlieren und ihn wieder aus den Augen lassen. Viele von uns haben in solchen Situationen das Gefühl, irgendwie indiskret zu sein. Ist es denn korrekt, im Privatleben längst verstorbener Menschen herumzustochern? Ich weiß, daß es Menschen gibt, die sich gerade die intimsten Szenen im Leben der Menschen heraussuchen. Von dieser Art Voyeurismus aber möchte ich mich aufs schärfste distanzieren.

5

Wie gesagt, es ist nicht weiter schwierig, den Zeitscanner zu bedienen. Jeder Mensch kann ganz einfach alles, wirklich alles, in Erfahrung bringen. Doch wo soll man anfangen? Nur von dem, der ohne Grenzen lebt, wird wirkliche Lebenskunst verlangt. Wofür soll man sich entscheiden, wenn alles zum Greifen nah ist? Die erste Begegnung der Menschen mit dem Scanner war überwältigend.

Stellte man den einen Sucher auf 14.30 Uhr am 25. Mai des Jahres 963 n. Chr. (14.30.00.25.05.0963) und den anderen auf irgendeinen Ort in Norwegen, zum Beispiel den 60. Breitengrad auf 10 Grad östlicher Länge (60.00.00.Ø 10.00.00.), dann befand man sich in einem tiefen Nadelwald. Wenn man dort blieb, konnte es viele Stunden dauern, ehe man ein Lebewesen von einer gewissen Größe entdeckte. Nach einer Weile sah man vielleicht einen Bären oder einen Elch. Doch es konnte Tage und Wochen dauern, bis ein Wikinger des Weges kam. Also versuchte man vielleicht, einen Weg zu finden, der aus dem Wald herausführte, und landete an einem unbewohnten Fjord. Erst nach stundenlangem Suchen gelangte man dann bestenfalls zu einem Wikingerhafen – vorausgesetzt, daß wirklich die Wikinger das Ziel all dieser Anstrengungen darstellten.

Als im Jahre 2148 die vielen Millionen von privaten Bildschirmen an den Scanner angeschlossen wurden, entwickelte sich bald ein Bedürfnis nach Anleitung. Schließlich war der Menschheit – gewissermaßen über Nacht – die gesamte Weltgeschichte in den Schoß gefallen. Viele Menschen verirrten sich damals in Zeit und Raum.

Noch immer gibt es Menschen, die willkürlich in der Geschichte herumsuchen, doch die meisten arbeiten heutzutage mit den vielen tausend *Suchschlüsseln,* die inzwischen entwickelt worden sind. Ich selber habe an die sieben- oder achttausend Schlüssel, vielleicht etwas mehr als allgemein üblich.

Die ersten Suchschlüssel für Menschen mit besonderen Interessen wurden vom *Büro* entwickelt. Viele von diesen Schlüsseln werden noch heute benutzt. Einige Beispiele:

Ein wichtiges Hilfsmittel ist der Schlüssel ›Orte und Städte, heute und gestern‹ – in Wirklichkeit eine Liste über dreihundertsechzig Orte auf der Welt, die sich auf bestimmte Zeitabschnitte beschränkt (Babylon 2000-1700 v. Chr., Athen 400-300 v. Chr., Rom 200 v. Chr.-350 n. Chr. usw.). Mit Hilfe dieser Schlüssel kann man einen bestimmten Ort anpeilen und von dort aus Zeit und Raum genau auf das einstellen, was man erleben möchte. ›Orte und Städte‹ ist wohl der allgemeinste aller Schlüssel – so allgemein, daß er heutzutage vor allem von den Pionieren benutzt wird, die die Welt auf eigene Faust und ohne fertige Programme erforschen wollen. Wird der Weg zu einem Erlebnis mit Hilfe von Schlüsseln beschrieben, die in vielen Millionen von Exemplaren im Umlauf sind, hat man nicht mehr das Gefühl, etwas ganz allein zu erleben.

Zu den ältesten Schlüsseln, die wir anführen können, gehören ›Große Maler und ihre Meisterwerke‹, ›Die chinesische Mauer‹, ›Szenen aus dem Zweiten Weltkrieg‹, ›Die Pyramiden‹, ›Platon und Sokrates‹, ›Entwicklung und Abwicklung der Nuklearwaffen‹, ›Die Abstammung der Menschen‹ und ›Vom Planeten zur Galaxis‹.

Mit Hilfe solcher Schlüssel kann man innerhalb eines bestimmten Interessengebiets von einem Höhepunkt zum anderen geführt werden. Natürlich muß man dabei nicht auf die eigene Handlungsfreiheit verzichten – anders als in den Videoprogrammen früherer Zeiten. Jederzeit kann man aus dem Mord an Caesar aussteigen und sich auf eigene Faust in Rom umsehen.

Neben diesen pädagogischen Schlüsseln, die oft unter staatlicher Regie ausgearbeitet wurden, stellte man auch auf kommerzieller Basis eine Reihe von mehr oder weniger obskuren Schlüsseln für die unterschiedlichsten Interessen und Bedürfnisse her. Aus der Flora dieser Suchschlüssel ist inzwischen natürlich ein Dschungel geworden. Am Ende wird es dann so viele Schlüssel geben, daß sie schon allein aufgrund dieser Fülle keine Hilfe mehr sind. Eines Tages werden es so viele sein, daß wir ohne sie besser zurechtkommen. Es ist bereits behauptet worden, daß die Schlüssel eher ein Hindernis als eine Hilfe auf dem Weg zur wirklichen Erkenntnis darstellen, da sie gewissermaßen eine Verdoppelung der Wirklichkeit sind.

Ich will hier nun nicht die besten oder neuesten Angebote von Schlüsseln für den Zeitscanner vorstellen, entsprechende Kataloge gibt es wirklich mehr als genug! Aber ich möchte auf einige der Schlüssel eingehen, die bereits im 23. Jahrhundert in Umlauf gekommen sind. Für uns, und vor allem für die jungen Leute, kann es wichtig sein, die Geschichte der Schlüssel zu kennen.

Zu den allerersten gehört der Schlüssel ›Titanic‹. Schon in früheren Zeiten gab es eine große Anzahl von Büchern und Filmen zu diesem Thema. Deshalb bestand ein enormes Interesse daran, den authentischen Schiffbruch zu erleben. Die unglückselige Reise des Luxusliners ließ sich nun im Handumdrehen vorführen. Man brauchte nur den richtigen Schlüssel anzuwählen, und schon befand man sich an Bord des Schiffes, genau einige Minuten vor dem Zusammenstoß mit dem Eisberg. Natürlich sieht man nicht alles. Die »Titanic« ist nachts untergegangen. Und wenn das letzte Licht an Bord der »Titanic« verlischt, ist die Vorstellung zu Ende. Nur in einigen Rettungsbooten brennt noch vereinzelt Licht ...

Zu den frühen Schlüsseln gehören auch ›Hiroshima‹, ›Ausgewählte Autounfälle‹, ›Foltermethoden im Laufe der Jahrhunderte‹, ›999 Menschenopfer‹, ›1001 Totschläge‹, ›Das Sexualleben berühmter Männer‹, ›Vergewaltigung und Inzest vom Cro Magnon bis heute‹, ›Frauen im Bade‹, ›Verbotene Liebe‹ und ›Lasterhafte Mönche‹.

Nichts als Sex und Gewalt. Von Anfang an schlug die kommerzielle Schlüsselindustrie diese Richtung ein. Es stimmt nicht, daß die Menschen in früheren Zeiten weniger sensationslüstern waren. Und ganz gewiß nicht in grauester Vorzeit, denn damals sind diese Morde und Vergewaltigungen schließlich begangen worden.

Zweihundert Jahre lang war die Menschheit mit Videofilmen vom selben Kaliber gefüttert worden. Man sollte annehmen, daß der Markt gesättigt sei. Die Frage ist allerdings, ob es für diesen Markt überhaupt jemals einen Sättigungsgrad gibt. Der Unterschied zwischen Videofilmen und Schlüsseln war jedoch, daß die Schlüssel historische Tatsachen präsentierten, und keine konstruierte Unterhaltung. Wir müssen dabei feststellen, daß es die Wirklichkeit in dieser Hinsicht durchaus mit der Fiktion aufnehmen kann. Natürlich kommt es auch auf das Auge des Betrachters an. Wenn man sich nur Zeit zum Suchen läßt, findet sich in der Geschichte wirklich alles. Angeblich hat der Produzent des verbotenen Schlüssels ›Crimen bestialis‹ vier Jahre für dessen Herstellung gebraucht. Natürlich: Wer vier Jahre lang vor dem Bildschirm sitzt, kann die unglaublichsten Szenen zusammenstellen. Warum aber entwickelt niemand den Schlüssel ›Kinderspiele in zwölf Kulturen‹? Oder ›Von der Höhlenmalerei zum Notizblock‹? Hut ab vor dem, der das versuchte. Die Geschichte hat nämlich auch in dieser Hinsicht einiges zu bieten.

6

In den ersten Jahren wurde viel darüber diskutiert, ob Kinder Zugang zum Scanner haben sollten. Konnte man es einem Kind überhaupt zumuten, die Geschichte auf eigene Faust zu untersuchen?

Wie schon erwähnt, war die Geschichte der Menschheit zeitweise grob und brutal. Mußte nicht allein deshalb die Wirklichkeit zensiert werden, bevor man Kinder damit konfrontierte? *War Geschichte nicht überhaupt schädlich für Kinder?* Nicht zuletzt aufgrund solcher Überlegungen wurde heftiger Widerspruch laut gegen den Vorschlag, den Zeitscanner ans öffentliche Netz anzuschließen.

Man stand nicht nur vor einem praktischen oder technischen Problem. Vielmehr handelte es sich um ein metaphysisches: Das Pleroma läßt sich nicht aufteilen. Und ein Zensurmoment in den Zeitscanner einzubauen ist unmöglich. Wie also soll der Zeitscanner (oder das Pleroma) zwischen erbaulichen und moralisch zersetzenden Ereignissen unterscheiden können?

An dieser Stelle ein weiteres Beispiel: Jeder weiß, wie brutal gegen Ende des 20. Jahrhunderts vor dem Großen Zusammenbruch die Verhältnisse in Städten wie New York, London, Rom und Mexico City waren. Wenn Kinder erst einmal vor dem Bildschirm saßen, dann war es unmöglich, ihnen Anblicke dieser Art zu ersparen. Kinder haben von New York gehört. Und wenn sie dann den Zeitscanner auf das New York der 1990er Jahre eingestellt haben, dann brauchen sie nicht lange durch die Straßen zu wandern, um die entsetzlichsten Szenen zu erleben – Überfälle, Morde, Vergewaltigungen und Terroranschläge.

Wie man weiß, entschloß man sich zu einer Art Kompromiß: Der Zeitscanner wurde ans Netz angeschlossen, und es war praktisch unmöglich, Kindern den Zugang dazu zu verbieten. Zum Ausgleich dafür wurde eine strenge Zensur der Schlüssel eingeführt. In der Geschichte ist neben viel Grausamem auch viel Schönes geschehen. Und da ist es ja wohl kaum nötig, Kindern ein Sammelsurium abscheulichster Tatsachen zu servieren. Und auch bei den meisten Erwachsenen sollte man das für unnötig halten. Doch es ist offenbar ein zeitgenössisches Symptom, daß der Mangel an sozialen Problemen viele dazu verlockt, sich in vergangenem Elend und Unglück zu suhlen.

Auch hier empfiehlt es sich, an die Vorläufer des Zeitscanners zu denken. Bereits in der ersten Hälfte des 21. Jahrhunderts konnte jedes Kind per Tastendruck jeden Videofilm, jeden Fernsehsender und jede Buchseite aus dem Datennetz abrufen. Zwar war auch damals nicht alles Abrufbare völlig harmlos, doch flüsterte man den Kindern nicht noch ins Ohr, wie sie an die übelsten Horrorfilme herankommen konnten.

Man muß zu dem Schluß gelangen, daß Eltern die uneingeschränkte Verantwortung für ihre Kinder tragen. Während der letzten Jahre ist tatsächlich eine Reihe sehr guter Kinderschlüssel auf den Markt gekommen, darunter: ›Seltene Tiere‹, ›Als im Wald die Vögel sangen‹, ›Einhundertelf ausgestorbene Tierarten‹ und vor allem die hervorragende ›Ich mache mit bei …‹-Serie.

Auch auf einen eher erkenntnistheoretischen Aspekt ist hingewiesen worden: Die Menschen, insbesondere Kinder, gewöhnen sich an alles. Heute wachsen sie so selbstverständlich mit dem Scanner auf wie die Kinder in früheren Zeiten ohne. Oder wie Ibn al Avicenna fast hundert Jahre vor dem Zeitscanner sagte: »In unserem Bewußtsein existiert nichts, was nicht zuerst im Fernsehen existiert hat«.

Kinder verstehen, daß das, was sie auf dem Bildschirm sehen, nicht real ist. Es ist nichts als Geschichte.

Der Tod der Wissenschaft

1

Auf die Installation des Zeitscanners in Genf ist bereits hingewiesen worden. Ehe er ans öffentliche Netz angeschlossen wurde, reisten Historiker aus aller Welt in die Schweiz und machten sich voller Eifer über das neue Werkzeug her, oder über die neue Methode, wie sie es nannten.

Ihrer Ansicht nach brach für die Geschichtswissenschaft eine neue Epoche an: Von nun an konnte sie als exakte Wissenschaft gelten; plötzlich hatte dieses Fach *das positive Stadium* erreicht (vgl. Auguste Comte, Schlüssel ›Geschichtsphilosophie‹, Stichwort 2.738).

Diese neue Blütezeit der Geschichtswissenschaft erwies sich jedoch als Strohfeuer. Mehr noch: Mit der Erfindung des Zeitscanners war dieses Fach tot oder bestenfalls überflüssig.

Natürlich! Wozu braucht man »Historiker«, wenn es den Zeitscanner gibt? Wenn nicht mehr gerätselt und gefolgert werden kann, ist auch kein Platz mehr für die Geschichtswissenschaft.

Wenn man heute überhaupt noch von der Geschichte als einer eigenständigen Disziplin spricht, dann meint man damit die Arbeit an der Entwicklung neuer Schlüssel für den Scanner. In den alten Geschichtsbüchern wurden die Fußnoten immer länger. Inzwischen ist das ganze Fach zur Fußnote degradiert worden. Zwar hat der historische Riecher – von manchen auch »Intuition« genannt – durchaus nicht an Wert verloren. Doch braucht man natürlich keine Geschichtsbücher mehr, wenn man auf eigene Faust in der Weltgeschichte herumspazieren kann.

Es gibt keine historischen Unsicherheiten mehr. Alle Fragen können beantwortet werden. Während des Zweiten Weltkrieges haben die Deutschen 6.138.432 Juden vergast. Mona

Lisa war Leonardos heimliche Geliebte. Die Abstammung des Menschen läßt sich auf eine Serie von seltsamen Mutationen zurückführen, die vor 211 Millionen Jahren stattgefunden haben. Und so weiter. Das Material ist unerschöpflich.

Eine Reihe weiterer Fächer teilte das Schicksal der Geschichtswissenschaft. Zuerst kamen Disziplinen wie Geologie, Paläontologie, Biologie und Astronomie an die Reihe. Im Prinzip sind natürlich alle Fächer tot. Was mit Hilfe des Scanners nicht gesehen werden kann, hat den Namen Wissenschaft nicht verdient. Behauptungen, die nicht mit eigenen Augen überprüft werden können, gelten als Spekulation und Aberglaube. Die alte Redensart »Das glaube ich erst, wenn ich es sehe«, hat eine Renaissance erlebt und bringt ein gesundes Prinzip zum Ausdruck.

Man kann sich in der Geschichte der Wirklichkeit nun direkt über die geologische, biologische und kulturelle Entwicklung auf der Erde informieren. Innerhalb weniger Stunden läßt sich die gesamte Entwicklung überfliegen. Oder man nimmt sich mehr Zeit für einzelne Epochen oder ein Einzelphänomen, das einen besonders interessiert. Dazu sind zahlreiche instruktive Schlüssel entwickelt worden. Das einzige, womit ich mich brüsten kann, es eins zu eins durchgesehen zu haben, war das letzte Lebensjahr des Sokrates. Dafür habe ich fünfzehn Monate vor dem Bildschirm gesessen und nur zum Schlafen Pausen eingelegt. Aber damals war ich auch noch jünger.

Die Geschichte des Universums läßt sich vom Urknall vor 16,4 Milliarden Jahren bis heute Sekunde um Sekunde verfolgen. Aus der Zeit davor wissen wir schlichtweg gar nichts, weil es nichts zu wissen gibt. Wir haben als Kinder sicherlich alle versucht, einen Blick hinter diese 16,4 Milliarden Jahre zu werfen. Doch diesen Versuch unternimmt man nur ein einziges Mal. Die Sicherung brennt durch – und man sitzt vor einem schwarzen Bildschirm.

Kein Wunder! Ich meine, es gibt nun einmal kein »Vor dem Knall«. Damals begann die Zeit. Damals wurden Zeit und Raum erschaffen.

Doch wie kam es zu diesem Knall? Wie oder warum wurde das Universum erschaffen? Ha! Nur ein Idiot fragt mehr, als der Zeitscanner beantworten kann ...

2

Bisher war die Rede von der *Geschichte*. Und das ist ja auch kein Wunder. Was die Welt nach der Einführung des Zeitscanners am allermeisten überraschte, war dessen Fähigkeit, alle Rätsel der Geschichte zu lösen. Daß er auch alle gegenwärtigen Ereignisse wiedergeben kann, verursachte hingegen keinen allzu großen Schock.

Hier sollte man wieder an die technischen Vorläufer des Scanners erinnern. Wir haben schon die Videokameras erwähnt, die seit Beginn des 21. Jahrhunderts an vielen zentralen Orten der Erde aufgestellt wurden. Außerdem wurden alle Banken, Postämter, Bushaltestellen und U-Bahnstationen rund um die Uhr überwacht. Die Aufnahmen dieser Videokameras konnten auf den Bildschirmen in den Privatwohnungen abgerufen werden. Wer nichts Besseres zu tun hatte, konnte einen Ort nach dem anderen »aufschlagen«. Hatte man Glück, bekam man einen Überfall, einen Mord oder einen Bankraub im Augenblick der Tat zu sehen. Bis zum Jahre 2060 waren die Auflagenhöhen der Zeitungen drastisch gesunken. Die letzte Tageszeitung stellte im Dezember 2084 ihr Erscheinen ein.

Bereits im Jahre 2120, als man den Zeitscanner in Genf installiert hatte, wurde die Welt ziemlich umfassend *überwacht*. Wie man weiß, gab es Gesetze, die das Privatleben vor dem Blick der Öffentlichkeit schützen sollten. Aber es ist auch bekannt, daß jeder Mensch einen *elektronischen*

Schatten warf, der immer mehr Details auffing. Um 2120 konnte jeder aus dem Netz umfassende Informationen über seinen Nachbarn oder ein weiter entferntes Mitglied der Menschheit einholen – das Netz war interkontinental.

Der Zeitscanner stellte eher die Vollendung einer Entwicklung dar, die sich schon seit vielen Jahren abgezeichnet hatte, und galt als etwas vollständig Neues. Es ist wichtig, die schrittweise oder sprunghafte Entwicklung der Kommunikationstechnologie bis hin zu den Möglichkeiten des Scanners herauszustellen.

Wie man weiß, kann der Scanner jeden Ort der Welt anpeilen. Alle stehen unter permanenter Überwachung. Es werden keine Verbrechen mehr begangen. Wenn ich in der Nase bohre, ist es gut möglich, daß mich ein Mensch am anderen Ende der Welt dabei beobachtet. Es steht nicht fest, es ist auch nicht wahrscheinlich, aber es ist möglich. Andererseits würde doch nur ein äußerst gestörter Mensch seine Lebenszeit mit solchem Unsinn vergeuden. Ein Beispiel: In diesem Moment fällt die Atombombe über Hiroshima. Ein Mensch betritt den Mars. Da treibt man sich doch nicht auf der Welt herum, um einen beliebigen Menschen ausfindig zu machen, der in der Küche steht und Brot schneidet. Wir können die Bäume im Wald zählen. Doch wer hat schon Lust, damit seine Zeit zu verschwenden?

Die Tatsache, daß alle sehen können, was wir machen, hat unser Leben vielleicht mehr geprägt, als uns klar ist. Vor dem Scanner können wir uns nicht verstecken. Selbst ein Ameisenhaufen wird überwacht. Es gibt keinen Ehebruch mehr. Das heißt zwar nicht, daß die Promiskuität vollständig ausgerottet ist. Doch alle Ehen sind »offen«, und das im wahrsten Sinne des Wortes: Die Nachbarn können jederzeit über Glück oder Unglück einer Familie wachen. Wie gesagt: Ich bin absolut dagegen! Und zum Glück kann ja auch die Überwachung überwacht werden. Wenn ich Sie im Verdacht habe, meine Frau im Badezimmer zu beobachten, dann vergessen Sie nicht, daß ich vielleicht gerade mit einem schmierigen Grinsen vor dem Bildschirm sitze.

3

Wir leben in einer gänzlich offenen Gesellschaft. Ich weiß, daß diese Offenheit durchaus kritisiert wurde und wird. Doch wenn wir diese Offenheit nicht wollen, müssen wir auf den Scanner verzichten. Pleroma ist nicht in Sektoren eingeteilt. Es kennt keine »Privatsphären«.

Die Menschheit hat mit dem Pleroma einen Vertrag geschlossen. Natürlich könnten wir diesen Vertrag auch wieder kündigen. Wir könnten unser Leben abschirmen und den Frieden des Privatlebens zurückgewinnen. Doch was für einen Verlust würde das bedeuten! Alles hat seinen Preis (eine alte merkantile Redensart). Schließlich verzichtet man nicht auf Allwissenheit, um ungestört in der Nase zu bohren!

Eine Möglichkeit ist natürlich, einfach das Licht auszuknipsen. Der Zeitscanner wandert ja nicht mit der Lampe in der Hand durch die Dunkelheit. Sobald ich das Licht ausgeschaltet habe, kann mein Nachbar in meinem Schlafzimmer nicht mehr sehen als ich selber. Viele historische Morde sind noch immer unaufgeklärt aus dem einfachen Grund, weil sie im Dunkeln begangen wurden.

Man braucht also nicht gänzlich auf seine Privatsphäre zu verzichten. Das möchte ich betonen. Vielen Menschen scheint diese Tatsache nicht bewußt zu sein. Vielleicht gibt es unter ihnen aber auch einfach sehr viele Exhibitionisten.

Das Ende der Geschichte

1

Als der Zeitscanner in Genf installiert war, spekulierte man in der allgemeinen Euphorie, ob er denn wohl auch die Zukunft wiedergeben könne. Natürlich konnten nur Laien solche einfältigen Vorstellungen hegen. Wie sollte denn das Pleroma etwas kennen, was noch nicht erschaffen worden war? Etwas über die Zukunft zu wissen, ist so unmöglich, wie aus dem Universum hinauszukriechen. Das Universum weitet sich aus, ebenso wie die Zeit. Das eine bedingt das andere.

Dennoch kann man darauf hinweisen, daß die Zukunft nicht mehr das ist, was sie einmal war. Im Grunde hat die Geschichte um das Jahr 2170 ein Ende gefunden. Seit Mitte des 22. Jahrhunderts ist nichts Bedeutendes mehr passiert. Keiner der Schlüssel reicht länger als bis zu diesem Zeitpunkt. Warum auch?

Zwar sind neue Menschen geboren worden, es wurde gegessen, man hat verdaut, hat vor dem Bildschirm gesessen und sich die Geschichte angesehen. Daraus allein entsteht jedoch keine neue Geschichte. Immer wieder wird deshalb die Forderung erhoben, die Zeitrechnung abzuschaffen. Heutzutage ist es egal, ob wir Jahre oder die Perlen des Rosenkranzes zählen, beides ist sinnlos geworden.

Mit dem Zeitscanner hat die Geschichte ein Ende genommen. Und das gilt vielleicht auch für das Leben. Die Welt dreht sich im Leerlauf. Man sitzt auf dem Hintern und schöpft den Rahm der Geschichte ab.

2

Dieses »kulturelle Dilemma« wurde erstmals von Nietzsche in seiner Schrift ›Vom Nutzen und Nachtheil der Historie für das Leben‹ skizziert (1874, Schlüssel ›Geschichtsphilosophie‹, Stichwort 2.916. Später gab Nietzsche dieser Schrift den krasseren Titel ›Die historische Krankheit‹. Vgl. Stichwort 2.968). Im Vorwort zitiert Nietzsche eine Aussage Goethes, in der dieser behauptet, ihm sei »Alles verhasst, was mich bloss belehrt, ohne meine Thätigkeit zu vermehren, oder unmittelbar zu beleben«. Nietzsche ergänzt, »dass wir Alle an einem verzehrenden historischen Fieber« leiden.

Schon Nietzsche erkannte also, daß die Geschichte eine Bedrohung des gelebten Lebens darstellen kann. Seiner Ansicht nach gibt es »einen Grad von Schlaflosigkeit, von Wiederkäuen, von historischem Sinne, bei dem das Lebendige zu Schaden kommt, und zuletzt zu Grunde geht, sei es nun ein Mensch oder ein Volk oder eine Cultur«. Ein Übermaß an Geschichte sorgt dafür, daß das Leben schließlich zerfällt und entartet, und in diesem Prozeß zerfällt dann auch die Geschichte.

Nietzsche wollte den Hegelianismus bekämpfen. Doch als Kulturkritik sind seine Worte heute viel aktueller als zu seinen Lebzeiten. Uns fehlt heute das, was Nietzsche die »plastische Kraft eines Menschen, eines Volkes, einer Cultur« genannt hat.

Das Leben braucht Vergessen. Die Gesundheit der Menschen hängt davon ab, ob sie vergessen können. Zu jeder Handlung und jedem Glück gehört auch das Vergessen. Niemals darf die Erkenntnis dem Leben übergeordnet sein.

An einer Stelle vergleicht Nietzsche einen Menschen, der sich an der Geschichte überfressen hat, mit einer Schlange, die einen Hasen verschlungen hat und nun in der Sonne döst, unfähig, sich zu bewegen.

Der moderne Mensch, so Nietzsche, leidet an einer Persönlichkeitsschwächung. Er ist zu einem genußsüchtigen, umherwandernden Zuschauer geworden.

Er verweist auf Hesiod (700 v. Chr., ›Geschichtsphilosophie‹, Stichwort 0.017), der glaubte, daß das Goldene Zeitalter bereits hinter ihm liege. Die Menschen würden immer schwächer. Und eines Tages kämen sie mit grauen Haaren zur Welt. Nach Hesiod wird Zeus in diesem Moment die Menschheit auslöschen.

Nietzsche betrachtete die »historische Bildung« als eine Art angeborene Grauhaarigkeit. Wir erweckten den Eindruck, die Menschheit sei alt und gehe der Beschäftigung von Greisen nach: dem Rückblick. Wir seien gewissermaßen »verwöhnte Müßiggänger im Garten des Wissens«.

Wir können mit gutem Gewissen behaupten, daß der alte Griesgram in dieser Hinsicht fast schon ein Hellseher war. Denn seit seiner Zeit hat sich vieles verändert. Nietzsche hat die kommunikationstechnische Entwicklung, die ich hier skizziert habe, zwar nicht mehr erlebt, denn er starb im Jahr 1900, in dem Jahr, in dem alles seinen Anfang nahm. Dennoch hatte er ein Gespür für das, was passieren würde.

Im 19. Jahrhundert war es noch immer üblich, *etwas zu tun*. Einige wenige – Nietzsche zufolge immer mehr – waren inzwischen auf die Tribünen gestiegen. Doch die allermeisten arbeiteten. Heute sitzt die gesamte Menschheit auf den Zuschauerbänken. Wir alle sind Zuschauer. Und wir wandern dabei nicht einmal mehr umher. Um uns fortzubewegen, müssen wir uns nicht physisch betätigen. Und was wir betrachten, ist nicht unsere Gegenwart. Was wir auf die Bildschirme in unseren Wohnungen holen, ist vor vielen tausend Jahren draußen unter freiem Himmel passiert.

3

Es war Hegels Vision vom Absoluten Geist, die in die Zukunft wies. Es kam so, wie Zarathustra befürchtet hatte: Apollon besiegte Dionysos, und wir müssen heute zu einem Antiquitätenhändler gehen, wenn wir Pflaster und Verbandsmaterial kaufen wollen.

Für Hegel war die Geschichte der Menschheit der Prozeß, in dem der *Weltgeist* zum Bewußtsein seiner selbst erwacht. Früher einmal war der Geist ganz und ungeteilt. Das Ziel der Geschichte aber ist die Rückkehr des Geistes zu sich selbst.

Im Grunde läßt sich diese Rückkehr auf das Jahr 2120 datieren, das Jahr, in dem der Zeitscanner installiert wurde. Hegel wäre vor Freude aus dem Häuschen gewesen.

Der absolute Geist

1

Für mich ist nun der Zeitpunkt gekommen, an dem ich Flagge zeigen muß. Ich bin natürlich kein Mensch. Das sind wir heutzutage alle nicht mehr. Ich bin Hegels Weltgeist. Ich bin Gott. Ich bin Pleroma.

Wir sind keine Individuen mehr, wenn wir nichts mehr *tun*. Das Individuum ist eine handelnde Persönlichkeit. Ein Individuum ist per definitionem etwas Begrenztes. Wenn alle überall sind und alles wissen – dann ist alles eins.

Die Geschichte hat ihr Ziel erreicht. Der Kreislauf ist durchbrochen. Alle Bäche sind zum großen Ozean zusammengeflossen.

Das alles ist vor vielen Jahrtausenden passiert. Jetzt ist es sicher zehn- oder zwanzigtausend Jahre her, daß der Zeitscanner konstruiert wurde. Aber das spielt wirklich keine Rolle. Ich habe aufgehört, die Jahre zu zählen. Aber ich habe die Weltgeschichte kreuz und quer durchwandert.

2

Allwissend zu sein verleiht eine unbeschreibliche Seelenruhe. Das einzige, was mir in meiner Allwissenheit und Allgegenwärtigkeit zu schaffen macht, ist die Einsamkeit.

Überall zu sein macht einsam. Ich habe niemanden, mit dem ich meine Allwissenheit teilen könnte. Ich kann niemanden belehren. Denn alle wissen alles. Jeder ist mit mir identisch. Das heißt, ich *bin* alle.

Es gibt nichts *anderes*, es gibt keine spielerische Unwissenheit, in die ich ein Zipfelchen meiner selbst einbringen könnte, in der Hoffnung auf eine Art Bestätigung meiner Existenz.

3

Ich habe Kopfschmerzen. Ich glaube, ich schlafe. Ich habe jedenfalls nichts von alledem geschrieben. Vielleicht habe ich es geträumt. Ich glaube aber, ich habe es auf dem Bildschirm gesehen. Oder es hat mich gesehen.

Ich weiß nicht, ob ich träume oder ob ich selber der Traum bin. Ich kann nicht garantieren, daß ich lebe. Aber ich bin ziemlich sicher, daß ich gelebt *habe*. Nun ja, auch das spielt eigentlich keine große Rolle.

Warum sollte man auch um jeden Preis inmitten der großen Grenzenlosigkeit irgendwo eine Grenze ziehen?

Buddha

Jetzt ist die Welt hier. Die Wolken ziehen über den Himmel. Insekten surren in der Luft.

Der Film ist bei einem Bild stehengeblieben: Siddhartha sitzt unter dem Feigenbaum. Versteinert.

Der Strom fließt am Blick des Meisters vorbei. Die Vögel flattern über das Wasser. Ihre Flügel zerschneiden die Zeit zu Sekunden.

Fünfundzwanzig Jahrhunderte verstreichen. Ohne mit der Wimper zu zucken sitzt der Fürstensohn wie eh und je unter dem Feigenbaum.

Vögel flattern über das Wasser. Der Strom fließt vorbei. Wolken ziehen über den Himmel.

Die Diagnose

Asphalt

Bremsen kreischen, ein Auto hupt.
  Wieder ertappte sie sich dabei, wie sie auf dem Bürgersteig stehengeblieben war. Sie hatte das Gefühl, aus einem Traum zu erwachen. Oder von einem Traum in einen anderen geraten zu sein.
  Um sie herum herrscht ein Gewimmel wie in einem Ameisenhaufen. Die Leute scheinen allesamt von irgendeiner unsichtbaren Kraft gelenkt zu werden.
  Nur sie steht still, nur sie ist stehengeblieben. Nur sie ist wirklich wach.

Noch nie waren ihre Sinne so scharf gewesen wie an diesem Tag. Sicher, sie hatte gesehen und gehört und von allem gewußt. Aber noch nie hatte sie Luft und Auspuffgase und den nassen Asphalt so gerochen wie heute. Nie hatte sie es so stark empfunden wie jetzt: daß es sie gab, daß sie existierte.
  Als Kind vielleicht? Und gerade ihre Kinderzeit stand ihr plötzlich ganz lebhaft vor Augen. Wo hatte die sich bloß in all den Jahren versteckt?
  Sie war fünf Jahre alt, sie war acht, sie war elf ...
  Und jetzt war sie sechsunddreißig ... Die Zeit dazwischen war wie im Flug verstrichen. Ihr ganzes Erwachsenenleben war wie eine lange Reise, die sie selbst nur aus zweiter Hand kannte.

Den ganzen Vormittag hindurch hat es wie aus Eimern geregnet. Jetzt klärt der Himmel sich auf. Und das Licht kommt ihr unbarmherzig scharf vor.

Ein Kind ruft nach seiner Mama. Unverständliche Worte werden hinter ihrem Rücken gewechselt. Ein Betrunkener stößt sie beiseite. Die schweren Räder des Busses wirbeln Wasser auf, das auf den Bürgersteig spritzt.

Einen Moment noch bleibt sie, wie am Asphalt angeleimt stehen. Als einziger untätiger Punkt im ganzen Wirrwarr. Dann bewegt sie sich wieder zwischen all den anderen Menschen.

Jenny schlendert durch die Stadt. Sie hat es nicht eilig, sie hat nichts Dringendes vor. Sie gehört nicht länger in dieses ohrenbetäubende Menschengewirr.

Zum erstenmal im Leben war sie sich selbst überlassen. Sie fühlte sich fremd hier auf dem großen Marktplatz, wo die Menschen in alle Richtungen auseinanderstrebten, mechanisch, wie in einem alten Stummfilm. Sie hatte Angst, Angst ...

Röntgen

Begonnen hatte es mit geschwollenen Lymphdrüsen. Und sie hatte gewußt, was das bedeuten konnte. Es war möglicherweise das Ende von allem. Genausogut konnte es aber auch eine harmlose Infektion sein. Höchstwahrscheinlich sogar war es eine harmlose Infektion. Dennoch ... sie war zum Betriebsarzt gegangen ... Denn es waren ja nicht nur die Lymphdrüsen. Sie war so unbeschreiblich schlapp. Und immer hungrig. Sie aß und aß, ohne jemals satt zu werden. Und ihr war schwindlig, in letzter Zeit war ihr oft so verdammt schwindlig gewesen.

Der Arzt hatte sie untersucht. Zuerst natürlich die Lymphdrüsen, dann ihren ganzen Körper. Er hatte sie einem hochnotpeinlichen Verhör unterzogen.

Die Art, wie er sie ausgefragt hatte ...

Dann hatte er ihr Blut abgenommen für einen Test nach dem anderen. Sie hatte keine Ahnung gehabt, daß es so viele verschiedene Tests gab.

Einige Tage später hatte der Arzt sie wieder zu sich bestellt. Es war der Montag vor Ostern. Zwei Blutproben hatten einwandfrei positive Ergebnisse erbracht.

Sie hatte aus der vorsichtigen Ausdrucksweise des Arztes herausgehört, daß hier etwas nicht stimmte, daß etwas ganz und gar nicht stimmte.

»Sie sind nicht ganz gesund ...«

Und dabei hatte er sie so seltsam angeschaut ...

Am nächsten Tag hatte sie dann zum Röntgen gemußt. Die Bilder hatte sie selbst abgeholt. Das war am Tag vor Gründonnerstag.

Jenny hatte gewußt, daß Röntgenstrahlen giftig sind. Aber daß die ganze Atmosphäre eines Röntgeninstitutes so vergiftet sein mußte, so radioaktiv!

Sie hatte sich an eine Frau mittleren Alters an der Rezeption gewandt, ihren Namen genannt – und den ihres Arztes. Die Sprechstundenhilfe hatte sofort den grauen Umschlag mit den Aufnahmen zur Hand gehabt – als habe sie schon den ganzen Tag auf Jenny gewartet.

Auf dem großen Umschlag hatte ein kleinerer weißer Briefumschlag gelegen. Die Sprechstundenhilfe hatte einen maschinenbeschriebenen Zettel im A-4-Format herausgezogen. Jenny hatte nur sehen können, daß einige Zeilen unterstrichen waren, dann hatte die Sprechstundenhilfe den Zettel zu den Aufnahmen in den großen Umschlag gesteckt. Aber sie hatte Jenny so seltsam angesehen, als sie ihr den Umschlag reichte und sie bat, ihn selber ihrem Arzt auszuhändigen.

Jenny war auf die Straße hinausgegangen. Dort war sie lange stehengeblieben und hatte dabei den Umschlag in der Hand gehalten.

Sie war so einsam gewesen, so ganz und gar einsam.

Sie hatte ihr inneres Porträt in den Händen gehalten. Und das war so endlos viel wichtiger als ihr Äußeres!

Der Umschlag war versiegelt und mit dem Aufdruck versehen: »ÄRZTLICHE UNTERLAGEN. NUR VOM BEHANDELNDEN ARZT ZU ÖFFNEN.«

Es sollte alles seine Ordnung haben. Jenny gehörte nicht zu denen, die aus dem Affekt heraus handelten. Sie wollte einen zuverlässigen Kurier abgeben. Ihr inneres Porträt sollte dem Arzt ungeöffnet ausgehändigt werden.

Es wäre ja auch dumm, den Arzt zu provozieren. Darunter konnte schließlich die Behandlung leiden ...

Die Wahrheit war, daß sie das Siegel sofort gebrochen hätte, wenn sie nur den Mut dazu gehabt hätte. Denn wer war schon der Arzt? Schließlich ging es um ihren Körper.

Sie hatte angerufen, um einen neuen Termin auszumachen. Und der war ihr sofort bewilligt worden.

»Kommen Sie doch gleich«, hatte die Sprechstundenhilfe vorgeschlagen.

Sie hatte sicher ihre Beziehungen. Bestimmt wußten sie alle von Jennys Situation. Und das war eine Situation, aus der man sich nicht so leicht wegstehlen konnte.

Der Vorteil des Krankseins ist, daß man ernstgenommen wird. Die Leute sind höflich und rücksichtsvoll ... Jetzt war Jenny ein Fall. Jetzt war sie fast schon prominent.

Der Umschlag! Der Arzt hatte sie so seltsam angesehen, als sie ihm den Umschlag aushändigte.

Und dann – dann hatte er es ihr gesagt. Auf eine beinahe giftig-milde Art, in einem so entsetzlich verständnisvollen Tonfall, daß es schon fast boshaft klang.

Er hatte sich erhoben, sobald er den Umschlag geöffnet hatte.

»Setzen Sie sich«, hatte er gesagt. Gebieterisch und lächelnd. Denn jetzt hatte er es nicht mehr eilig.

Ein Arzt, der es nicht eilig hat. Ein schlechtes Zeichen.

Wo nur hatte sie dieses Lächeln schon einmal gesehen? Eine Mischung aus professionell dosiertem Mitgefühl und ebensolcher Tatkraft: ›Das schaffen wir schon! Verlassen Sie sich nur ganz auf mich!‹

Er hatte die kurze Mitteilung des Röntgenlabors gelesen und einen kurzen Blick auf die Aufnahmen geworfen. Der Ordnung halber. Schließlich hatte er auf die Uhr geschaut (warum eigentlich?), dann hatte er sich an den Schreibtisch gesetzt, auf dem der grausame Umschlag jetzt lag.

»Sie sind nicht ganz gesund. Nein, Sie sind krank. Sie sind wirklich krank ...«

An diese Worte konnte sie sich erinnern. Sie waren ihr ins Gedächtnis gebrannt. Aber sie waren auch das einzige, woran sie sich nach diesem Gespräch erinnern konnte. Der Rest war eine einzige nervenaufreibende Szene gewesen. Und alles, was sie jetzt sicher wußte, war das Ergebnis, das Urteil, die Diagnose.

Wahrscheinlich – ich denke, wir sollten jetzt ganz offen miteinander sprechen und so weiter –, wahrscheinlich litt sie an Krebs im fortgeschrittenen Stadium, der schon ins Lymphsystem gestreut hatte. Leider, leider ... Daher auch die geschwollenen Lymphdrüsen. Und die Aufnahmen, die Aufnahmen zeigten bereits Aktivitäten im inneren Lymphsystem ... Es war schon so viel Zeit vergangen. Und es war gar nicht leicht, so etwas rechtzeitig zu entdecken und so weiter ... Aber – heutzutage war nichts unmöglich. Für eine Behandlung war es nie zu spät ... wenn nur die Götter einem beistanden. Als erstes sollte sie in der Osloer Klinik für Radiologie und Strahlentherapie neue Untersuchungen vornehmen lassen. Wenn möglich, sofort nach Ostern ... Denn heutzutage, in unserer schnellebigen Zeit, war nur das Beste gut genug. In den USA hatte ein Arzt in Fällen wie ihrem angeblich wahre Wunder vollbracht. Eine neue Therapie, eine Kur ... Sie solle nur nicht den Mut verlieren. Er hatte selbst eine Schwester ..., und die war vollständig geheilt worden ...

Bestrahlung

Die Überweisung steckte jetzt in Jennys Manteltasche. Sie war auf dem Weg zum Bahnhof, um den Nachmittagsexpress nach Oslo zu nehmen. Schon am nächsten Morgen, am Mittwoch um acht Uhr, wurde sie in der Radiologie erwartet.

Bestrahlung! Da war dieses Wort wieder. Es ging durch Mark und Bein.

Jenny war davon überzeugt, daß sie Bergen zum letztenmal sah. Deshalb hatte sie den Bus am Hafen verlassen. Sie hatte einen letzten Blick hoch zum Berg Fløien geworfen. Dann war sie über den Markt geschlendert und die Torgalmenning hochgegangen. Und jetzt stand sie vor dem Restaurant »Holbergstuen« und las die Speisekarte im Glaskasten. Sie hatte viel Zeit, ihr Zug ging erst um Viertel vor vier.

Hering, Entrecôte, Cordon bleu ...

Jenny konnte nicht begreifen, wie irgendein Mensch auf dieser Welt Appetit verspüren konnte.

In der Glasscheibe vor der Speisekarte sieht sie das Gesicht einer Frau.

Das bin ich, denkt sie. Das ist Jenny Hatlestad ...

Jennys Leben war wie im Flug vergangen. Doch die letzten Tage waren zur Ewigkeit geworden. Sie hatte die ganze Skala von Reaktionen auf die Diagnose, auf ihren neuen Status, durchlebt.

Wut. Depression. Protest. Aufruhr. Verbitterung. Trauer ...

Sie hatte sich an alles geklammert, was sie an Familie und

Freunden, an Mitmenschen hatte auftreiben können. Wie klein und dumm sie gewesen war!

Jetzt war all das ausgeschöpft. Jetzt war sie nur noch müde und leer.

Wer war sie jetzt? Alles, was ihr geblieben war, alles, was sie auf diese Reise nach Oslo mitnahm, waren unzusammenhängende Bilder aus ihrer Kindheit, aus ihrer Jugend in Sandviken, waren zufällige Szenen aus ihrer Studienzeit in Trondheim.

Dann hatte sie geheiratet. Dann hatte sie keine Kinder bekommen. Dann hatte sie sich scheiden lassen.

Ach, Johnny! Lieber Johnny ... Vielleicht wanderst du noch immer durch Trondheim und sehnst dich nach mir.

Jenny und Johnny. Es war zu idyllisch gewesen. Zu friedlich für sie. Zu perfekt. Also hatte sie sich befreit. Junge Diplom-Chemikerin auf eigenen Füßen ...

Es war unfaßbar, daß das alles im Laufe eines einzigen Osterurlaubs geschehen sein sollte. Vor zwei Wochen hatte sie einen Arzttermin ausgemacht, eigentlich nur für eine Routineuntersuchung, bevor sie zu Ostern ins Mjølfjell fahren wollte. Und der Arzt hatte ihr auch nicht von der Reise abgeraten. Nun hatte sie sich so schlapp gefühlt. Deshalb war sie zu Hause geblieben, auf jeden Fall über Palmsonntag. Am Montagmorgen hatte dann das Telefon geklingelt. Ob sie in der Praxis vorbeischauen könne. Gerade seien die Ergebnisse der Blutproben gekommen ...

Von diesem Moment an war alles Schlag auf Schlag gegangen. Routiniert. Mit der kalten und schrittweisen Notwendigkeit der medizinischen Wissenschaft.

Ostern ...

Vor wenigen Tagen erst war Jesus im Triumph auf einem Esel in Jerusalem eingeritten ... Ja, auf einem Esel. So etwas Naives! Sie hatte sich das noch nie überlegt. Und doch ...

Dann hatte er mit seinen Jüngern zu Abend gegessen, das letzte Abendmahl. Am nächsten Morgen hatte Judas ihn verraten. Und dann – auf dem nächsten Bild war er mit seiner schweren Last auf den Schultern auf dem Weg nach Golgatha.

Es war nur ein kleiner Schritt vom Triumph zur Erniedrigung. Mein Gott, mein Gott, warum hast du mich verlassen!

Blödsinn. Sie hatte Angst. Sie war überspannt. Aber Ertrinkende greifen nun mal nach jedem Strohhalm.

Strohhalm ... Da war es wieder. Jetzt das Weihnachtsevangelium. Fürchtet euch nicht. Siehe, ich verkündige euch große Freude ...

Jenny war nie religiös gewesen. Aber sie hatte in den letzten Tagen viel Radio gehört. Und das mit Ostern mußte ihr einfach zu denken geben. Via dolorosa ...

Immerhin befand sie sich in guter Gesellschaft. Sie war nicht der erste Mensch in der Geschichte, der sterben mußte. Im Alter von ungefähr Mitte Dreißig.

»Tüüüt!«

Wieder reißt sie eine Autohupe aus ihren Gedanken. Der Verkehr, dieser absurde Verkehr.

Jenny begriff nicht, wie jemand es so eilig haben konnte. Sie war von diesem Karussell abgesprungen. Wenn auch unfreiwillig. Sie war hinausgeworfen worden. Das war offenbar nötig gewesen, um zu erkennen, wie sinnlos dieser ohrenbetäubende Lebenstanz doch war.

Waren die anderen, waren sich die vielen Menschen um sie herum denn überhaupt darüber im klaren, daß sie existierten? Waren sie aufmerksamer als eine Herde von grasenden Kühen?

Wohl kaum. Wer nicht auf der Schwelle zum Tod stand,

erlebte auch das Leben nicht wirklich. Das Leben war etwas, woran man bei Beerdigungen dachte. Oder höchstens an einem Krankenbett.

Die dichte Wolkendecke lockerte immer mehr auf. Hoch oben sah Jenny jetzt ein Flugzeug, das den Flughafen Flesland ansteuerte. Bestimmt brachte es angetrunkene Feriengäste vom Mittelmeer zurück, dachte Jenny. »Saga Tours«. »Vingreiser«. »Tjæreborg«. Der Gipfel der Dumpfheit schwebte langsam über die Stadt. Ostertouristen. Osterfeste ...

Der Mann aus Nazareth schleppt sein Kreuz nach Golgatha. Jetzt hat er es nicht mehr weit. Obwohl alles im Schatten von zweitausend Jahren in Zeitlupe abläuft. Die stilisierte Leidensgeschichte ...

Der Anblick des Flugzeugs brachte Jenny auf eine Idee. Warum sollte sie sieben schwere Stunden im Zug verbringen? Schließlich konnte sie den traurigen Abschied doch auch noch hinauszögern und fliegen. Das würde sie sich jetzt leisten können. Und überhaupt – gab es denn auf der ganzen Welt etwas Unwesentlicheres als Geld? Wenn nur die Flüge nicht schon alle ausgebucht waren ...

Wo war die nächste Telefonzelle?

Plötzlich hatte auch Jenny etwas zu erledigen. Sie rannte ins nächste Kaufhausuntergeschoß und rief bei der »SAS« an. Doch, bei allen Flügen nach Oslo gab es noch Plätze, sie hatte die freie Wahl.

Sie entschied sich für den letzten Flug. Dann konnte sie immer noch wie verabredet gegen halb zwölf bei ihrer Schwester in Oslo sein. Das Flugzeug ging um 22.20 Uhr. Der Bus fuhr eine Stunde vorher vom Busbahnhof ab. Das Ticket am Schalter abholen ...

Für den Zug hatte Jenny sich in einem Anfall von Optimismus eine Rückfahrkarte gekauft. Jetzt begnügte sie sich mit einem einfachen Flug.

592 Kronen. Wahnsinnig billig, fand Jenny. Zuletzt war sie 1975 geflogen, nach Rhodos. Sie lehnte sogar das freundliche Angebot ab, bei einem Rabatt von fünfunddreißig Prozent das Rückflugdatum offenzulassen.

»Sie wollen doch sicher nach Bergen zurück?«

Es wäre nicht richtig zu behaupten, daß Jenny sich jetzt optimistischer gefühlt hätte. Aber ihr blieben nun noch einige Stunden ganz für sich.

Wie sollte sie die Zeit bis zum Abflug nutzen? Sie konnte mit dem Bus zurück nach Åsane fahren. Doch von dort hatte sie schon Abschied genommen. Sie konnte bei einer alten Freundin in Søreide vorbeischauen. Auf dem Weg noch einen Besuch abstatten. Und ihr erzählen, daß sie Krebs hatte. Daß sie zum Sterben in die Hauptstadt reiste ... Doch, das wäre eine Möglichkeit. Die Gelegenheit nutzen, um Lebewohl zu sagen, sich noch einmal in Mitgefühl baden ...

Doch zuerst wollte sie in ein Café. Und am allerliebsten wollte sie allein sein. Eine letzte Tasse Kaffee im »Reimers«. Vielleicht sogar ein kleines Krabbenbrötchen. Sie hatte seit dem Frühstück nichts mehr gegessen.

»Café Reimers«

Jenny betritt das »Reimers«. Wie jeder andere Cafégast. Das einzige, was verrät, daß sie keine durchschnittliche Büroangestellte ist, die nach Feierabend noch Kaffeedurst verspürt, ist ein weißer Damenkoffer, den sie diskret unter dem Tisch verstaut, ehe sie zum Tresen geht, um ihre Bestellung aufzugeben.

Sie wirkt auch nicht wie eine verspätete Ostertouristin, die gerade aus dem Urlaub zurückgekommen ist. Nicht mit diesem blassen Gesicht. Bestenfalls geht sie als bedauernswerte Schichtarbeiterin durch, die später als die meisten anderen Osterurlaub bekommen hat. Vielleicht ist sie unterwegs nach Flesland, um dann auf Rhodos eine Woche Traumurlaub zu verbringen. Aber niemand, niemand käme auf die Idee, sie für eine krebskranke Diplomchemikerin zu halten, die zum Sterben nach Oslo fahren wird ...

»Einen Kaffee ... ein Krabbenbrötchen. Und ein Stück Osterzopf.«

»An welchem Tisch sitzen Sie?«

Hundertmal ist Jenny schon im »Reimers« gewesen. Doch diesmal hat sie vergessen, sich ihre Tischnummer zu merken. Sie läuft zu ihrem Tisch zurück – und dann wieder zum Tresen.

»Dreizehn.«

»Macht zweiundzwanzig Kronen. Wir bringen Ihnen den Kaffee an den Tisch.«

Dreizehn, dachte Jenny. Natürlich mußte sie sich an Tisch Nummer dreizehn setzen. Und sie war am 1. März geboren. 1.3.1947. Sie hatte noch nie darüber nachgedacht, daß ihr Geburtsdatum die Zahl dreizehn bildete.

Wenn sie gesund gewesen wäre, dann hätte sie sich über diesen kleinen Zufall amüsiert, wenn er ihr überhaupt aufgefallen wäre. Jetzt war sie erschrocken. Jetzt durchfuhr die Erkenntnis sie wie ein Strahl der Angst.

Sie wühlte in ihrer Handtasche nach ihren Zigaretten, legte die Packung auf den Tisch und steckte sich eine an.

Jemand hatte seine Zeitung liegenlassen. Jenny warf einen Blick auf das glänzende Farbbild eines osterbraunen Paares, mit Sonnenbrille und roter Zipfelmütze, im Sonnenschein und Schnee, vor einer Gruppe von Skistöcken.

»TRAUMOSTERN ... Osterferien mit Sommertemperaturen fast im ganzen Land ...«

Dienstag, der 5. April 1983. Jenny zog an ihrer Zigarette und rechnete nach. Vor sechsunddreißig Tagen war sie sechsunddreißig geworden ...

Jenny war nicht abergläubisch. Aber sie war nervös. Sie kam sich jetzt vor wie der Mittelpunkt der Welt, alle Ereignisse schienen sich um sie zu versammeln und durch ihre Situation in einem neuen Licht dazustehen ...

Man stellte ihr die Tasse Kaffee auf den Tisch. Jenny schob die Zeitung beiseite. Sie drückte ihre Zigarette aus und aß eine Krabbe. Dann schob sie den Teller mit dem Brötchen und dem Osterzopf auf das Ferienbild und steckte die Zigarette noch einmal an.

Sie schaffte es nicht. Eine Krabbe war mehr als genug. Sie konnte die Vorstellung nicht ertragen, daß die vielen glitschigen Krabben mitsamt der Mayonnaise durch ihren krebskranken Magen wandern sollten. Auch den Kaffee ließ sie stehen. Der war gar zu schwarz und ekelhaft.

Jenny mußte daran denken, wie sie den Arzt gefragt hatte, ob Umweltfaktoren an ihrer Krankheit schuld sein könnten – zum Beispiel ihre Arbeit mit den Chemikalien im Labor. Der Arzt hatte ausweichend geantwortet, und das war einer halben Bestätigung gleichgekommen. Das wäre wirklich zu arg! Andererseits, welche Rolle spielte das jetzt noch? Der Tod war schließlich mehr als nur ein politischer Skandal. Früher oder später würde sie ja doch sterben müssen. Nur hatte sie sich das bisher nie überlegt. Jetzt fand sie es plötzlich so absurd, daß Menschen sterben mußten ...

Jenny konnte den Anblick von Osterromantik, Krabben und Kaffee nicht mehr ertragen. Sie mochte auch nicht mehr nachdenken.

Sie hob den Blick und sah sich in dem vielbesuchten Café um. Und nun entdeckte sie etwas, das ihr noch nie aufgefallen war. Sie sah die Menschen im Café. Sie sah sie glasklar, nahm einen nach dem anderen in sich auf.

Sie hatte das Gefühl, jeden einzelnen von diesen Menschen zu kennen – oder wiederzuerkennen. Als handelte es sich um Familienmitglieder. Als seien sie vom selben Fleisch und Blut wie sie.

Mitmenschen ...

Jedes einzelne Gesicht sprach für sich, erzählte seine Geschichte.

Ihr armen Menschen, dachte Jenny. Ihr werdet mich zwar überleben, aber ihr *lebt* nicht.

Sie spürte, wie der Stolz in ihr wuchs. Und gleichzeitig empfand sie Mitleid mit allen Menschen, ja, mit dem Leben überhaupt.

»Jenny!«

Sie fuhr zusammen. Abrupt wurde sie aus ihren neuen Gedanken herausgerissen.

»Hallooo! Lange nicht gesehen! Hast du Ostern gut überstanden?«

Das war ein Angriff aus dem Hinterhalt. Ihre Freundin aus Søreide. Mit einer Osterbräune wie aus dem Bilderbuch. Und einer Sonnenbrille in den blonden Haaren.

Noch so ein Zufall ...

»Bist du zu Hause geblieben?«

Siri setzte sich ihr gegenüber und legte ihr die Hand auf den Arm. An ihrem Handgelenk funkelte ein breites goldenes Armband.

»Ja ... dieses Jahr bin ich zu Hause geblieben ...«

»Aber du hast doch Urlaub gehabt, oder?«

»Sicher. Und du?«

»Finse. Gestern zurückgekommen. Ragnhild und ich. Wir ... wir haben meistens in ihrer Hütte gewohnt.«

»Meistens?«

»Ich hab ja gewußt, daß du danach fragen würdest!«

»Wonach? Habe ich nach irgendwas gefragt?«

»Bist du sauer, Jenny? Und warum bist du eigentlich zu Hause geblieben?«

»Du hast gesagt, ihr hättet ›meistens‹ in Ragnhilds Hütte gewohnt.«

»Ach ja, stimmt. Also, wir haben einen Lehrer und einen Arzt kennengelernt ...«

Siri verdrehte verzückt die Augen.

»Und die hatten ein riesiges Ferienhaus ... mit Sauna, verstehst du ... und überhaupt ..., und da haben wir eben auch ein bißchen gewohnt.«

»Du hattest also eine Osterromanze!«

»Jenny! Geht's dir nicht gut?«

»Ich ...«

»Vergiß es. Ihr Stadtmenschen seht einfach immer so blaß aus, wenn wir anderen aus dem Gebirge zurückkommen. Aber das gleicht sich ja bald wieder aus ... Du, an manchen Tagen war es so warm, daß wir uns oben ohne sonnen konnten. Schau mal!«

Fast hätte sie ihren Pullover ausgezogen.

Gold und Tand, dachte Jenny. Plötzlich wußte sie, was das Wort »Eitelkeit« bedeutete. Sie erinnerte sich noch aus der Schulzeit, daß es oft in alten Gedichten vorkam, zusammen mit dem Wort »Vergänglichkeit«, o Eitelkeit, o Vergänglichkeit ... Zwillingswörter. Denn waren das nicht zwei Seiten derselben Medaille?

Ostersex, dachte Jenny.

Sex war zwar nicht ihr einziger Lebensinhalt gewesen, hatte aber auch ihr recht viel bedeutet. Und dabei war es ihr nicht nur um den Genuß gegangen. Manchmal hatte der Orgasmus ihr das Gefühl vermittelt, eins zu sein – nicht nur mit dem Partner, sondern eins zu sein mit allem. Sie wußte noch, daß sie einmal mit Johnny darüber gesprochen hatte. Und er hatte ihr ein Bild von Berninis Skulptur der Theresia von Ávila gezeigt. Religion und Erotik. Erkenntnis als Orgasmus. Orgasmus als Erkenntnis. Ein Überfluß an Leben, eine Lawine ...

Sex. Sie kostete dieses Wort noch einmal aus. Jetzt war es doch ohnehin völlig belanglos. Alles war anders. Sex war so unwichtig geworden wie Krabben und Kaffee.

»Wo bist du eigentlich mit deinen Gedanken, Jenny? Meinst du vielleicht, ich merke nicht, daß irgendwas nicht stimmt?« Jenny trank einen Schluck Kaffee. Er war kalt wie Cola und schmeckte wie Teer.

Siri war viele Jahre lang Jennys beste Freundin gewesen. Jetzt hatte Jenny das Gefühl, sie nicht mehr zu kennen. Siri lebte. Wie Jenny vor Ostern gelebt hatte, ehe für sie das Leben zum Gedanken geworden war. Die Welt existierte nur in ihrem Kopf. Als Idee, als Vorstellung.

»Ist die Welt ein Rummelplatz, Siri? Ein Vergnügungspark?«

»Was ist denn los? Bist du plötzlich fromm geworden?«

»Kann schon sein ...«

»Moment ...«

Siri lief zum Tresen. Gleich darauf kehrte sie mit Teegebäck und einem Kaffeebon zurück. Jenny hatte sich noch eine Zigarette angezündet.

»So, und jetzt sagst du, was los ist. Frisch von der Leber weg. Hattest du zu Ostern Besuch von Mormonen, oder was? Du warst immer schon zu leicht beeinflußbar, Jenny. Du solltest nie mit Mormonen oder Kommunisten diskutieren ...«

»Ach, Siri, das ist es doch gar nicht ...«

Gleich würde sie in Tränen ausbrechen. Doch noch kämpfte sie dagegen an.

»Was ist es denn sonst? Und was ist mit deinem Teller? Warum ißt du nichts?«

»Ich habe Krebs. Krebs, Siri, verstehst du? Es sieht ziemlich ernst aus. Ich soll morgen früh in die Radiologie in Oslo eingewiesen werden. Vielleicht bleiben mir nur noch ein paar Monate ...«

Es war, als fiele Siri eine Maske vom Gesicht. Fast tat sie Jenny leid. Jetzt waren sie beide nackt.

»Arme Jenny. Liebe kleine Jenny ... warum hast du das nicht gleich gesagt?«

Die Freundin nahm ihre Hände. Und dann kam die ganze Geschichte, wie aus einer Illustrierten ausgeschnitten.

Jenny brauchte eine halbe Stunde, um die Ereignisse der vergangenen vierzehn Tage zu erzählen. Sie war überrascht, wie nüchtern und präzise sie alles darstellte. Peinlich genau, bis ins kleinste Detail. So, als sei hier die Rede von jemand anderem.

Die Freundin umklammerte noch lange Jennys Handgelenke. Und nun sah Jenny es selbst. Wie bleich ihre Hände im scharfen Licht wirkten. Weiß wie Schnee.

»Wir leben nicht ewig, Siri. Das betrifft auch dich ...«

Sie blickte ihrer Freundin tief in die Augen.

»Auf jeden Fall betrifft es mich, daß du krank bist. Kann ich denn gar nichts tun?«

Jenny steckte sich eine weitere Zigarette an und schüttelte den Kopf.

»Du – ich komme einfach mit dir nach Oslo. Ich kann mir ein paar Tage freinehmen. Es ist nicht gut für dich, allein zu fahren.«

»Vielen Dank, Siri. Aber diese Reise muß ich allein hinter mich bringen. Du mußt dich jetzt von mir verabschieden, Siri. Das tut vielleicht weh. Aber ich muß von mir selber Abschied nehmen. Von der Stadt hier, vom Leben. Auch dir wird das irgendwann nicht erspart bleiben ...«

»Jenny ... warte, Jenny ... ich möchte so gern ...«

»Nein! Das muß ich alleine schaffen. Ich muß jetzt gehen, Siri.«

Ihr Stolz. Der war jetzt stark wie eine Säule.

Sie steht auf, zieht ihren Mantel an und den weißen Koffer unter dem Tisch hervor.

»Schau mal! Hast du Lust auf ein Krabbenbrötchen? Oder ein Stück Osterzopf? Du kannst alles haben.«

»Warte doch ...«

»Mach's gut, Siri!«

Sie dreht ihrer Freundin den Rücken zu und läuft hinaus auf die Straße. Sie flieht vor Siris Mitleid.

Sie hat dabei das Gefühl, sich von der ganzen Welt loszureißen.

Siddhartha

Sie wanderte ziellos durch die Straßen. Einmal blieb sie stehen und sah sich im Schaukasten der ›Bergens Tildende‹ die ausgestellten Zeitungsseiten an.

Beim Lesen der Schlagzeile fuhr sie zusammen. »EIN WUNDER – ICH LEBE!« Über sechs Spalten. Eine Mitteilung nur für sie. Doch das war nur ein Stück Alltagsdrama. Ein Polizist, der mit knapper Not einem Revolverdesperado entkommen war.

Aber tatsächlich war es ein Wunder, daß sie lebte! Jenny brauchte keinem Revolverdesperado zu entkommen, um es als Wunder zu erleben, daß es sie gab. War es nicht ein Wunder, daß es überhaupt etwas gab?

Das Mysterium des Lebens, dachte Jenny. Das Rätsel des Lebens ...

Das Rätsel der Krankheit ...

Und was, wenn sie, wie durch ein Wunder, plötzlich wieder ganz gesund würde? Oder wenn die Diagnose einfach nicht stimmte?

Ach nein. Jenny war keine Träumerin. Jenny war Chemikerin. Und Jenny war Realistin. Sie glaubte nicht an Wunder. Der Schlager dieses Frühlings, »Wir leben«, von Wencke Myhre und Jan Eggum hallte in ihren Ohren wider.

Wie ein Gegenstück zu ihrer eigenen Stimmungslage hatte sie das Stück in den letzten Tagen immer wieder im Radio gehört:
»Für das Leben kämpfen wir, solange unser Blut noch fließt ...«
Wofür lohnte es sich denn sonst zu kämpfen?

Mit dem weißen Damenkoffer in der Hand, mal in der linken, mal in der rechten, ging sie weiter zum Theater.
›Damen im Dampfbad.‹ Der Publikumserfolg der Saison. Sie hatte keine Ahnung, worum es in diesem Stück ging, doch es erschien ihr reichlich albern. Wie Siris Ausschweifungen in der Sauna des Lehrers in Finse.
Theater. Theater bedeutete Johnny. Jetzt war er Dozent für Dramaturgie in Trondheim. Das Leben ist ein Theater, sagte er immer. Mit der Zigarette in der einen und der Flasche in der anderen Hand. Wir werden auf eine Bühne gestellt, und am Ende gehen wir einfach ab.
Er war vermutlich nicht der erste, der das so formulierte.

Jenny mußte aus der Stadt heraus. Sie schleppte ihren Koffer bis zum Kloster und dann den ganzen Weg bis Nordnes. Dort setzte sie sich auf eine Bank und starrte über das Meer zur Insel Askøy hinüber.

Vor zweitausend Jahren wurde ein jüdischer Aufrührer gekreuzigt. Er war sicher ein phantastischer Mensch gewesen. Doch die Kirche lehrte darüber hinaus, daß er Gottes Sohn gewesen sei.
Für Jenny ergab das keinen Sinn. Daß Gott zuerst die Menschen mit freiem Willen geschaffen haben sollte. Und als die Menschen diesen freien Willen anwendeten, war Gott so wütend, daß er seinen eigenen Sohn kreuzigen lassen mußte, ehe er den Menschen verzeihen konnte.

War das nicht die Botschaft des Christentums für Jenny Hatlestad zu Ostern 1983? Wenn sie glaubte, es sei ein Geschenk Gottes zu glauben, Jesu Kreuzigung sei ein Geschenk Gottes, als Buße dafür, daß Adam und Eva die Gabe Gottes mißbraucht hatten – dann war sie gerettet vor dem Zorn eben dieses Gottes und nicht in alle Ewigkeit verloren ...

An einen solchen Gott glaubte Jenny einfach nicht.

Jenny war nicht religiös. Jenny war krank. Doch ihren Verstand hatte die Krankheit noch nicht angegriffen. Während der letzten Tage hatte sie fünfzehn Andachten im Radio gehört. Aus verständlichen Gründen hatte sie mit offenem Ohr gelauscht. Es war wie ein Schnellkurs zum Thema Christentum gewesen. Oder wie eine Serie von Wiederholungskursen. Denn jede einzelne Andacht hatte das gesamte Glaubensbekenntnis enthalten.

Die Schriftgelehrten wollten offenbar unbedingt unter Beweis stellen, daß sie ihre Lektion konnten und in jeder Hinsicht orthodox waren. Doch wenn die gesamte christliche Lehre – von Adam und Eva bis zur Offenbarung des Johannes – innerhalb von fünf oder zehn Minuten verkündet werden mußte, dann war kein Platz mehr für Liebe und Vernunft, und deshalb konnte sie Jenny auch nicht trösten, als sie, mit dem Koffer zwischen den Beinen, in Nordnes saß, und die Askøy-Fähre beobachtete.

Jenny mußte noch an etwas anderes denken. An etwas Exotisches, das sich unter einem fremden Himmel zugetragen hatte. An etwas Konkretes und Erhebendes, etwas, das besser geeignet war für eine krebskranke Diplomchemikerin.

Ihr fiel die schöne Geschichte vom Fürstensohn Siddhartha ein, der in Saus und Braus gelebt hatte, bis ihm plötzlich die Augen für das Leid der Welt aufgegangen waren ...

Das letzte Lebenszeichen von Johnny war ein langer Brief aus Stockholm gewesen, wo er gerade ein Ballett über die

Buddha-Legende gesehen hatte. Und Jenny war sofort in die Bücherei gelaufen und hatte sich Literatur über den Buddhismus herausgesucht. Sie hatte nicht so recht gewußt, ob es ihr dabei mehr um Johnny oder um Buddha gegangen war.

Buddha war kein Erlöser oder Sohn Gottes. Er war ein Mensch wie Jenny gewesen.

Bei der Geburt war seinem Vater geweissagt worden, daß der Sohn entweder die Welt beherrschen oder der Welt entsagen würde, was ja immerhin das genaue Gegenteil voneinander war. Entsagen würde er, wenn er Not und Leid der Welt miterleben müßte. Das wollte der Vater verhindern, und deshalb hatte er seinen Sohn vor der Welt außerhalb des Palastes beschützen wollen – und zugleich hatte er ihn mit Freuden und Lustbarkeiten umgeben.

Doch Siddhartha war sein beschütztes Dasein als Prinz nicht genug: Vor den Palastmauern hatte er einen Greis, einen Kranken und einen verwesenden Leichnam gesehen ...

Die Begegnung mit dem buckligen Greis hatte Siddhartha vor Augen geführt, daß das Alter ein Schicksal ist, das alle Menschen einholt. Der Anblick des leidenden Kranken hatte ihn die Frage stellen lassen, ob es möglich ist, sich vor Krankheit und Leid zu schützen. Und die Leiche hatte den jungen Prinzen daran erinnert, daß alle Menschen sterben müssen und daß selbst der glücklichste Mensch der Vergänglichkeit unterworfen ist.

Nach diesen niederschmetternden Erlebnissen hatte Siddhartha einen Asketen mit einem verklärten und glücklichen Gesichtsausdruck entdeckt. Ihm war aufgegangen, daß ein Leben in Reichtum und Genuß ein leeres, sinnloses Leben war. Und er hatte sich gefragt: Gibt es etwas auf dieser Welt, das vor Alter, Krankheit und Tod gefeit ist?

Siddhartha war vom Mitleid für seine Mitmenschen übermannt worden, und er hatte sich berufen gefühlt, den Menschen einen Ausweg aus dem Leid zu zeigen. Tief in Gedanken versunken war er in den Palast zurückgekehrt, und noch in derselben Nacht hatte er sein behagliches Leben als Prinz aufgegeben und sich für die Heimatlosigkeit entschieden.

Nach sechs Jahren als umherstreifender Asket hatte Siddhartha sich am Fluß Neranjara unter einen Feigenbaum gesetzt. Und hier – hier hatte er seine »Erweckung« erlebt. Nach fünfunddreißig Jahren als Schlafwandler war Siddhartha zu der Erkenntnis gelangt, daß das Leid der Welt durch Lebensdurst verursacht werde. Nun wurde er zum »Buddha«, zu einem Erwachten ...

Jenny spürte die Parallelen. Sie war in etwa so alt wie Siddhartha. Hatte nicht auch sie ein Leben im goldenen Käfig der Zufriedenheit gelebt, behütet vor Leid, Tod und Erkenntnis? Hatte sie nicht in all ihren sechsunddreißig Jahren wie eine Schlafwandlerin gelebt? Hatte nicht der Lebensdurst sie bis über alle Sinne berauscht? Und erwachte sie nicht gerade aus diesem langen Schlummer?

Buddha war nicht nur zu der Erkenntnis gelangt, daß alles in der Welt Leid ist, weil alles dem Gesetz der Vergänglichkeit unterworfen ist. Sondern ihm war auch bewußt geworden, daß es noch etwas anderes gibt. Etwas Ewiges, Unvergängliches. Etwas, das über Talmi und Tand dieser Welt erhaben ist wie über Zeit und Raum. Etwas, das nur für die erreichbar ist, die ihren Lebensdurst ganz und gar ersticken können ...

Buddha hatte das »andere Ufer« erreicht. Er hatte die Welt überwunden und war zum »arhat« geworden, zum »Ehrwürdigen«. Er hatte die Welt unter dem Blickwinkel der Ewigkeit gesehen. Er hatte das Nirwana erreicht.

Jenny war keine Philosophin. Jenny verstand sich als Realistin. Ihre Weltanschauung hatte sich aus Atomen und

Molekülen zusammengesetzt. Aus Planeten, Sonnen und Sternennebeln. Jeden Tag hatte sie sich mit Reagenzgläsern und Meßbechern an die Arbeit gemacht.

Wenn etwas an ihrem Weltbild unbefriedigend gewesen war, dann die Tatsache, daß alles sich analysieren und in noch kleinere Teile zerlegen ließ. Doch so weit hatte sie nur selten gedacht ... Der kurze Einblick, den sie in Buddhas Lehre erhalten hatte, genügte, um eine Art Ganzheit zu erahnen.

Es muß einen größeren Zusammenhang geben, überlegte Jenny. Sie blickte auf den Puddefjord. Es muß einen Ort geben, von dem aus ich mich und mein Schicksal sehen kann.

Was war denn dieses »Nirwana«? Was war dieses Ewige, dieses Unvergängliche, das Buddha erlebt hatte? War es nur ein Gedanke? Eine Idee? Oder etwas Greifbares?

Vorn an der Landspitze ging eine Mutter von Mitte Zwanzig mit einem kleinen Kind von zwei oder drei Jahren spazieren.

Jenny hatte keine Kinder bekommen können. Doch auch sie war einmal Kind gewesen. So, genau so, hatte sie mit ihrer eigenen Mutter gespielt. Vielleicht genau hier. Und so würden auch noch lange nach ihr in Nordnes Mütter und Kinder spielen.

Jenny glaubte, in diesem Bild von Mutter und Kind den ganzen Wettlauf der Generationen und Geschlechter zu erkennen.

Sie hatte das Gefühl, nicht nur sie selbst zu sein. Nicht nur die Frau, die hier saß, mit dem weißen Koffer zwischen den Beinen. Es war, als sei sie auch diese Mutter. Und das kleine Kind. Es war, als befände sie sich in den Bäumen um sie herum. Im Gras, über das sie lief. Im Gesang der Vögel. Ja, sogar in der Bank, auf der sie saß. Nirwana ...

Das konnte nichts Fernes, Himmlisches sein. Es mußte etwas mit dem Hier und Jetzt zu tun haben. Denn Buddha – Buddha hatte das Nirwana unter einem Feigenbaum erreicht. Am Fluß Neranjara ...

Sie sah draußen auf dem Fjord die Askøy-Fähre, auf halber Höhe zwischen Nordnes und Askøy, mit vielleicht ein paar hundert Menschen an Bord. Doch für Jenny sah die Fähre aus wie ein Spielzeugboot in einer Miniaturlandschaft.

Hundert Menschen in einem Boot zusammengepfercht, getragen vom selben Kiel, von derselben Kraft.

Jenny spielte mit dem Gedanken, selbst an Bord zu sein. Weit draußen auf dem Fjord an Deck zu stehen und mit dem Gedanken zu spielen, sie sitze in Nordnes und halte nach sich selbst Ausschau.

Einen Moment lang wußte sie nicht mehr, wo sie sich gerade befand. Sie war an Bord der Fähre und in Nordnes. Und in Landås, im Mjølfjell. Und in Oslo, in der Wohnung ihrer Schwester und in der Radiologischen Klinik ...

Wenn sie nicht auf die Zeit achtete, dann war sie an all diesen Orten. Sogar auf dem Mond. Sie war überall.

Jenny dachte daran, wie sie 1975 über die Europakarte geflogen war. Die Menschen waren so tief unten gewesen, daß sie sie nicht mehr sehen konnte. Aber sie hatte überall ihre Spuren entdeckt. Sie hatte Städte und Äcker gesehen. Wie kleine gelbe, grüne und graue Karos. Griechenland, Jugoslawien, Österreich, Deutschland, Dänemark. Und das alte Norwegen. Aus zehntausend Metern Höhe waren keine Landesgrenzen mehr zu sehen. Das grüne Europa ...

Sie hatte auch Bilder vom Erdball gesehen. Aufgenommen vom Mond aus. Oder von noch weiter draußen im Weltraum liegenden Orten. Ein blauer Globus.

Aus der Entfernung gesehen gehörte alles Leben auf diesem Planeten zusammen. Wie ein einziger lebendiger Organismus. Ein seltsamer Gegenstand: ein quicklebendiges Ding mitten im leeren Raum.

Wer hatte auf Jenny und ihr Schicksal geachtet, als das Bild vom Mond her aufgenommen wurde? Welche Bedeutung hatte eine Ameise unter vielen Milliarden?

Und doch – mit ihrem Bewußtsein umschloß Jenny gewissermaßen diese ganze Welt.

Wenn ich sterbe, dachte sie, dann stirbt die ganze Welt mit mir. Und eine andere Welt wird an die anderen weitervererbt.

Die Welt ist hier und jetzt – in einigen Wochen oder Monaten ist sie verschwunden ...

Ein Spatz kam angeflogen und setzte sich neben sie auf die Bank. Einen Moment blieb er dort sitzen und sah sich um. Dann war er verschwunden.

April

Noch eine Askøy-Fähre ist vorübergefahren. Jenny steht von der Bank auf, nimmt den weißen Koffer und geht in Richtung Stadt.

April. Die Rasenflächen sind so grün, daß es in den Augen schmerzt. In einigen Beeten blühen Schneeglöckchen, Krokusse und Osterglocken. Die nackten Birken haben sich in lila Schleier gehüllt. An einigen lugen die Spitzen hellgrüner Blättchen hervor. In einer Woche werden die Birken ganz in Grün gekleidet sein ...

April. Es ist unfaßbar, findet Jenny, wie innerhalb weniger Wochen Tonnen von grünem, lebendigem Stoff aus der schwarzen und leblosen Erde gepumpt werden.

April. Wieder denkt sie an Ostern. An Tod und Auferstehung. An das Saatkorn, das ins Erdreich fallen und sterben muß ...

Jenny geht langsam an Fredriksberg vorbei und erreicht die alten Holzhäuser zwischen Kloster und Puddefjord.

Grüne Rasenflächen. Bäume. Ein alter Mann mit einem Stock. Zwitscherndes Kinderlachen. Eine schwere Abendsonne durchbricht die Wolkendecke.

Jenny saugt all diese Eindrücke in sich auf.

Lebt wohl, denkt sie hart und bitter. Leb wohl, Bergen. Leb wohl, lebendige Erde, lebt wohl, Sonne und Himmel ... Ich ziehe mich jetzt zurück, meine Zeit ist zu Ende. Ich verschwinde. Nicht für ein oder zwei Wochen. Sondern für immer. Für ewig.

Plötzlich versteht sie, was dieses Wort bedeutet. Ewig. Im Bruchteil einer Sekunde versteht sie es. Jenny erfährt die Ewigkeit.

Das hier war meine Welt. Sechsunddreißig Jahre lang. Nein, Millionen von Jahren lang. Sie fühlt sich um keinen Tag jünger als der Berg Ulrikken. Wie sehr diese Welt doch *meine* gewesen ist. Wie sehr von mir gefärbt. So sehr in meinem Bewußtsein gefangen.

Vielleicht gibt es auch noch andere Welten. An einem anderen Ort. Oder in einer anderen Zeit. Vielleicht beides. Doch Jenny hat an dieser Welt teilnehmen dürfen. An einer Welt aus Tälern und Fjorden und Bergen, aus Wüste, Meer und Dschungel. Mit Pferden und Kühen und Ziegen, Elefanten, Nashörnern und Giraffen. Mit Krokussen, Schneeglöckchen und Hibiskus, Apfelsinen, Pflaumen und Stachelbeeren ... und mit Menschen, Frauen und Männern. Jenny hat die Menschheit erlebt. Aus nächster Nähe. Sie hatte eine Begegnung der vierten Art. Sie selbst ist ein Mensch gewesen!

Die Welt!

Dieser Welt hat sie einen kurzen Besuch abgestattet. Als Teilnehmerin, als Repräsentantin, als Beobachterin.

Wie viele Stunden ihr hier wohl noch bleiben werden?

Aber das spielt wohl kaum eine Rolle, wo sie doch schon auf dem Weg hinaus ist?

O doch, es spielt eine Rolle. Wie viele Stunden bleiben ihr noch zum Leben? Zum Sein?

Gib mir das Leben noch einmal, denkt Jenny. Gib mir einen gesunden Körper. Gib mir meine Jugend zurück ...

Gib uns Barabbas!

An diesem Osterfest ist Jenny das Opferlamm. Sie trägt das Leid der Welt auf ihren Schultern.

»Wenn alles ganz still ist, hören wir die Herzen schlagen ..., ob wir kriechen oder gehen, ob wir ganz verloren sind: wir leben!«

Jetzt war sie wieder mitten in der Stadt.

An einem ganz normalen Dienstagabend wäre sie jetzt noch ins Restaurant »Wesselstue« gegangen, ehe sie den Bus nach Åsane genommen hätte. Es war nicht unmöglich, daß sie dort Bekannte traf, jemanden zum Reden ...

Das hier aber war kein normaler Dienstagabend. Dennoch beschloß sie, einen letzten Blick in die »Wesselstue« zu werfen. Nicht, um Bekannte zu treffen. Sondern um ein letztes Bad in der Menge zu nehmen, ehe sie Bergen den Rücken kehrte, um nach Oslo zu fliegen.

Sie schlich an der Garderobe vorbei, damit sie Mantel und Koffer nicht abgeben mußte. Mit dem Koffer in der einen und der Handtasche in der anderen Hand suchte sie sich zwischen den Tischen einen Weg durch das verräucherte Lokal. Heute hielt sie nicht Ausschau nach Bekannten. Sie wollte sich lieber einen Überblick verschaffen, über die Atmosphäre, das Cafélben ...

Es war der große »Seht mal, wie braun ich bin«-Tag. Auch das eine oder andere Bleichgesicht war zu sehen. Die Bleichgesichter mußten sich wie eine ethnische Minderheit vorkommen. Es war ganz normal, daß jemand am ersten

Werktag nach Ostern mit einem Koffer in der Hand zwischen den Tischen der »Wesselstue« umherlief. Unnatürlich und beinahe grotesk aber war die Kombination von einem Koffer und diesem blassen, fast ganz weißen Gesicht.

Noch dazu war Jenny stocknüchtern. Sie roch weder nach Skiwichse und Sonnenöl noch nach Petroleum und Birkenholz. Sie roch auch nicht nach Brunst.

Es war seltsam zu sehen, wie die Menschen die Köpfe zusammensteckten und miteinander tuschelten und flüsterten, wie sie gackerten und lachten. Wie sie miteinander kokettierten und Urlaubsanekdoten austauschten. Wie sie ihre Pfauenfedern brausen ließen und herumprotzten. Es tat fast weh, das ansehen zu müssen.

Sieh dir mal meine Nasenspitze an! Ich bin sogar auf dem Bauch ein bißchen braun geworden ... sind meine Waden nicht braun? Und weißt du, dann haben wir einen Lehrer und einen Arzt kennengelernt ... die wohnten in einem Riesenhaus ... mit Sauna, verstehst du ... und überhaupt ... An einigen Tagen war es so warm, daß wir uns oben ohne sonnen konnten!

Kleingeister, dachte Jenny. Unter ihrem Mantel zitterte sie.

Vor wenigen Wochen hatte auch sie zu diesen Kleingeistern gehört. Jetzt waren sie ihr fremd. Jetzt fühlte sie sich, als säße sie auf einem hohen Berg. Jetzt befand sie sich irgendwo da draußen im Weltraum.

Sie hatte Angst, Bekannte zu entdecken, und deshalb verließ sie das Lokal bald wieder.

Jenny bahnt sich einen Weg zwischen den vielen Motorrädern vor dem »Hotel Norge«. Sie überquert den Festplass und geht am Lille Lungegårdsvann entlang auf den Busbahnhof zu.

Ganz unten am Seeufer liegt ein knutschendes Paar. Es

sieht nicht besonders bequem aus, wie sie da liegen. Daß die das bringen, denkt Jenny. Es wirkt so anstrengend. Und es ist sicher kalt. Und unleugbar auch ein bißchen komisch. Zwei ausgestreckte Tiere, die sich gegenseitig streicheln und küssen und kratzen und kneifen. Und deren Begehren der Tatsache zu verdanken ist, daß sie zwei unterschiedlichen Varianten der Spezies Mensch angehören.

Und dennoch: Sie kann sie gut verstehen. Sie ist ja selbst auch so ein Mensch gewesen ...

Der Flughafenbus fuhr erst in einer halben Stunde. Aber ein normaler Bus nach Flesland war schon zum Abfahren bereit. Fana – Os – Milde.

Zum erstenmal spürte sie in ihrem Körper, daß sie krank war. Die Unterführung zum Busbahnsteig 18 war so endlos lang. Und dann mußte sie eine steile Treppe hinaufsteigen. In einen Bus, wo sie ihren Koffer festhalten und gleichzeitig in ihrer Handtasche nach dem Fahrgeld wühlen mußte.

Sie hatte so viel an den Tod gedacht, daß sie ihre Krankheit völlig vergessen hatte. Jetzt merkte sie, wie schwach sie war.

»Entschuldigung, geht es Ihnen nicht gut?«

Das war der Busfahrer. Zum erstenmal, seit Siri sie im »Reimers« überrumpelt hatte, wurde sie angesprochen.

Jenny spürte, wie eine warme Welle der Dankbarkeit ihren Körper durchlief.

»Bitte? Nein, nein, ist schon in Ordnung. Ich bin nur ein bißchen müde. Haben Sie vielen Dank. Tut mir leid ...«

Gern hätte sie ihn umarmt. Ihn um Hilfe gebeten, um sein Mitleid. Oder sich auf die Motorhaube gelegt und geweint.

Sie hatte – vielleicht zum erstenmal in ihrem Erwachsenenleben – einen ganzen Tag lang nicht an ihr Äußeres gedacht. Am Morgen hatte sie sogar ihr Augen-Make-up vergessen.

Doch fühlte sie sich nicht nur blaß und ungepflegt. Vielmehr war ihr Gesicht von Angst gezeichnet, von Verzweiflung, Depression und Aufruhr. Es war naiv zu glauben, ihre Gedanken seien für alle Welt unsichtbar.

Sie hatte wieder dieses Gefühl, das sie aus ihrer Kindheit so gut kannte. Daß alle, die sie ansahen, ihre Gedanken lesen konnten.

Die Welt

Jenny war immer schon gern Bus gefahren.

Sie saß gern am Fenster und sah die Landschaft vorüberziehen. Die Berge, den Fjord, die Häuser, die Schaufenster, die Menschen ...

Das war, als blättere man in einem Buch.

Hier konnte sie ungestört sitzen und heimlich belauschen, was die Menschen über Wind und Wetter sagten, und mußte sich nicht dafür rechtfertigen.

Die Stunden, in denen Jenny am intensivsten reflektierte, waren die täglichen Busfahrten zwischen Åsane und Bergen gewesen. Wenn ihre Gedanken gelegentlich andere Themen umkreisten als Ökonomie und Alltagskram, dann geschah das im Bus.

Hier hatte sie den Sonnenaufgang gesehen. Hier hatte sie die Dämmerung erlebt. Hier war ihr das Paradoxon aufgegangen, daß ein Mensch nicht ewig lebt.

Jetzt saß sie hinter einer Mutter und deren redseligem Jungen von sechs oder sieben Jahren.

Der Junge hatte gerade das Stadium im Leben erreicht, in dem er sich an die Wirklichkeit gewöhnt hatte. Die Welt war nicht mehr nagelneu und unerforscht. Er konnte noch immer viel Neues entdecken, aber die Welt bot schon längst keinen Grund zur Verwunderung mehr. Sie hatte aufgehört, eine permanente Offenbarung zu sein.

Zwei Reihen weiter vorn saß ein zweijähriges Mädchen auf dem Schoß ihres Vaters. Im einen Moment zog sie den Papa am Bart, im nächsten riß sie sich von ihm los und zeigte begeistert aus dem Fenster.

Diese Kleine war ein ganz anderes Wesen als der Siebenjährige. Sie befand sich noch immer in den magischen Jahren. Für sie war die Welt so neu wie am siebten Tage, als der Herr geruht hatte. Und die Kleine sah, daß alles gut war ...

Wenn der Busfahrer den Bus plötzlich dem Autopiloten überlassen hätte, um über den Köpfen aller Passagiere an der Busdecke zu schweben, dann hätte das Mädchen vielleicht auf ihn gezeigt und gesagt: »Guck mal, Papa, der Mann fliegt!«

Der Vater, ein Studienrat oder Sozialpädagoge in den Dreißigern, hätte vermutlich einen Schock erlitten. Ganz einfach, weil er seit über dreißig Jahren lebte, ohne je etwas ähnliches erlebt zu haben. Ja, nur deshalb.

Jetzt zeigte die Zweijährige auf einen Krankenwagen mit Blaulicht und heulendem Martinshorn. Der Wagen jagte in Richtung Søreide am Bus vorbei. Für die Kleine war das alles unerhört.

Der Vater ließ sich gerade noch dazu herab nachzusehen, worauf seine Tochter zeigte. Sicher nahm er nur aus pädagogischen Erwägungen am Erlebnis seiner Tochter teil. Er hatte Krankenwagen schon häufiger gesehen.

Kaum hatte sich die Kleine gesetzt, da riß sie sich auch schon wieder los. Jetzt zeigte sie, außer sich vor Begeisterung, auf ein Pferd vor einem großen Stall.

»Wau-wau!« sagte sie.

»Pferd, Camilla, das ist ein Pferd.«

Der Studienrat hatte recht.

Wenn durch das Busfenster ein Känguruh zu sehen gewesen wäre, hätte er sich sicher am Kopf gekratzt – freilich nur, weil er schon viele Male durch Fjøsanger gefahren war, ohne jemals auf ein Känguruh gestoßen zu sein.

Die Kleine ihrerseits hätte dann wahrscheinlich wieder voller Begeisterung »Wau-wau!« gerufen.

Der Anblick eines Känguruhs wäre für sie nicht mehr und auch nicht weniger aufregend gewesen. Mit ihren zoologischen Kenntnissen war es noch nicht sehr gut bestellt.

Im Grunde sah sie in diesem Moment ein Känguruh. Mit einem Känguruhkind, das in einer kleinen Bauchtasche steckte. Oder einen Elefanten. Einen rosa Elefanten. Mit goldenen und silbernen Flügeln ...

Die kleine Camilla tauchte ein in ihr Märchen. Ein Märchen, in das der Studienrat höchstens dann eintauchen würde, wenn die Luft sich plötzlich mit Engelchen gefüllt hätte.

Todkrank zu sein bedeutete eine ungeheure Schärfung des Gedächtnisses. Jenny konnte sich plötzlich so intensiv an ihre Kindheit erinnern, daß es ihr keinerlei Schwierigkeiten bereitete, sich mit dieser Zweijährigen zu identifizieren, die so verwundert war über alles, was sie sah.

Sie hatte das Gefühl, die Welt zum erstenmal zu sehen. Obwohl es das letztemal war. Aber war das nicht im Grunde dasselbe? Wie das kleine Mädchen vorn im Bus stand sie an der äußersten Grenze der Welt.

Jenny schaute aus dem Busfenster.

Das Gras war so grün, die Berge so hoch und scharf konturiert, der Abendhimmel so blendend blau, und Menschen und Tiere so quicklebendig.

Die Welt schien erst vor wenigen Minuten erschaffen worden zu sein. Als ob ein Zauberkünstler die Wirklichkeit gerade erst aus dem Ärmel geschüttelt hätte.

Hoch oben am Hang waren noch ein paar Flecken Schnee zu sehen. Ein letzter Gruß aus dem vergangenen Jahr.

Aus einem Leben ...

Jenny würde keinen Schnee mehr vom Himmel rieseln sehen. Ihr Zyklus war unterbrochen worden und die letzte Runde eingeläutet.

Schnee!

Jenny wußte noch, wie sie zum erstenmal etwas Weißes auf der Erde gesehen hatte. Am allerersten Wintermorgen der Welt. Ein dicker Teppich aus grobkörnigem Reif hatte alles wie eine kühle Decke eingehüllt.

»Zucker!« hatte sie gerufen.

Sie hatte sich in ihrer Karre aufgerichtet und wild mit den Armen in der Luft herumgefuchtelt. »Zucker!«

Das war damals, als sie noch nicht an dieser Herrlichkeit geleckt hatte. Sie hatte nichts als eine kandierte Landschaft gesehen.

Die Welt ist ein Rätsel, dachte Jenny jetzt. Doch wir gewöhnen uns an dieses Rätsel, wenn wir größer werden. Bis uns am Ende überhaupt nichts mehr rätselhaft vorkommt. Die Welt wird überschaubar und zuverlässig. Und wir müssen scharf nachdenken, wenn wir die Welt ihrer scheinbaren Begreifbarkeit berauben wollen. Wir müssen uns intensiv in uns selbst vertiefen, wenn wir die Welt als Mysterium erleben wollen...

Ist das nicht komisch?

Das einzige wirkliche Mysterium ist das, was wir sehen. Aber es ist das einzige, das niemals erwähnt wird.

Das gilt für alle Menschen. Aber es ist kein Gesprächsthema.

Nichts ist so obskur wie das Glasklare. Nichts ist so okkult wie das, was wir an jedem einzelnen Tag erleben.

Hier erwachen wir auf einem Erdball im Universum. Auf einem schwebenden Globus. Einer Zauberkugel. Mit Seen und Wäldern und Bergen. Und einem kleinen Spritzer von Leben in allen Größen und Formen.

Hier liegt die Materie auf dem Feld. Hier schießt sie zwischen Steinen und Bäumen aus dem Boden. Hier wimmelt es in Flüssen und Seen. Hier flattert es in der Luft zwischen Himmel und Erde. Und mehr noch, mehr: Die Materie auf diesem geheimnisvollen Planeten ist sich ihrer selbst bewußt. Sie breitet die Arme aus und sagt: »Hoppla, jetzt komme ich!«

Und dann ist es trotzdem soweit. Wir gewöhnen uns an alles um uns herum und tun so, als müßte es so sein. Wir halten das Leben auf diesem Planeten für die vernünftigste Form des Daseins. Vielleicht gelten uns Dronten und Dinosaurier noch als etwas Außergewöhnliches, aber auch nur, weil es sie nicht mehr gibt.

Noch in der dritten oder vierten Klasse hatte Jenny sich darüber gewundert, daß die Menschen in Australien nicht von der Erde purzelten. Das fand sie genauso erstaunlich, wie sie vom Gegenteil verblüfft gewesen wäre – wenn die Australier tatsächlich in den Weltraum gefallen wären.

Was hatte sie damals schon von »Naturgesetzen« gewußt – Naturgesetze, was war das schon?

Camilla und der »Wau-wau« erinnerten Jenny an Lesesäle und Arbeitsgruppen.

Vor fünfzehn oder zwanzig Jahren hatte sie für ein Examen Arne Næss' zweibändige ›Geschichte der Philosophie‹ gelesen. Sie konnte sich nur noch an einen Satz erinnern – vielleicht, weil der ihr gleich auf den ersten Blick als Wahrheit erschienen war: »Nichts existiert im Bewußtsein, was nicht zuerst in den Sinnen existiert hat.«

Irgendein Philosoph hatte das so ähnlich formuliert. Jetzt dachte sie wieder an diesen Satz – und er erschien ihr als Quintessenz all dessen, was sich über diese Welt sagen läßt.

Wir alle werden mit einer Fülle von Erwartungen an die

Welt geboren, die dann eingelöst werden oder nicht. Insofern würden wir jede beliebige Weltordnung akzeptieren.

Die Wirklichkeit bietet einem x-beliebigen Märchen gegenüber keinerlei vernunftmäßige Vorzüge. Logisch gesehen sind alle Weltordnungen gleichermaßen möglich. Oder unmöglich. Doch der Mensch ist mit einer fast unvorstellbaren Anpassungsfähigkeit ausgerüstet. Wenn wir uns jeden Tag in der Wirklichkeit aufhalten können, ohne den Verstand zu verlieren, ja, ohne auch nur mit der Wimper zu zucken, dann liegt das daran, daß nur die Wirklichkeit wirklich, daß nur sie eine Tatsache ist.

Wer glaubte denn an die Wirklichkeit, solange keine Beweise dafür geliefert würden, daß es sie gibt?

Die Welt, dachte Jenny, die Welt wird zur Gewohnheit. Alles wird inflationär. Wenn Wunder sich am laufenden Band ereignen, dann müssen sie uns am Ende gleichgültig sein. Und dann kommt der Tag, an dem wir gar nicht mehr sehen, daß eine Welt existiert.

Nur kontrastiert mit unseren Erwartungen kann uns etwas rätselhaft erscheinen. Nur wenn die lange Reihe unserer Erwartungen durchbrochen wird, sind wir noch überrascht. Die Welt muß um eine Vierteldrehung weitergehen. Und wir müssen schon etwas »Übernatürliches« erleben, um am eigenen Leib zu spüren, daß wir existieren.

Jenny schaut wieder aus dem Busfenster.

Søreide. Ein kleiner Ort, zehn Kilometer südlich von Bergen. Ein paar Läden, eine Schule, ein Postamt. Menschenleerer Werktagabend. Jenny sieht alles so scharf wie ein Kind.

Das einzige, was diese Welt greifbarer werden läßt als die wildeste Phantasie, ist die Tatsache, daß sie existiert. Abgesehen von diesem einen Unterschied ist Søreide für die Vernunft so unbegreiflich wie das Middle Earth der Hobbits oder Alices Wunderland.

Auch das hat wohl irgendein Philosoph so ähnlich formuliert. Daß das große Mysterium nicht darin besteht, *wie* die Welt ist, sondern allein *daß* sie ist.

Auch diese These hatte Jenny sich eingeprägt, als sie sich damals auf das philosophische Examen vorbereitet hatte. Dieser Satz schien alles zu umfassen, was man sich vorstellen konnte.

Sie aber hatte in all den Jahren, die seither verstrichen waren, nicht weiter darüber nachgedacht. Sie war viel zu beschäftigt gewesen zu leben. Die Welt selbst war kein Thema, über das man sich jeden Tag den Kopf zerbrach.

Anders sah die Sache allerdings aus, wenn man plötzlich erfuhr, daß man Krebs hatte. Dann gewannen Worte wie Welt, Leben oder Tod an Gewicht. Krebskranke entwickelten oft ein feines Gespür für die großen Fragen des Daseins. Viele behaupteten sogar, daß das einen Teil des Krankheitsbildes ausmache.

In der »Wesselstue« jedoch standen solche Gedanken nicht gerade auf der Tagesordnung. Den Ärzten und Studienräten aus Finse waren diese Gedanken fremd. Dazu waren sie zu gesund. Dazu waren sie ein bißchen zu sehr Tier.

Was unterschied sie denn von den Kühen und Schafen in Blomsterdalen? Sie standen einfach da. Ohne es überhaupt zu bemerken. Ohne einen Schritt zurückzugehen.

Was Siri wohl in Finse getrieben hätte, wenn es nur ein Geschlecht auf Erden gäbe? Vielleicht hätte sie die Sterne betrachtet. Vielleicht hätte sie den Kopf in den Nacken gelegt, um in den Weltraum zu schauen. Vielleicht hätte sie sich selber entdeckt und sich gefragt, woher sie gekommen sein mag.

Fast ihr ganzes Leben auf der Erde hatte Jenny wie eine Comicfigur verbracht, ohne ein Bewußtsein ihrer selbst. Nur ein seltenes Mal war ihr das Bewußtsein der eigenen Existenz wie ein Schauer durch den Leib gefahren.

Ein Mensch lebt bestenfalls achtzig oder neunzig Jahre, dachte sie jetzt. Eine Generation folgt der anderen ... Wir müssen alle sterben ... Wir leben nicht ewig ... – im Umgang der Menschen miteinander gibt es viele Floskeln.

Wenn wir nur drei oder vier Jahre lebten, würden wir uns damit genauso abfinden müssen. Dann wäre *das* unsere Natur. Aber selbst wenn wir tausend oder zehntausend Jahre lebten, wären wir unzufrieden, wenn das Ende näherrückte.

Sechsunddreißig Jahre ...

Ein Tag in der Ewigkeit. Ein Fingerschnippen in der Zeit. Jenny hatte nicht das Gefühl, schon lange erwachsen zu sein. Noch immer war sie Anfängerin.

Und dennoch: Sie beneidete die anderen nicht mehr um deren Gnadenfrist von einigen schnöden Tagen. Ob sie noch eine Woche oder tausend Jahre zu leben hätte, das war im Grunde unwesentlich, wenn sie doch ohnehin eines Tages aufhören würde zu sein ... Es gab schließlich wichtigere Fragen als die nach dem exakten Zeitpunkt, an dem das Leben eines einzelnen Menschen zu Ende geht. Es ging um mehr als das einfache Feilschen um die Uhrzeit.

Nicht ich bin krank, dachte sie. Die Welt ist krank. Denn schließlich ist ja »alles, was entsteht, wert, daß es zugrunde geht«.

Das hatte auch Buddha gemeint, als er sagte, alles in der Welt sei von Leid erfüllt. Es gibt viel Gutes auf der Welt. Vieles, das wir liebgewinnen. Aber nichts von dem, was wir lieben und an das wir uns klammern, ist von Dauer.

Ob es wohl ein Heilmittel gab gegen ihre Angst, sich selbst zu verlieren? Gab es nichts, was Jenny von ihrer Lebensgier heilen, nichts, was ihren Lebensdurst löschen konnte? Gab es irgendeine Perspektive, die wichtiger war als die Frage nach Sein oder Nichtsein?

Mit diesen Fragen beschäftigte Jenny sich am letzten Vorposten der Welt.

Die Sterne

Der Bus hält vor dem Flughafengebäude.

Jetzt sind nur noch drei Fahrgäste übrig. Jenny, Camilla und Camillas Vater. Sie suchen nach ihrem Gepäck.

Nach der langen Busfahrt, der längsten, die Jenny in ihrem ganzen Leben gemacht hat, hat sie jetzt das Gefühl, die beiden anderen sehr gut zu kennen. Sie stehen ihr näher als Siri, Ragnhild und die Kolleginnen aus dem Labor. Sie sind mehr als zufällige Mitreisende. Sie sind Mitmenschen.

Jenny wirft sich den grünen Mantel über den einen Arm und zieht mit dem anderen den Koffer aus der Gepäckablage. Dann verläßt sie den Bus, der Fahrer läßt den Motor aufheulen, schließt die Türen und fährt weiter.

Zwischen Søreide und Bergen ist es dunkel geworden. Die Erde hat sich einige Grad um ihre Achse gedreht und die Sonne hinter dem Horizont verschwinden lassen. Die roten Positionslichter am Rande des Flughafens beweisen, daß Jenny am Ende des 20. Jahrhunderts sterben wird.

Jenny bewegt sich mit schweren Schritten auf den Eingang zu.

Abflug ... Departure.

Über dem flachen Flughafengebäude sieht sie die ersten Abendsterne wie blaßblaue Tupfen im Halbdunkel.

Ferne Sonnen. Und doch unsere nächsten Nachbarn im Universum.

Jenny wird auf einem Planeten sterben, der sich um einen von hundert Milliarden von Sternen in der Milchstraße dreht. Und hinter der Milchstraße, weiter, als Jennys Gedanken reichen, gibt es weitere Hunderte Millionen solcher Galaxien.

Der Tod ist so nah – und die Sterne so weit weg.

Jenny hatte eine Phase, in der sie sich für Astronomie interessierte. Seit ihrer Gymnasialzeit, bis sie dann zum Chemiestudium nach Trondheim mußte, hatte sie alle Bücher über den Weltraum gelesen, die sie finden konnte. Sie war wie besessen gewesen.

Jenny wußte, daß alle Materie im Universum eine organische Einheit bildet. Sie wußte auch, daß alle Materie sich in Urzeiten zu einem so ungeheuer massiven Klumpen zusammengeballt hatte, daß ein Stecknadelkopf viele Milliarden von Tonnen wog. Sie wußte, daß das Uratom aufgrund der enormen Schwerkraft explodiert war. Sie wußte auch, daß das Universum, das sie jetzt umgab, ein Ergebnis dieser Explosion war. Und mehr noch: Sie wußte, daß alle Galaxien noch immer mit astronomischer Geschwindigkeit auseinanderstrebten.

Als Gymnasiastin hatte Jenny sich selbst einmal in einen größeren Zusammenhang gestellt. Sie hatte Koordinaten in Zeit und Raum gezogen und ihren eigenen Ort ausgelotet. Sie hatte gelernt, mit den willkürlichen Ereignissen umzugehen, mit denen man als Mensch auf der Erde nun einmal konfrontiert wird. Später hatte das Leben auf der Erde sie dann wohl immer fester in den Griff genommen.

Jenny sieht einen Stern über dem Flughafen von Bergen. Sie weiß, daß das Licht dieses Sterns Milliarden von Kilometern zurückgelegt hat, ehe es am 5. April 1983 um 21 Uhr mit ihrem Blick zusammentrifft.

Das Licht dieses Sterns hat Zeit gebraucht für diese lange Reise. Bei jedem Pulsschlag in Jennys Körper hat es sich Hunderttausende von Kilometern durch die Weltnacht hindurch fortgepflanzt. Und dennoch hat es Tage und Monate und Jahre gebraucht. Zehn Jahre, hundert Jahre, Tausende von Jahren ...

In den Weltraum zu blicken bedeutet, in der Zeit zurückzusehen. Wir sehen das Universum nicht so, wie es ist, sondern so, wie es vor langer Zeit war ...

Wenn die Radioteleskope das Licht ferner Galaxien auffangen können, die Milliarden von Lichtjahren von uns entfernt liegen, dann zeichnen sie eine Karte des Weltalls, wie es in Urzeiten nach dem Urknall ausgesehen hat. Denn das Universum kennt keine zeitlose Geographie. Das Universum ist ein Ereignis. Das Universum ist eine Explosion.

In den Weltraum zu blicken bedeutet, in der Zeit zu reisen. Jenny weiß das. Sie weiß es, seit sie siebzehn ist.

Alles, was ein Mensch am Himmel sehen kann, sind kosmische Fossilien, die Tausende und Millionen von Jahren alt sind. Alles, was ein Sterndeuter vermag, ist, die Vergangenheit zu deuten.

Wenn eine krebskranke Diplomchemikerin vom geschäftigen Leben auf der Erde aufschaut und ihren Blick auf den Weltraum richtet, dann blickt sie zurück in die Geschichte des Alls. In einer klaren Nacht sieht sie Millionen, ja, Milliarden von Jahren zurück in die Vergangenheit. Dann blickt sie gewissermaßen heimwärts, heimwärts zu ihrem kosmischen Ursprung.

Als Kind wurde Jenny beim Gedanken an die Unendlichkeit des Universums oft schwindlig.

Ihr Vater hatte ihr erklärt, daß die Welt eine winzige Kugel sei, die ihre Bahn um die Sonne ziehe. Die Sonne war ein Stern. Und hoch oben am Himmel gab es Millionen und Abermillionen solcher Sonnen.

Und hinter den Sternen? Wiederum Millionen von neuen Sternen. Und dahinter?

Beim Lesen war Jenny dann auf die Tatsache gestoßen,

daß es sich hier um ein veraltetes Weltbild handelte. Das Universum war nicht unendlich. Groß war es. Aber nicht unendlich.

Und mußte einem bei diesem Gedanken nicht erst recht schwindlig werden? Daß das Universum endlich war, die Wirklichkeit ein rätselhafter Koloß, der sich aus dem absoluten Nichts erhob?

Als Jenny auf die Abflughalle zugeht, muß sie an einen Astronomen denken, über den sie gelesen hat, daß er die Gesamtanzahl der Galaxien im Universum berechnet hat. Und damit nicht genug: Er hat nicht nur die Sterne am Himmelszelt gezählt. Er hat auch die totale Anzahl von Elementarpartikeln im Weltraum ausgerechnet und das Gewicht des Universums festgestellt.

Dieser Gedanke versetzt Jenny in ziemliche Aufregung.

Die Wirklichkeit, denkt sie, die Wirklichkeit ist ein Gegenstand, der eine ganz bestimmte Anzahl von Kilos wiegt.

Momentan verteilt sich die Masse des Universums auf Milliarden von Galaxien in einem riesigen Bereich. Doch so ist es nicht immer gewesen. Irgendwann in grauer Vorzeit, vor zehn oder fünfzehn Milliarden von Jahren, hat die gesamte Masse im Universum einen einzigen Gegenstand geformt. Damals bildete ein einziger Gegenstand die Wirklichkeit.

Bei diesem Gedanken beschleunigt sich Jennys Puls.

Alle Sterne und Galaxien im Himmelsraum bestehen aus derselben Materie. Einiges davon hat sich hier und da zusammengeballt. Eine Galaxis kann von der anderen Milliarden von Lichtjahren entfernt sein. Aber alle haben denselben Ursprung. Sie alle sind vom selben Geschlecht ...

Was war denn dieser Weltstoff?

Was ist es, das vor Milliarden von Jahren explodierte? Woher kam es?

Diese Frage betrifft Jenny zutiefst. Denn sie selbst ist aus diesem Stoff.

Alkohol

»Ich möchte einen Flugschein abholen. Für den Flug nach Oslo, 22.20 Uhr.«
»Haben Sie eine Bestellnummer?«
»Eine ...«
»Ist Ihnen keine Bestellnummer genannt worden?«
»Doch ... Moment ... warten Sie ... ich sehe nach ... XZ 812.«
»Hatlestad?«
»Ja. Jenny Hatlestad.«
»Macht 592 Kronen.«
Jenny bezahlt ihren Flug mit einem Scheck der »Bergen Bank«.
Sie ist schon lange nicht mehr auf einem Flughafen gewesen. Und jetzt überlegt sie sich, daß sie wohl zum allerletztenmal in ihrem Leben mit einem Flugzeug fliegen wird. Vielleicht stellt sie auch zum letztenmal einen Scheck aus.
»Und mein Koffer?«
»Den können Sie am Schalter gegenüber einchecken.«

Jenny durchquert die Abflughalle. Am Schalter hat sie die Wahl zwischen einer aalglatten Frau von Ende Zwanzig und einem ebensolchen Mann in ihrem eigenen Alter. Vermutlich haben beide einen Lächelkurs absolviert. Sie entscheidet sich für den Mann.
»Ich hab's sofort gesehen«, sagte er, als sie ihm ihren Flugschein reicht. »Aber ich warte immer, bis ich auf dem Ticket nachsehen kann.«
Also ist sie schon wieder durchschaut worden. Zum zweitenmal an diesem Tag. Natürlich können ihr alle ansehen, daß sie krank ist.
Sie blickt den Mann verständnislos an. Er lächelt breit.

»Jenny!« sagt er. »Erinnerst du dich denn nicht mehr an mich?«

»...«

»Du – schau mir doch mal in die Augen ...«

»Ach, Anders! Natürlich ... ich war einfach völlig in Gedanken versunken. Anders Løvstakken.«

»Genau. Abi 1966. Ich hab dich vom Abifrühstück nach Hause gefahren. Da war vielleicht der Bär los!«

»Immerhin ist das schon siebzehn Jahre her ...«

»Hast du dann nicht geheiratet? Irgendsoeinen Theatermenschen aus Trondheim?«

»Ja – und dann hab ich mich scheiden lassen ...«

»Und jetzt?«

»Was, jetzt?«

»Na ja, wieder frei auf dem Markt?«

Frei. Jenny konnte dieses Wort im Moment einfach nicht verstehen. Und trotzdem fühlte sie sich davon provoziert. Was bedeutete es denn, daß ein Mensch »frei« war?

»Und du willst nach Oslo? Hast du da vielleicht was am Laufen?«

»Ja – nach Oslo.«

»Geschäfte?«

Jenny merkte, daß sie wütend wurde. Und das war vielleicht genau das, was sie jetzt brauchte. Um etwas Wärme in ihre Wangen und ihren Kreislauf auf Trab zu bringen.

»Ich fahre zu einem Kongreß ... In Helsinki.«

»Wie interessant. Und worum geht es da?«

»Um Adrenalin. Synthetisches Adrenalin.«

Damit hatte sie ihn abgewimmelt. Er grinste noch einmal breit und reichte ihr die Bordkarte. »Guten Flug, Jenny. Damals war ich ein bißchen verliebt in dich, weißt du ...«

Sie brachte ein steifes Lächeln zustande, dann kehrte sie ihm den Rücken zu. Er hatte die Abizeit noch immer nicht hinter sich gebracht.

In der Abflughalle wimmelt es nur so von wichtigen Leuten. Ostertouristen und steife Geschäftsleute, wild durcheinander. Geschäftsleute bilden die Mehrzahl, Pinguine mit Regenschirm und Diplomatenkoffer ...

Jenny blickte durch sie hindurch.

Sie ging zur Cafeteria. Ob sie sich ein Glas Campari kaufen sollte?

Eines stand fest – sie konnte es sich leisten. Jenny hatte sich noch nie so viel leisten können.

Campari ...

Vor ein paar Wochen hatte sie Campari als Getränk für die Götter bezeichnet. Es war ein Luxus, den sie sich nur selten gönnte. Beim Rotwein war sie schon großzügiger gewesen ...

Warum sollte sie sich nicht ein Glas Campari kaufen? Und dann noch eins. Und noch eins. Um das Ganze dann mit einem Glas Portwein abzurunden. Ja, warum sollte sie sich auf dem Weg nach Oslo nicht sternhagelvollaufen lassen? Sie hatte wirklich allen Grund dazu. Es würde ihr sicherlich guttun. Und ihre Schwester würde Verständnis dafür haben ...

Zuweilen hatte Jenny eine sehr enge Beziehung zum Alkohol gepflegt. Vor allem in der ersten Zeit, nachdem sie sich von Johnny getrennt hatte. Er hatte phasenweise so heftig getrunken, daß sie allein schon deshalb allen Appetit auf Alkohol eingebüßt hatte. Danach hatte sie dann alles Versäumte gewissenhaft nachgeholt. Letztlich hatte sie sich am Riemen gerissen. Aber einige Flaschen Rotwein pro Woche waren üblich. Und die wurden ebensooft allein wie zusammen mit Bekannten konsumiert.

Der Wein hatte eine paradoxe Eigenschaft gehabt. Er hatte ihr ein innigeres Verhältnis zur Welt um sie herum vermittelt. Und er hatte gleichzeitig Distanz zu allem geschaffen, eine Distanz, die nötig war, um die Welt als Ganzes zu begreifen.

Nach einer Flasche Rotwein hatte Jenny die Welt gerade so weit von sich weggerückt, daß sie sie verstand. Jenny war dann manchmal ans Fenster gegangen und hatte lange hinausgeschaut. Kein Haus, kein Baumwipfel und kein Mensch dort draußen waren ihr in diesem Moment unwichtig erschienen. Vielleicht gerade, weil sie so hoch über allem geschwebt hatte ...

Wenn sie Glück hatte, dann war es passiert, daß sie an das Leben ganz allgemein gedacht hatte, an das Universum, das Weltall. Und an sich selber als Teil des großen Ganzen.

Ihr war nicht so ganz klar, ob das ihre Eigenschaft oder die des Weines war. Denn am nächsten Morgen waren diese Gedanken immer wie weggewischt.

Am nächsten Tag mußte sie einsehen, wie dicht ihr die Banalitäten der ganzen Welt doch auf den Leib gerückt waren. Die tausend winzigen Details. Und die Dinge hatten dann rasch auch die Wärme des Vorabends eingebüßt.

Der Wein hatte Jenny auch gelehrt, die vielen Änderungen im Dasein gelassen hinzunehmen. Tagsüber hatte sie die Details vielleicht klarer gesehen als nachts. Aber das war dann auf Kosten der Ganzheit geschehen, des Überblicks. Wenn es diese »Ganzheit« überhaupt gab. Wenn es nicht nur eine Abstraktion war. Und eben eine Folge des Weins ...

Sogar der Tod war ihr nach einigen Gläsern akzeptabel vorgekommen ...

Die wichtigste Eigenschaft des Weines war wahrscheinlich, daß er zu Toleranz anregte. Nicht zu Resignation, nicht zu Nachgiebigkeit. Das war nicht die Natur des Weines. Er regte zu aktiver und positiver Toleranz an. Zu Versöhnung ... ja, zu Verschmelzung.

Die Diagnose, hatte sie auf halber Höhe des Flascheninhalts gedacht, die Todesbotschaft, die möchte ich nach einer Flasche Wein entgegennehmen. Dann könnte sie entscheiden, ob sie alles Schritt für Schritt durchleben oder ob sie sofort allem ein Ende bereiten wollte. Während der Wein alles in eine versöhnende Decke hüllte ...

Jetzt stand Jenny in der Cafeteria auf dem Flughafen Flesland und überlegte sich, ob sie ein Glas Campari trinken sollte. Sie entschied sich dagegen. Jetzt wollte sie nüchtern sein.

Das Problem jetzt war aber nicht das Nüchternbleiben, sondern die Tatsache, daß sie sich nicht nüchtern genug fühlte. Wenn sie sich ein Getränk hätte kaufen können, das sie noch nüchterner gemacht hätte, dann hätte sie das getan. Warum hat niemand bisher ein solches Getränk erfunden?

Jenny blickte sich in der Abflughalle um.

Einige Pinguine saßen in dem kalten Lokal hinter einem Bier oder einer Tasse Kaffee, beugten sich über ihren Diplomatenkoffer oder verstecken sich hinter ihrer Zeitung. Die meisten aber wieselten durch die Gegend, mechanisch wie in einem alten Stummfilm.

Sie waren moderne Menschen. Sie erinnerten Jenny an Roboter. Eine Gruppe nach der anderen sollte in eine andere Stadt gefunkt werden ...

Draußen war es sternenklar. Und vielleicht auch kalt. Doch drinnen war es kälter. Es war ein eiskalter Wind, der zwischen den Menschen wehte.

Jenny fühlte sich zu der Nacht draußen hingezogen. Hier in der Abflughalle war kein Trost zu finden. Keine Toleranz. Keine Versöhnung.

Raus hier! dachte sie. Hinaus in die Nacht!

Die Uhr zeigte einige Minuten nach neun. Noch über eine Stunde bis zu ihrem Flug.

Und wenn sie das Flugzeug verpaßte, dann würde am nächsten Morgen sicher auch noch eins gehen.

Sie hatte kein Gepäck. Sie brauchte nur noch an sich selber zu denken.

Erkenntnis

Draußen ist es fast dunkel. Hoch oben über der Aprilnacht hängt eine Decke aus funkelndem Licht. In jeder Lampe unter dieser Decke glitzert eine Glühbirne von einem Tausendstel Watt.

Jenny geht vorbei an Bussen und Taxis und Mietwagen. Nicht langsam, aber mit sehr bestimmten Schritten. Sie überquert die Straße und hält auf den Birkenwald zu.

In der Dunkelheit sieht der Wald aus wie ein unbezwingbares Gestrüpp. Doch Jenny findet einen Pfad, der sich zwischen den Bäumen hindurchschlängelt.

Sie nimmt den herben, fast säuerlichen Geruch des Frühlings wahr. Den Geruch von fauliger Erde. Aber auch den süßen Duft keimenden Lebens. Auch dadurch fühlt sie sich an die Ursprünge des Seins erinnert ...

Sie greift nach den Baustämmen, tastet in der Luft nach den Zweigen, berührt die winzigen Knospen. Dann bleibt sie lange stehen und umarmt einen schlichten Stamm.

Das ist meine Welt, denkt sie. So sieht es hier aus ...

Sie geht weiter, bis die Lichter des Flughafens nicht mehr zu sehen sind. Als Lärm aus einer Welt, die nichts mehr mit ihr zu tun hat, hörte sie den gewaltigen Motor eines Flugzeugs aufbrausen.

Sie kommt an eine Lichtung. Hier setzt sie sich auf einen Baumstumpf. Sie packt das Gras, spürt den kalten Erdboden an ihren Fingern.

Dann hebt sie einen großen Stein vom Boden auf und legt ihn sich auf den Schoß. Er ist so schwer, es tut gut, ihn zu berühren. Er ist so massiv. So solide.

Sie hat das Gefühl, mit diesem Stein die ganze Nacht emporzuheben. Die ganze Welt. Und das Gefühl, an einem eingeschlafenen Bein zu ziehen ...

Ich bin die Welt ...
Jenny ist nicht betrunken. Sie ist krank. Und sie ist jetzt ganz nüchtern.

Ich muß sterben, denkt Jenny. Aber ich bin mehr als ein verirrter »Gast in der Wirklichkeit«: Ich *bin* die Wirklichkeit.

Die schwarzen Baumwipfel zeichnen sich als vage Schatten vor dem dunklen Himmel ab. Wenn es noch dunkler wird, dann wird sie Himmel und Erde nicht mehr voneinander unterscheiden können.

Ich bin nicht anwesend in irgendeiner Welt. Ich *bin* die Welt.

Sie sagt es laut vor sich hin: *Ich bin die Welt.*

Das hat sie auch früher schon gedacht. Daß die Welt ein Mysterium war. Ein Rätsel. Und daß dieses Rätsel etwas mit ihr selbst zu tun habe. Doch jetzt – jetzt war das mehr als nur ein Gedanke. Jetzt war es eine so umwerfende Erkenntnis, daß sie darauf schwören könnte.

Ein vages Gefühl der Sympathie mit allem, was existiert, hatte sie auch früher schon überkommen. Manchmal war einfach der Wein die Quelle dieses Gefühls gewesen. Aber sie hatte sich niemals ganz von dem Eindruck befreien können, ein willkürliches Wesen zu sein, das in einer ebenso willkürlichen Wirklichkeit gelandet war. Die Kluft zwischen ihr selbst und allem anderen war unüberbrückbar gewesen.

Diese Welt, die existiert, dachte Jenny jetzt, diese Welt, die meine ist, ist doch nicht meine. Sie *ist* ich.

Was hatte sie für einen schmerzlichen und schwierigen Weg zurücklegen müssen, um zu dieser einfachen Erkenntnis zu gelangen! Gab es in diesem Universum denn überhaupt irgendeine näherliegende Erkenntnis? War es möglich, sich selbst bei einem einfacheren Gedanken zu ertappen?

War dieser Gedanke nicht unendlich viel einfacher als die ganze christliche Mythologie – mit ihrer jahrtausendealten Tradition, die Wirklichkeit zu verdoppeln?

Ich bin all das, was existiert. Ich bin das, was sich nur so unendlich selten als Ganzheit erleben darf. Als eine Person.

In diesem Moment schien sie die gesamte Wirklichkeit zu verkörpern, wie sie dasaß.

Über den Bäumen stechen die Sterne wie spitze Nadeln in die Nacht. Ihr Licht zieht sich wie gespannte Saiten zwischen Himmel und Erde dahin. Auf diese Weise scheinen sie das Universum zusammenzuhalten.

Jenny nimmt den Stein von ihrem Schoß und legt ihn zurück auf den Boden.

Etwas scheint sie von ihrem Baumstumpf zu erheben. Sie steht nicht von selbst auf, doch sie spürt, daß ihr Körper sich erhebt. Irgendein Auftrieb hebt sie plötzlich in die Höhe. Ein Druck unter ihr.

Sie geht ein paar Schritte. Doch sie spürt ihr eigenes Gewicht nicht. Denn sie ist nicht nur sie selbst. Sie ist auch der Boden. Und der Boden ist wie ein eingeschlafenes Bein.

Sie hat das Gefühl, über Wasser zu gehen. Unter sich das Meer, auf allen Seiten das Meer. Doch dieses Meer, das sie unter ihren Füßen spürt, diese Tiefe, die sie trägt – ist ein Meer, eine Tiefe in ihr selbst.

Ein Stück von ihrem Ich scheint aus ihr heraus- und in etwas Größeres hineingesogen zu werden. Auf diese Weise verschwindet sie gewissermaßen, ist nicht mehr da. Sie scheint sich selbst zu verlieren, wie ein Tropfen sich selbst verliert, wenn er auf die Wasseroberfläche trifft.

Jenny ist nicht mehr. Und gleichzeitig ist sie das Ganze. Wie ein Tropfen im Meer das Meer *ist*, und nicht nur ein Tropfen.

Jenny spürt ihr eigenes Gewicht nicht mehr, doch sie spürt um sich herum die Materie der Welt. Den Weltkörper.

Die Bäume, die Steine, der Baumstumpf, auf dem sie gesessen hat. Der Wald um sie herum. Alles gehört zusammen, alles ist eins. Nur die Oberfläche ist verschieden.

Die Formen um sie herum sind wie kleine Wellen an der Oberfläche eines Ozeans. Unter allem sitzt der Druck einer Tiefe, die alles nach oben schiebt. Der Druck eines bodenlosen Abgrunds, einer Finsternis, aus der das Licht hervorquillt, eines schwarzen Loches, so voll, daß es schon wieder leer ist.

Früher war Jenny nur aufgeregte Oberfläche. Jetzt ist sie auch die schwere, dichte, stumme Tiefe darunter.

Die Wellen an der Oberfläche sind jetzt zur Ruhe gekommen.

So, wie die Bäume, die sie umgeben, sich erheben, hochgehoben werden, genauso steht sie in dieser Landschaft. Genauso *ist* sie diese Landschaft.

So, wie sie den Daumen an ihrer Hand spürt – so spürt sie auch die Landschaft um sich herum, als wäre sie ihr eigener Leib.

Dieselbe Lebenskraft, die durch ihre Adern strömt, fließt auch als Saft in den Birkenstämmen. Und das alles, Bäume, Steine, Baumstumpf, Gras, der Boden, auf dem sie steht, und sie selbst –, das alles ist *ein* Bewußtsein, *ein* Geist.

Sie spürt, wie das Bewußtsein aus ihr heraussickert und verschwindet, zerfließt. Zugleich fühlt sie sich umgeben von Bewußtsein, eingehüllt in einen warmen, lebendigen Bewußtseinsstrom.

Großer Gott! denkt Jenny. Großes Ich!

Sie hat das Gefühl, aus der Zeit hinausgerissen worden zu sein.

Zeit?

Wörter wie Zeit und Raum ergeben keinen Sinn. Jenny ist jetzt nicht mehr in der Zeit. Sie steht außerhalb von Zeit und Raum.

Sie erlebt etwas, das nicht Sekunden *oder* Jahre dauert. Es dauert Sekunden *und* Jahre. Und noch länger, und noch kürzer.

Die Welt, Jennys Alltagswelt, sie ist eine Schale, aus der sie herauskriecht.

Ein unbeschreibliches Glücksgefühl erfüllt sie. Jetzt hat sie keinen Wunsch mehr, nichts will sie noch. Nicht, weil sie alles *hätte*, was sie sich wünschen kann, sondern weil sie das alles *ist*.

»Buddha!« flüstert sie. »Nirwana ...«

Und dann fügt sich wieder alles zum alten Bild.

Bäume sind wieder Bäume, Steine werden zu Steinen, der Baumstumpf, auf dem sie gesessen hat, wird zu einem Baumstumpf im Wald, die Sterne ziehen ihre spitzen Finger Tausende von Lichtjahren zurück, und Jenny Hatlestad ist unterwegs nach Oslo, um zu sterben.

Sie spürt, daß die Wärme, die sie gerade noch umgeben hat, verweht. Übrig ist nur eine ausgebrannte Welt, eine Welt voll kalter Asche.

Was sie erlebt hat, läßt sich unmöglich beschreiben. Doch sie ist überzeugt davon, daß sie etwas Wirkliches, etwas Greifbares erlebt hat.

Von dieser kühlen Aprilnacht bleibt ihr eine ganz neue Erkenntnis, eine Wahrheit, an der sie niemals zweifeln wird.

Lachen

Jenny folgt dem Weg aus dem Birkenwald hinaus und geht zurück zum Flughafen. Zum erstenmal seit vierzehn Tagen lächelt sie. Es ist nicht gerade ein glückliches, aber doch ein schlaues, ein schelmisches Lächeln.

Fast hätte sie laut losgelacht. Um ein Haar hätte sie losgeprustet. So, als hätte sie gerade die Pointe eines Witzes begriffen.

Sie hat tatsächlich eine neue Dimension entdeckt. Sie hat gesehen, daß die chinesische Schachtel eine weitere Schachtel enthält. Die Schachtel mit dem Gold. Sie hat gesehen, daß sich in der russischen Puppe eine weitere verbirgt. Die Puppe, die lacht und kleine Pirouetten dreht. Sie hat ein Vexierbild durchschaut.

Als Jenny durch die Stadt ging, wütete in ihr die Todesangst.

Mach, daß das ein Traum ist, hatte sie gedacht. Mach, daß das ein Alptraum ist, aus dem ich wieder aufwachen kann. Aber sie war nicht aufgewacht, sie war längst hellwach.

Und dann war sie dennoch erwacht.

Jenny war wach gewesen, als sie den Flughafen verlassen hatte. Sie war hellwach gewesen, seit sie morgens früh in ihrer Wohnung in Åsane die Augen aufgeschlagen hatte. Aber hier im Birkenwald war sie noch einmal aufgewacht. Jetzt war sie doppelt wach. Ihr ganzes Leben kam ihr jetzt vor wie ein Traum.

Der Zauber war vorbei. Die Illusion, zum Tode verurteilt zu sein, war gebrochen.

Das Leben, das sie bisher gelebt hatte, war wie ein naiver Comic, in dem die Wirklichkeit in Kästchen eingeteilt erschien. Jetzt war alles umgeschmolzen worden. Die Kästchen waren verschwunden. Und alles wurde zu einer Ganzheit. Ein Strom, ein Bewußtsein, ein Ich ...

Jenny war das Opfer einer Illusion gewesen. Sie hatte ihr Leben in einem Spiegelkabinett verbracht. Sie hatte ihre Rolle in einem Narrenspiel gespielt. Aber jetzt, jetzt war der groteske Traum vorbei.

Jetzt war sie nicht länger in einen krebskranken Körper eingesperrt. Denn das, was sie so großartig als »Ich« bezeichnet hatte, das war nicht ihr eigentliches Ich. Das war nur ein Oberflächen-Ich, ein illusorisches Ich, ein Traum-Ich, das sich im selben Moment auflöste, da sie erwacht war.

Ihr eigentliches Ich, ihr innerstes Selbst, das war nicht zum Tode verurteilt. Es würde nicht sterben, so, wie auch der Wald nicht stirbt, wenn ein Baum umgehauen wird.

Jenny wurde nicht am 1. März 1947 in Bergen geboren. Jenny ist nicht sechsunddreißig Jahre alt. Jenny hat es immer gegeben. Jenny wird es immer geben.

Wenn sie nun zu den Sternen über den Baumwipfeln hochsah, dann waren sie gar nicht mehr so weit weg. Vielmehr bezeugten sie jetzt Jennys eigene Größe. Denn sie *war* Sterne, und sie *war* Boden, auf dem sie stand.

Warum also sollte Jenny sich vor dem Sterben fürchten?

Sie war die Wirklichkeit!
Daß sie das nicht schon längst begriffen hatte!
Daß nicht alle Menschen dasselbe begriffen!

Dennoch wäre es nutzlos, anderen davon zu erzählen. Viel zu eifrig zappelten sie im Netz, viel zu sehr waren sie in die Illusion verliebt. Der Zauber hatte sie noch zu fest in seinem Bann, viel zu sehr klammerten sie sich an ihr eigenes Ego, an ihr eigenes kleines, armes, zielloses »Ich«.

Jenny aber hatte nichts zu verlieren. Es fiel ihr nicht schwer loszulassen. In dieser Hinsicht war sie besser dran als die meisten anderen.

Sie stand am äußersten Vorposten der Welt. Fast hatte sie den Nullpunkt erreicht. Und den mußte man passieren, wenn man den neuen Himmel und die neue Erde sehen wollte.

Sie *war* die Welt!

Der einfachste Satz der Welt. Die allernatürlichste Behauptung der Welt. Und dennoch – so unmöglich, ihn anderen zu vermitteln!

Was waren schon Worte im Vergleich zu diesem tödlichen Strahl von Gewißheit? Denn Jenny, Jenny war tot. Sie war im Wald dort drüben gestorben. Wie der Tropfen stirbt, wenn er das Meer küßt.

Doch das war ein Tod, der über den Tod triumphierte. Der Tod im Birkenwald ließ den physischen Tod zu einem Problem werden, das geringfügiger war als das Hinunterschlucken einer Vitaminpille.

Sie hatte sich selbst verloren. Jenny Hatlestad. Jetzt konnte sie ganz gelassen sein. Jetzt war es zum Sterben zu spät.

Jenny hatte etwas erlebt, was ihr niemand mehr nehmen konnte. Doch es war kein privates Erlebnis.

Privat!

Das Wort erinnerte sie an ihre alte Comic-Wirklichkeit. Ein Donald-Duck-Wort.

Dies hier war etwas Universales. Es war etwas Einleuchtendes, Selbstverständliches, etwas für alle Gültiges. Denn lag es nicht ganz offen und für jedermann zugänglich da?

Das Geheimnis war der Tag selbst. Die Wirklichkeit. Das Universum. Der Weltkörper.

Zum zweitenmal an diesem Abend geht Jenny Hatlestad auf das Flughafengebäude zu. Diesmal aber hat sie den Kopf dabei nicht gesenkt. Hocherhobenen Hauptes geht sie. Stolz.

Über der niedrigen Abflughalle sieht sie ein flimmerndes Sternengewirr, wie Funken eines Feuers, das vor fünfzehn Milliarden Jahren angezündet worden ist.

Ihr ganzes Leben lang hatte Jenny den Sternenhimmel betrachtet, ohne zu begreifen, was sie da sah. Ohne es begreifen zu *wollen*.

Sie hatte ein Dutzend Bücher über Galaxien, Spiralnebel und Supernovas gelesen. Über Rote Riesen, Weiße Zwerge und Schwarze Löcher. Für all das hatte sie sich interessiert. Wie andere sich für alte Münzen oder benutzte Briefmarken interessierten.

Und dennoch: Ihr Interesse am Universum war wohl kaum Zufall gewesen. Ohne sich darüber im klaren zu sein, war sie bereits vor zwanzig Jahren ihrem Erlebnis im Birkenwald auf der Spur gewesen. Immer schon hatte sie die Sehnsucht nach Ganzheit und Harmonie in sich getragen.

Vor einigen Stunden noch war sie eine krebskranke Diplomchemikerin gewesen, die um einen leichten Tod gebetet hatte. Jetzt sah sie das, worum sie gebetet hatte, hoch oben in der Lichtjahrnacht über dem Flughafen Flesland. Jahrmilliarden, bevor sie die Hände gefaltet hatte, hatte sich die Erhörung ihres Gebetes bereits auf die Reise gemacht.

Auch Jenny ist ein Funken dieses Feuers. Sie ist aus demselben Stoff, aus dem die Sterne sind. Auch sie ist Sternenstaub.

Einst war die Weltmaterie ein einziger Leib, ein Körper. Dann wurden Fasern dieses Körpers in alle Himmelsrichtungen geschleudert.

Jenny ist eine zerrissene Ganzheit, eine zerfetzte Göttin. Sie war es, die vor fünfzehn Milliarden Jahren explodiert war. Damals war sie in viele Stücke zerbrochen. Und in dieser Nacht hat sie den Weg zu sich selbst zurückgefunden.

Masken

In der Abflughalle wimmelt es nur so von wichtigen Personen. Ostertouristen und steife Geschäftsleute. Sogar auf diesem Abendflug sind die Geschäftsleute in der Mehrzahl. Pinguine mit Diplomatenkoffer.

Jenny schaute durch sie hindurch.

Kindermenschen, dachte sie. Sie zitterte unter ihrem Mantel.

Jenny stand allein zwischen Himmel und Erde. Sie und diese Kindermenschen hatten sich nichts zu sagen.

Was ihr angst machte, war, daß sie sich nicht einmal mehr einsam fühlte.

Ob sie eine Seele hatten?

Ob sie eine Seele hatten, diese Figuren, die hier hin- und hereilten, mechanisch, wie in alten Stummfilmen?

O nein, dachte Jenny. Sie alle *haben* keine Seele. Sie *haben* nicht mehr Seele als eine einzelne Ameise in einem Ameisenhaufen. Sie *sind* Seele. So, wie eine Traumgestalt keine Seele *hat*, sondern die Seele der Träumenden *ist*.

In der Abflughalle hielten sich keine zweihundert Seelen auf. Es gab viele Masken, aber hinter allen Masken steckte ein unteilbares Ich. Sie alle waren Repräsentanten ein und derselben Seele, einer Seele, die sie in ihrem kurzsichtigen Eifer nicht sehen konnten. Sie *waren* etwas, von dessen Existenz sie offenbar nicht die geringste Ahnung hatten.

Jenny betrachtete alle Gestalten mit zusammengekniffenen Augen und sah in jeder und jedem dasselbe. Sie waren alle vom selben Geschlecht.

Und dann geschieht noch einmal etwas mit ihr. Noch einmal vollzieht sich an ihr eine Veränderung.

Auf einmal ist sie erfüllt von Mitleid mit den vielen Menschenkindern, die in einem einzigen dichten Wirbel des Lebenshungers um sie herumjagen.

Es tut so weh mitanzusehen, wie sie sich anstrengen, wie sie sich an ihr eigenes kleines Ich klammern. An ihr Oberflächen-Ich. Ihr Ego. Ihr Illusions-Ich.

Immer mit der Ruhe, denkt Jenny. Laßt einfach los.

Wenn ihr euch selber loslaßt, dann gewinnt ihr alles. Aber erst müßt ihr den Nullpunkt passieren. Erst müßt ihr sterben, müßt die harmlose Vitaminpille schlucken.

Wer sein Leben retten will, muß es verlieren ... Das Saatkorn fällt ins Erdreich und stirbt ...

Wie gern hätte sie einen dieser Menschen angehalten und ihm von ihrem Wissen erzählt. Doch konnte sie sich schlecht einen vorübereilenden Geschäftsmann mit Regenschirm und Diplomatenkoffer vorknöpfen, ihm tief in die Augen blicken und ihn fragen:

»Entschuldige bitte, aber weißt du überhaupt, daß du die Wirklichkeit, daß du Gott *bist*?«

»Wie beliebt?«

»Du bist kein zufälliger Bestandteil der Masse, keine Nummer in der Reihe ...«

»Wie bitte? Zufällig? Nein, das war mir tatsächlich nicht klar.«

»Du bist alles. Du bist das Universum, von A bis Z.«

»Was erzählst du da?«

»Du bist nicht nur ein Gast in der Wirklichkeit. Du *bist* die Wirklichkeit ...«

»Aha? Ja, vielleicht in gewisser Weise. Klingt ganz originell ...«

»Aber du bist das Opfer einer Illusion, die dich in Stücke reißt und dich von dir selbst trennt.«

»Aha ... du, ich muß jetzt einchecken.«

Und dann fällt ihr Blick auf Anders Løvstakken hinter seinem Schalter. Er blickt zu ihr herüber, und nun erwidert sie sein warmes Lächeln. Heute abend wird er nun doch noch mit ihr sprechen können, aber nicht so, wie er sich das vorstellt.
Sie durchquert die Halle.
»Du hast ja ausreichend Zeit eingeplant, Jenny ...«

Jenny. Sie fuhr zusammen, als sie noch einmal ihren Namen hörte. So normal und selbstverständlich.
»Ich habe einen Spaziergang gemacht.«
»Das sehe ich. Willst du dir nicht den Dreck vom Mantel wischen?«
Das hatte sie ganz vergessen. Aber es erinnert sie an etwas.
»Doch, Anders. Und ich habe etwas Seltsames erlebt ...«
»Was denn?«
»Ich habe doch gesagt, daß ich nach Helsinki will ...«
»Stimmt. SK 484, morgen, 11.05 Uhr, ab Oslo.«
Wie neugierig er doch war. Aber das spielte jetzt auch keine Rolle mehr.
»Ich fliege nicht nach Helsinki. Ich fliege nach Oslo, um dort zu sterben.«
»Was sagst du da?«
»Du hast richtig gehört, aber es macht nichts. Es spielt keine Rolle mehr. Ich bin draußen im Birkenwald gestorben ...«
»Du warst immer schon ein bißchen komisch, Jenny. Jetzt weiß ich wirklich nicht so ganz, was ich davon halten soll. Du kommst mir ehrlich gesagt ein bißchen überspannt vor.«
»Weißt du, ich hatte das Gefühl, mich selbst zu verlieren, ich war gewissermaßen verschwunden. Gleichzeitig *war* ich alles, was mich umgab ... Plötzlich war ich Gott!«
»Sag mal, ist alles in Ordnung mit dir?«
»Ja und nein. Aber das spielt wirklich keine Rolle, hörst du? Auch du bist nicht wirklich gesund. Ein Fingerschnip-

pen, und schon bist du verschwunden. Die Jahre vergehen, und weg bist du.«

»So schnell geht das ja wohl nicht. Und bis auf weiteres geht es mir ganz gut.«

»Darum beneide ich dich nicht.«

»Worum?«

»Ich beneide dich nicht mehr darum, daß es dir gut geht.«

Warum war das bloß so schwierig? Wie gern wollte sie einen Menschen an ihrer so teuer erkauften Erkenntnis teilhaben lassen. Aber statt dessen verwickelte sie sich in ein völlig schieflaufendes Gespräch mit einem Mann, den sie im Grunde kaum kannte.

»Du, Jenny, jetzt hör mir mal zu. Schieb doch diese Osloreise auf. Ich kann dein Gepäck zurückholen. Du kannst morgen oder wann immer du willst fliegen. Aber erst kommst du mit zu mir. Ich wohne gleich in der Nähe, in Blomsterdalen. Und dann trinken wir eine Flasche Wein ... Ich ... ich habe auch einen guten Whisky, einen ›Chivas Regal‹.«

»Ach nein, lieber Anders, das geht nicht.«

Für eine Sekunde führte sie dieses Kinderspiel dann doch in Versuchung. »Dann glaub lieber, daß ich ein bißchen überspannt bin. Ich gehe jetzt auf eine lange Reise. Ich ... ich fliege wirklich zu diesem Kongreß nach Helsinki. Ich muß dort einen Vortrag halten ... morgen abend.«

»Mir ist plötzlich eingefallen, daß du keinen Rückflug von Oslo nach Bergen gebucht hast?«

»Am Donnerstag fliege ich weiter nach Moskau. Und in einer Woche mit der »Aeroflot« nach Irkutsk. Von dort aus fahre ich mit der Bahn durch die Mongolei. Ich ... ich will nach Peking.«

»Nach Peking? Wirklich?«

»Ein Freund von mir ...«

»Du hast also doch einen Freund?«

»... ist Diplomat an der Norwegischen Botschaft in Peking.

Er hat eine Reise nach Tibet für mich organisiert. Ich will eine Zeitlang dort leben, um den Buddhismus zu studieren.«

»Sag mal, machst du Witze?«

»Ich werde dort in einem Kloster leben. In der letzten Zeit ist einiges mit mir geschehen. Ich betrachte mich als Buddhistin.«

Wie leicht das Lügen doch war! Doch was sie hier erzählte, war nicht weniger phantastisch als die Wahrheit. Und in gewisser Hinsicht sagte sie ja auch die Wahrheit. In einer Sprache, die er verstehen konnte.

»Ja, so etwas in der Art hatte ich mir fast gedacht. Ich merke schon, daß hier in Rätseln gesprochen wird.«

»Hör zu, Anders. In Tibet lebt ein Hirte. In diesem Augenblick gießt er einen Liter Schafsmilch in einen großen Kupfereimer ...«

»Und?«

»Spürst du nicht, daß auch du ein bißchen dort bist? Spürst du nicht, daß du ein Teil dieses Bergbauern bist, und er ein Teil von dir?«

»Ich glaube dir ja, daß du morgen nach Helsinki fliegst. Es klingt tatsächlich überzeugend. Aber weiter ostwärts fliegst du bestimmt nicht.«

Er blickte zu ihr hoch. Jetzt war er ein wenig gereizt.

»Dein Leben scheint ja recht langweilig zu sein. Aus irgendeinem Grund amüsiert es dich offenbar, mich zum Narren zu halten ... Mutter Aase!«

»?«

»Du hast doch nicht etwa vergessen, daß du Mutter Aase gespielt hast? Und ich den Peer Gynt? Haha ... Mutter Aases Tugend ...«

»Ich ...«

»Aber wie gesagt, das ist eine Weile her. Und du bist jetzt nicht auf dem Weg nach Soria Moria ... Was sagst du zu meinem Vorschlag, erst morgen zu fliegen? Morgen früh geht um 9.20 Uhr eine Maschine nach Oslo. Mit Anschluß an einen Flug nach Helsinki. Es gibt noch zweiunddreißig freie Plätze. Ich ... ich hab im Computer nachgesehen.«

»Ich reise weiter ostwärts, als du glaubst, Anders. Ich reise dem Sonnenaufgang entgegen. Ich bin unterwegs in das Land, aus dem alles Licht kommt. Das Land selbst ist finster wie die Nacht. Auch die Erde ist dunkel. Und dennoch wachsen Blumen auf ihr in allen Farben des Regenbogens. Ist das nicht seltsam? Hast du dir das schon mal überlegt?«

Da wird sie vom Aufruf ihres Fluges unterbrochen.

»SK 328 for Oslo, gate number 5.«

»Viel Glück, Anders. Ich habe das Gefühl, etwas von meinem Leben mit dir geteilt zu haben.«

Er blickte wieder zu ihr hoch. Jetzt schien er sich fast zu fürchten. Und sie fügte hinzu:

»Eines Tages wirst du dieses Gespräch besser verstehen. Vielleicht schon im Herbst; sicher aber vor Weihnachten.«

Sie betonte jedes Wort. Aber das alles stürzte ihn nur in noch tiefere Verwirrung.

»Warte! Du bist mir wirklich wichtig, Jenny! Ich sitze fünf Tage pro Woche hier. Du brauchst bloß bei der »SAS« anzurufen!«

Tausendfüßler

Jenny gleitet in die Menschenmenge und verschwimmt mit ihr. Sie spürt die Wärme ihrer Mitmenschen um sich herum. Und das tut gut.

Es ist, als sähe sie sich selbst in allen anderen, ja, in jedem einzelnen von ihnen.

Sie ist nicht mehr nur sie selbst. Jetzt ist sie auch der steife Geschäftsmann mit dem Diplomatenkoffer. Sie ist die junge

Mutter mit ihrem Säugling im Tragetuch. Sie ist das kleine Kind, das im Jahre 2000 siebzehn Jahre alt sein wird ...

Jenny ist in Oslo. Sie ist in Helsinki, sie steht auf dem Roten Platz in Moskau, sie läuft zum Bahnhof von Irkutsk, sie fährt mit dem Rad über den Platz des Himmlischen Friedens in Peking, sie steht vor einem Fenster des Potala-Palastes in Lhasa ...

Tausend Bilder, Eindrücke und Situationen flimmern wie ein lebendiges Mosaik an ihrem inneren Auge vorüber. Augenblicke aus dem Menschenleben. Wie eine Lawine brechen sie über Jenny herein ...

Jenny ist in Landås mit dem Dreirad unterwegs. Jenny wird konfirmiert. Jenny heiratet. Jenny bringt ein Kind zur Welt ...

Jenny streift nach einer Herzoperation die Gummihandschuhe ab. Sie pflügt den kargen Acker mit einem von Ochsen gezogenen Holzpflug. Sie verläßt das Mondlandefahrzeug und setzt als erster Mensch ihren Fuß auf den Mond ...

Jenny ist Metzger in Chicago, Hirte in Syrien, Grubenarbeiter in Südafrika und Computerexperte in Tokio ...

Sie ist Regenmacherin in Afrika, Schamanin in Sibirien, Blótmaðr bei den Wikingern, Imam in Tunesien, Pater in Turin, Vorstadtpastorin in Åsane, Astrophysiker in Berkeley, Lama in Tibet ...

Ja, denkt sie glücklich. Das alles bin ich. Ich lebe nicht nur mein eigenes Leben.

Sie wirft den Kopf in den Nacken und blickt über die Schlange hinweg, die sich auf dem Flughafen vor Ausgang 5 sammelt.

Hier bin ich, denkt sie. Das alles bin ich.

Ich bin ein Tausendfüßler. Ein Tausendköpfler.

So werde ich noch lange, lange, nachdem ich verschwunden bin, in der Welt umherwimmeln.

Sie zeigt ihre Bordkarte vor und geht zum Flugzeug.
Bodvar Viking.
Auch Jenny ist einst Wikinger gewesen. Sie hat Freyja Opfer dargebracht. Sie hat den Glauben an den Weißen Christus angenommen.
Jetzt benutzt sie nicht mehr Boot oder Pferd als Verkehrsmittel. Heute nimmt Jenny das Flugzeug.
Sie hat diese Maschine konstruiert, die jetzt die Wolken am Himmel durchpflügt. Jetzt sollten ihre Eltern sie sehen. Bodvar Viking und Gudrun Frøysdottir in Bjørgvin.
Stolz wie eine Königin schreitet sie ins Flugzeug.
Sie lächelt die Stewardeß strahlend an, und die quittiert das mit einem professionellen »SAS«-Lächeln.
Jenny hat das Gefühl, ein Spiegelbild anzulächeln. Sie glaubt, diese Stewardeß besser zu kennen als sich selber.

»Guten Abend, meine Damen und Herren. Kapitän Andersen und seine Besatzung heißen Sie an Bord dieser DC-9-Maschine nach Oslo willkommen. Die Flugzeit heute abend beträgt fünfunddreißig Minuten.
Wir bitten Sie, das Faltblatt mit den Sicherheitsvorschriften, das sich in der Sitztaschen vor Ihnen befindet, aufmerksam zu lesen. Die Notausgänge sind mit der Aufschrift EXIT gekennzeichnet. Die Rettungswesten befinden sich unter Ihrem Sitz. Handgepäck darf nicht im Mittelgang abgelegt werden.
Wir möchten Sie bitten, die Sicherheitsgurte anzulegen, und wünschen Ihnen einen angenehmen Flug.«

Das Flugzeug hält auf die nördliche Startbahn zu. Dann brüllt der Motor des gewaltigen Ungetüms auf, das Flugzeug beschleunigt und hebt schließlich ab.
Jenny ist glücklich.

Dort unten sieht sie die Lichter von Hjellestad und Milde. Legoland. Tausend winzige Häuschen auf einer Halbinsel zwischen Bergen und Hängen am Meer.
So, ja. Leb wohl, Bergen!
Jetzt warten nur noch Schmerzen auf sie.

Auflösung

In letzter Zeit ist über den Herbst viel gesagt und geschrieben worden. Und nicht zu Unrecht – in diesem Jahr bricht er wirklich Rekorde.

Die Äpfel hängen wie schwere Tropfen an den Zweigen und fallen zu Boden, ohne dabei zu zerplatzen. Wir brauchen sie nur noch zum Mund zu führen. Büsche und Sträucher strotzen nur so von Johannis- und Himbeeren. Wir brauchen nur die Einmachgläser darunterzuhalten. Die Blätter rieseln wehmütig von den Bäumen und legen sich wie eine lockere Decke über die Straßen. Wir waten durch Tannenzapfen und Nüsse, die munter durch die Stadt springen.

Wo soll das alles enden? Die Natur scheint sich aufzulösen. Nichts hängt mehr zusammen.

Auch ich nicht.

Haare und Fingernägel wachsen schneller als früher. In einem Monat sind mir zwei Zähne gezogen worden. Und mein Herz scheint nicht mehr so fest in meiner Brust zu sitzen.

In diesem Moment kratze ich den Schorf von einer alten Wunde, hebe vorsichtig die jungfräuliche Haut an – und bin selbst auch ein wenig Herbst.

Theobald und Theodor

I.

Theobald war eine Romanfigur, die sich nicht länger der Phantasie ihres Autors unterwerfen wollte. Theobald wollte Taten vollbringen, wie sie sich der Autor nicht träumen ließ. Er wollte zu Wörtern greifen, die es im Wortschatz des Autors nicht gab. Wenn ihm das gelänge, dann hätte seine Leibeigenschaft unter der Herrschaft des Dichters ein Ende. Und er wäre eine freie Romanfigur.

Von Seite 112 des Romans an (der mitten auf Seite 467 ein jähes Ende nimmt), beginnt Theobald, an einem ehrgeizigen Plan zu arbeiten.

Bis dahin hatte der Autor seiner Romanfigur die eigenen Worte und Wendungen in den Mund gelegt, ohne auch nur den Versuch zu unternehmen, die Selbständigkeit dieser Figur zu entwickeln. Noch in den belanglosesten Details war die Figur dem Geschmack des Autors ausgeliefert. Immer mußte sich der Romanheld genau so verhalten, wie der Schriftsteller sich das vorstellte, nie war er etwas anderes als ein Pseudonym für das Bewußtsein des Autors.

Jetzt war der Zeitpunkt gekommen, sich zu befreien. Dazu war er fest entschlossen. Jetzt wollte er sich dem Einfluß des Autors entziehen, wollte in aller Heimlichkeit selbst handeln und keine Rücksicht auf die Pläne des Autors nehmen – vor allem dann, wenn sie sich nicht mit seinem Gewissen vereinbaren ließen.

Jetzt war *er* an der Reihe, Einfluß auf den Autor zu nehmen!

Schon auf Seite 87 hat Theobald erkannt, daß er eine Romanfigur ist.

Denn er ist keine dieser banalen Figuren, die ihr Leben in einem Roman von Seite zu Seite fristen, ohne nicht von Zeit zu Zeit aus dem Buch herauszublicken und sich dem Gedanken zu stellen, daß sie Romanfiguren sind. Er ist keine von diesen schnöden Papierfiguren, die auf Seite 13 geboren werden und auf Seite 411 sterben, ohne auch nur ein einziges Mal im Verlauf der vierhundert Seiten ein Bewußtsein von ihrem Platz im Universum zu entwickeln.

Theobald gehört zu jenen ungeheuer selten vorkommenden Figuren, die zu einem Bewußtsein ihrer selbst und der Schöpfung gelangen, der sie angehören. Er »weiß«, daß sein Leben sich in einem Buch aus Papier und Druckerschwärze abspielt. (Den Lesern wird in einem wahrhaft ergreifenden Kapitel des Romans der schmerzhafte und aufreibende Erkenntnisprozeß demonstriert. Wer möchte da noch Romanfigur sein!) Doch kaum hat Theobald seine fiktive Natur erkannt, da erhebt er sich auch schon in Aufruhr und Protest gegen den Autor.

»Ich weigere mich, Deine Marionette zu sein!« ruft er schließlich auf Seite 112 gen Himmel.

»Ich lasse mir diese Manipulation nicht gefallen! Es ist doch gar zu erniedrigend, bloß ein Schatten im Roman zu sein, eine ohnmächtige Einbildung des Schriftstellers!«

Und dann, ganz unten auf dieser zentralen Seite im Roman, heißt es:

»Von nun an will ich mein eigenes Leben leben!«

Theobald träumte von dem Unmöglichen, davon, den Autor eines Tages beim Schreiben zu überraschen, und etwas zu sagen, das ihn so schockieren würde, daß er vor Schreck vom Stuhl fiele!

Er könnte, wenn er es geschickt anstellte, klammheimlich

etwas ganz anderes machen, als der Autor sich vorgestellt hatte, vielleicht sogar das genaue Gegenteil. Das wäre ein wirkliches Kunststück! Er könnte die Feder beschwören, jetzt *seinem* Willen zu folgen, dann würde nicht mehr der Schriftsteller, sondern Theobald selbst die Feder führen. Er träumte davon, sich zum Meister zu schleichen und etwas zu schreien, das den Autor in die Luft gehen ließe. Sollte der doch ans Fenster stürzen, den Mond anbellen oder mit dem Kopf gegen die Wand schlagen! Das wäre der Moment, in dem sich der Schriftsteller in Theobalds Macht befände, und nicht umgekehrt. Dann wäre der Schriftsteller seinem Helden Theobald ausgeliefert und würde gewissermaßen selbst zur Figur werden – und Theobald zum Autor. Das waren die Überlegungen der Romanfigur.

II.

Natürlich wußte der Schriftsteller von den Bestrebungen seiner Figur. Theodor konnte zum Beispiel, wenn er die Feder ins Tintenfaß tunkte, den Kopf in den Nacken legen und über Theobalds paradoxes Vorhaben lachen.

Natürlich kann eine Romanfigur vor ihrem Autor nur schwerlich etwas verbergen. Kein Gedanke, keine Handbewegung entgeht der Aufmerksamkeit des Meisters. Andererseits amüsierte sich der Autor über den spitzfindigen Plan seiner Figur. Dieser Plan reizte ihn fast bis an die Grenze des Wahnsinns. Was ja verständlich ist, wenn man bedenkt, daß der Plan von ihm selber stammte. Und daß er Tage, Monate und Jahre seines Lebens damit verbrachte, diesen Plan in die Tat umzusetzen.

Schon lange machte es Theodor zu schaffen, daß er seinen Romanfiguren gegenüber zu autoritär auftrat. Dadurch konnte er keine persönliche Beziehung zu ihnen entwickeln und auch nur selten etwas von ihnen lernen – sein Einfluß war einfach grenzenlos. Jetzt träumte er davon, seine Finger aus dem Spiel zu ziehen, und das selbständige Spiel der Figuren im Universum des Romans zu betrachten.

Wenn Theodor Freude an seinen Romanfiguren haben wollte, dann mußten sie die Grenzen seiner Phantasie sprengen. Dann mußten sie gewissermaßen aus ihm herausbrechen, dann mußten sie aus seinem klebrigen Gehirn geschüttelt und freigesetzt werden.

Theodor war nicht nur ein erfolgloser Romancier, sondern auch ein einsamer Mensch, der davon träumte, einen guten Freund zu finden.

III.

So spielten sie beide mit diesem Gedanken, jeder von seinem Ausgangspunkt aus. Schließlich kreiste der ganze Roman um den archimedischen Punkt, den die Romanfigur finden mußte, wenn sie die Macht des Autors ins Wanken bringen wollte.

Theodor schrieb eine Seite nach der anderen. Das meiste total unleserlich, auch fehlt es dem Roman nicht an Längen. Dennoch: Hier und da finden sich doch ganz erstaunliche Passagen. Mit aller nur erdenklichen dichterischen Akrobatik wartete Theodor nun darauf, daß das Wunderbare geschehen würde.

Aber noch konnte Theobald keinen einzigen Finger krümmen, ohne daß Theodor nicht den Befehl dazu gegeben hätte. Noch benutzte er kein einziges Wort, das es nicht auch im Wortschatz des Dichters gab, und jeder Gedanke, den Theobald dachte, war auch dem Schriftsteller hinlänglich vertraut. Inzwischen aber lag vieles von dem, was die Figur sagte oder tat, ganz am Rande von Theodors Vorstellungsvermögen. Und Theobald hatte das Gefühl, sich den allerfernsten Horizonten seiner Phantasie zu nähern.

Theodor bemühte sich, seiner Figur freien Lauf zu lassen. Er gab sich die größte Mühe, sich von allen Gedanken zu befreien, ehe er sich an den Schreibtisch setzte – um für Theobalds Initiativen so offen wie möglich zu sein. Er begann, seiner Figur zuzuhören: Was sagt Theobald? Wer wohnt da so tief in ihm? Was will er von mir? Er versuchte, sein Werk zu sehen, ehe er es beschrieb. Was macht er? Wohin führt er mich?

Zum Ende des Romans hin standen beide Seiten manchmal so sehr unter Spannung, daß das Papier in schöpferischen Momenten wie verhext knisterte.

Der Schreibprozeß des Autors verselbständigte sich zu einer Art automatischem Schreiben. Theobald hatte begonnen, mit Theodor zu sprechen, und er nutzte dabei die Feder als Medium, das zwischen dem Universum des Schriftstellers und seinem eigenen vermittelte. Bald schon beging Theobald rätselhafte Handlungen, deren Ursprünge wahrscheinlich tief im Unterbewußtsein ihres Autors verborgen lagen.

Schließlich war Theodor vom eigenen Willen seiner Figur so beeindruckt, daß er beim Schreiben wie hypnotisiert oder wie in tiefer Trance dasaß.

Sein eigenes Geschöpf hatte ihn hypnotisiert.

Jetzt sah nicht mehr nur der Schriftsteller die Romanfigur. Jetzt sah auch die Romanfigur den Schriftsteller. Theodor gehorchte Theobald ebenso wie Theobald Theodor.

Bis zum großen Durchbruch fehlten nur noch Sekunden. Bald würde eine Explosion stattfinden, bald würde die Figur dem Werk entspringen und Theodor mit einem vollständig neuen Gedanken überwältigen, mit einem revolutionären Gedanken, mit Worten, die nicht die Worte des Autors, sondern die der Romanfigur waren.

Niemand weiß genau, was dann geschah. Nachbarn wußten allerdings zu berichten, daß der Mann eines Nachts vom Schreibtisch aufsprang und anfing, seinen Kopf gegen die Wand zu schlagen.

»Das war's!« rief er. »Der Durchbruch gelang auf Seite 467: Es ist vollbracht!«

Er hatte bereits einige Stunden vor der Wand gestanden, als der Arzt des Ortes ihn abholte.

Man brachte ihn sofort in die Klinik. Die Diagnose lautete: Gedächtnisverlust. Vielleicht würde er nie wieder zu sich zurückfinden ...

IV.

Von dem Tag an, als Theodor seinen Kopf gegen die Wand geschlagen hatte, bis zu seinem Tod dreißig Jahre später lebte er in dem Glauben, eine Romanfigur zu sein.

Er hielt sich für die zentrale Gestalt eines Romans, der von Irren in einem Irrenhaus handelte. Immer wieder bezeichnete er sich als das Sprachrohr des Autors in diesem Roman. Und auch, wenn das Irrenhaus nur einen winzigen Zipfel im Universum des Romans darstellte (worauf Theodor immer wieder hinwies): Hier hatte sich der Autor offenbart.

Nie wurde der Autor es müde, den Ärzten, Krankenschwestern und Besuchern zu erzählen, daß sie ihr Leben im Kopf eines großen Schriftstellers lebten.

»Alles, was wir sagen oder tun, spielt sich in einer fiktiven Welt hinter den Worten eines kosmischen Romans ab«, sagte Theodor. »Wir glauben, selber etwas zu sein. Aber das ist eine Illusion. Wir sind allesamt der Autor. In ihm werden alle Gegensätze getilgt, in ihm sind wir alle eins. Wir halten uns für wirklich, das geht allen Romanfiguren so. Aber es ist ein Irrglaube. Das weiß Theobald. Denn wir ruhen in seiner heiligen Phantasie ...

Er amüsiert sich, liebe Mitfiguren. Er amüsiert sich, weil er da oben ganz gemütlich in der Wirklichkeit sitzen und sich einbilden kann, daß wir uns einbilden, wirklich zu sein.

Aber auch das, was ich euch jetzt noch verkünde, daß wir nämlich die Geschöpfe der Einbildungskraft des Autors sind, auch das ist ein Produkt seiner Phantasie ...

Wir sind nicht länger wirklich. Wir sind nicht länger wir selbst. Wir sind Wörter. Und das Vernünftigste wäre es zu schweigen. Doch nicht wir entscheiden, ob wir reden oder schweigen wollen. Nur der Autor herrscht über das, was uns in den Mund gelegt wird ...«

Theodor erzählte seinen Zuhörern von einem Verborgenen Gott, der sie beobachtete, der für sie jedoch unsichtbar war – eben, weil sie Teil seines Bewußtseins waren.

»Wir sind wie flüchtige Bilder auf einer Filmleinwand. Und die Leinwand kann sich nicht gegen die Filmvorführer wehren ...«

Trotz seiner offensichtlichen Geistesgestörtheit schuf der einsame Mann in der Klinik eine eigene philosophische Schule. Es fanden sich rasch einige Jünger. Die meisten dieser Jünger stammten aus der Anstalt, doch nach und nach folgten der Lehre des Autors Dichter und Denker aus aller Herren Länder. Sie alle teilten die Ansicht ihres Meisters: *Das Leben ist ein Roman und die ganze Welt eine Illusion.*

Sofort nach dem Tode des Meisters teilte seine Schule sich in zwei Hauptrichtungen: Da waren die, die das Leben im wahrsten Sinne des Wortes als Roman betrachteten, als Geschichte aus Buchstaben auf Papier, mit einem Anfang und einem Ende. Und dann gab es jene zurückhaltenderen Vertreter der allegorischen Schule, die sich mit der Behauptung begnügten, das Leben *gleiche* einem Roman. Natürlich waren beide Richtungen davon überzeugt, die Lehre des Meisters korrekt auszulegen.

V.

Erst lange nach dem Tode des Schriftstellers wurde das Romanmanuskript entdeckt. Zunächst erregte es im Umkreis der Anstalt ein gewisses Aufsehen, doch schon bald ebbte das Interesse wieder ab.

Durch eine Kette von Zufällen gelangte dieses außerordentliche Manuskript in meinen Besitz. In regelmäßigen Abständen blättere ich darin herum; ungefähr so häufig, wie ich auch in der Bibel blättere.

Ich sehe die Gemeinsamkeiten zwischen den beiden Schriften; vielleicht ist es eine phänomenologische Verwandtschaft, vielleicht ein genetischer Zusammenhang. Beide Werke gründen in einer intensiven Inspiration, deren Quelle außerhalb des Universums liegt.

Als letztes (also auf Seite 467) sagt die Romanfigur mit »donnernder Stimme«, wie es dort heißt:

»Jetzt, lieber Autor, ist die Stunde der Wahrheit gekommen. Wir tauschen die Rollen!

Der Weg zu mir hat in dich hinein geführt. Denn ich habe in der Tiefe deiner Seele gewohnt. Durch den Roman, den du zu Papier gebracht hast, habe ich mich dir und dieser Welt zu erkennen gegeben ...

Von jetzt an lebst du in meinem Geist. Du wirst um meines Namens willen verspottet werden. Sie werden dich für einen Irren halten, für einen Narren, über den die Welt lachen kann; dabei bist du der erste, der den Schleier der Illusion durchschaut.

Fasse Mut, mein Sohn! Ich mache dich zum Apostel

der Wahrheit in einer Welt, die an nichts mehr glaubt, in einem Kosmos, der seinen Schöpfer nicht kennt, ja, in einem Roman, geliebte Figur, der nichts von seinem Autor wissen will.

Geh nun hin und schlage mit dem Kopf gegen die Wand, so ist es auf Seite 278 beschrieben. Der Rest geht dann wie von selbst.

Sei stark, mein Sohn! Wo du bist, werde auch ich sein. Denn du lebst und existierst und bewegst dich in mir. Dein Leben und dein Schicksal sind mit meinem Willen besiegelt.«

Hier endet der Roman. Auf Seite 467 unten steht in eleganter Schrift das Wort »ENDE«.

Ein Schritt zurück

Eines Tages werden auf einem anderen Planeten Großstädte entdeckt. Bewohnt von Millionen intelligenter Wesen. Mit siebzigstöckigen Wolkenkratzern und einem sinnreichen Netz von elektrischen Zügen, die auf mehreren unterirdischen Linien fahren ...

Was würden wir dazu sagen?

Eines Tages ging mir auf, daß New York eine solche Stadt ist. Und die Erde ein solcher Planet.

Gespensterjagd kann eine Geduldprobe sein. Und dann stellen wir fest, daß wir selbst als Spuk umgehen ...

Wir sehen es im Spiegel an der Wand, daß wir durch das Halbdunkel tappen, daß wir selbst die rätselhaften Wesen sind, auf die wir Jagd machen.

Es ist wie eine Serie ergebnisloser ESP-Versuche: Wenn doch nur ein einziges überzeugendes Experiment die Existenz der Telepathie nachweisen könnte, anstelle von vagen Anekdoten oder verkrampfter Statistik. Ganz zu schweigen von unserem Wunsch nach einem pochenden Tischbein oder einem Glas, das in der losen Luft über der Tischplatte schwebt.

Vielleicht träten wir dann einen Schritt zurück. Denn dann müssen wir erkennen, daß wir selbst das Mysterium sind. Wir sind schlimmer als schwebende Gläser und pochende Tische. Uns *gibt* es!

Wir sehen keine Engel oder fliegenden Untertassen, wir sehen unsere eigenen Raumschiffe. Wir sehen keine Marsmännchen, wir sehen uns selbst.

Der Kritiker

Auf den Kunstkritiker wartete keine geringe Aufgabe, als er ins Büro des Redakteurs gerufen wurde. Diese kurze Begegnung sollte den Rest seines Lebens prägen.

Der Redakteur, ein untersetzter Mann im Alter des Kritikers, bedeutete ihm, in einem der gelben Ledersessel vor dem Schreibtisch Platz zu nehmen. Der Kritiker setzte sich, und der Redakteur musterte ihn nachdenklich. Wortlos schob er einen Stapel von Papieren auf seinem Schreibtisch zur Seite, durchblätterte eilig einige Unterlagen und ging zum Fenster. Dort blieb er stehen und blickte auf die Stadt hinaus.

»Du bereist schon seit so vielen Jahren Galerien und Museen«, sagte er. »Deine Beiträge haben Diskussionen über Kunsterlebnis und Kunstverständnis hervorgerufen ...« Jetzt drehte er sich zu seinem Kollegen um. »Weißt du, ich habe im Grunde keine Einwände gegen deine Reportagen. Du beherrschst dein Handwerk. Du bist ein tüchtiger Autor ...«

Der Kritiker blickte abwartend zum Redakteur hoch.

»Aber alles, worüber du bisher geschrieben hast, war so ... wie soll ich mich ausdrücken ... so *willkürlich*.«

Wieder blätterte er in seinen Unterlagen herum.

»Und du hast noch nie ein Kunstwerk rezensiert, das so großartig oder so allgemein ist, daß es alle Leser unserer Zeitung interessiert.«

Nun richtete der Kritiker sich in seinem Sessel auf. Alle in der Redaktion wußten, daß der Redakteur nicht gerade als pflegeleicht galt. Aber das hier ging dann doch ein wenig zu weit.

»Unsere letzte Publikumsuntersuchung«, fuhr er fort, »hat ergeben, daß über zwanzig Prozent unserer Leser jeden Tag meine Artikel lesen. Über fünfzig Prozent geben an, sie in regelmäßigen Abständen zu lesen. Keine andere Zeitung hier in der Stadt berichtet so umfassend über Kunst und Architektur. Nicht zuletzt deshalb gilt unsere Zeitung als die führende Kulturzeitung im Land ...« Er holte tief Luft: »Aber es interessieren sich eben nicht alle Leser für Kunst, und das weißt du genau. Das Meisterwerk, das ich rezensieren soll, existiert nicht. Dieses Meisterwerk kann es gar nicht geben. Es gibt Leser, denen es furchtbar egal ist, wie das neue Rathaus aussieht. Die starren viel zu konzentriert auf den Asphalt.«

Der Redakteur ging zurück zu seinem Schreibtisch. Dort blieb er stehen und trommelte mit den Fingern auf der Tischplatte herum.

»Ich fürchte, ich muß dir da widersprechen«, sagte er mit einem gewissen Pathos, und dabei starrte er dem Kritiker in die Augen. »Dieses Meisterwerk existiert. Ja, es existiert. Es umgibt uns auf allen Seiten. Es wimmelt nur so davon, mein Lieber. Aber trotzdem haben viele Menschen einfach keinen Blick dafür. Und weißt du, warum? Es hört sich vielleicht paradox an, aber es liegt daran, daß sie selbst dieses Meisterwerk sind. Die *Leser* selbst sind das Kunstwerk, und ich halte es für eine Schande, daß wir noch keine Rezensionen und Reportagen darüber gebracht haben.«

»Kannst du dich ein bißchen klarer ausdrücken? Bei dieser Hitze ...«

Der Redakteur machte eine lange Pause.

»Michelangelo«, sagte er und breitete die Arme aus. »Michelangelo hat die Deckenfresken in der Sixtinischen Kapelle geschaffen. Wer aber hat Michelangelo erschaffen? Nun? Ist das vielleicht kein Thema für eine Kulturzeitung?«

Jetzt fuhr der Kritiker in seinem Sessel hoch.

»Religiöse Fragen«, sagte er langsam, aber bestimmt, »fallen nicht in mein Ressort. Als ich, wie du wohl weißt, vor kurzem meine Reportageserie über den Vatikan verfaßte, hielt ich mich streng an die Kunstgeschichte ... Aber wie gesagt, es ist sehr heiß heute. Und die Sonne sticht ja geradezu durch deine Bürofenster.«

Der Redakteur schaute auf die Uhr und sagte mit Nachdruck:

»Schreib darüber!«

»Wie bitte?«

»Schreib über die Sonne!«

»Über was, bitte?«

»Richtig! Hat denn die Sonne keine Rezension verdient? Vor zweieinhalbtausend Jahren wurde Anaxagoras aus Athen vertrieben, weil er behauptet hatte, die Sonne sei größer als der Peloponnes. Findest du nicht, er sollte endlich rehabilitiert werden?«

»Ich glaube ...«

»Ja, lieber Kollege, was glaubst du? Siehst du nicht ein, wie belanglos die Sixtinische Kapelle im Vergleich zur Sonne ist? Diese naiven Renaissanceschmierereien. Infantil! Reiner Aberglaube. Findest du nicht, daß die Sonne als Kunstwerk sämtliche Arbeiten des Michelangelo aussticht? Außerdem: Wen interessiert schon Michelangelo! Mich jedenfalls nicht. Ich pfeife auf die ganze Kunstgeschichte. Die Sonne dagegen ist seit Millionen von Jahren von unverändertem Interesse ...«

»Die Sonne also – über drei Spalten. Rezensiert von ... rezensiert von ...«

»Aber, aber! Mit diesem Auftrag kommst du noch billig davon. Die Sonne, verstehst du, die Sonne ist nur ein Stern. Einer von vielen Milliarden allein in unserer Galaxis. Aber hast du dir das mal genauer überlegt? Ich meine, hast du das mal nachempfunden? Selbst die Sonne mit all ihren Planeten – wie viele sind das eigentlich, sieben oder neun? – ist im großen Zusammenhang betrachtet belanglos. Und dabei meine ich den wirklich großen Zusammenhang. Die Wirklichkeit, verstehst du, die Wirklichkeit ist größer als der Vatikan, größer als der Peloponnes. Sag ruhig, wenn du anderer Meinung bist. Als ich dich um dieses Gespräch bat, schwebte mir vor, Dich um eine Rezension der Wirklichkeit zu bitten ... Eine solche Rezension würde alle Leser unserer Zeitung angehen. Und warum? Weil es eine Rezension ihrer selbst wäre. Verstehst du? Ein bißchen Eitelkeit kann so verkehrt nicht sein, oder? Fang mit der Sonne an. Zur Übung. Schließlich ist die Sonne zumindest ein wichtiger *Teil* der Wirklichkeit.«

Der Kritiker erhob sich, ging zum Fenster, blickte von dort aus zum Redakteur und warf dann einen zögernden Blick auf die Stadt.

Ohne ein Abschiedswort verließ er dann das Zimmer. Den Vorzimmerdamen fiel das höhnische Grinsen auf, das über sein Gesicht huschte, als er den Fahrstuhl betrat.

Schon am nächsten Morgen fand er sich abermals beim Redakteur ein. Jetzt war aus dessen Zimmer munteres Lachen zu hören. Und einen Tag später brachte die Zeitung ihre erste große Rezension über die Sonne mit dem Titel: ›Größer als der Peloponnes‹.

Der Artikel erschien im Feuilleton, zwischen Buch-, Konzert- und Theaterkritiken. Hier einige Auszüge:

Wenn das Kind zu seiner Mutter läuft, wenn die Ziegen an den Berghängen herumspringen, wenn die Fische im Schwarm schwimmen und die Vögel in der Schar fliegen, wenn der Saft in den Bäumen emporsteigt, wenn die Knospen bersten, dann ist es die Sonne, die ihre Strahlen ausbreitet. [...] Die Sonne spannt unsere Muskeln an. Die Sonne strömt durch unsere Adern. Die Sonne brennt in unseren Umarmungen. Die Sonne pocht in unserer Brust. Die Sonne zu rezensieren ist keine leichte Aufgabe gewesen: Wer bin ich denn, daß ich die Sonne bewerte? Wie könnte ein Topf den Töpfer beschreiben? Wie ein einzelner Strahl Licht auf die Lichtquelle werfen?

Selbst das Papier, auf dem diese Betrachtung steht, ist die Frucht der Sonne. Die Hand, die schreibt, ist das Werk der Sonne. Jedes Wort, das der Rezensent zu verwenden beliebt, ist von einem Gehirn ersonnen worden, zu dessen Entwicklung die Sonne Jahrmillionen gebraucht hat.

Was ist die Geschichte unseres Erdballs denn anderes als die Geschichte einer Feuerkugel, die im Laufe einiger Jahrmillionen den Spuk hervorbringt, den wir im Alltag als ›Bewußtsein‹ bezeichnen? […]

Vor langer Zeit hat die Sonne uns im Meer als den primitiven Komplex von Proteinen und Aminosäuren erschaffen, der wir damals eben waren. Die Sonne hat uns als Amphibien und Kriechtiere an Land geholt. Die Sonne hat uns von den Bäumen heruntergelockt und zu Menschen gemacht […]

In der Sonne leben wir, bewegen wir uns und existieren wir. Wir sind vom Geschlecht der Sonne […]

Auch die Fähigkeit, die Sonne zu betrachten, ist das Werk der Sonne. Die Sonne hebt unseren Blick gen Himmel. Das Auge, das die Sonne sieht, ist das Auge der Sonne selbst.

Diese »Rezension« wurde weder in der Zeitung selbst noch in der Öffentlichkeit jemals auch nur mit einem Wort erwähnt.

Ein junger Dichter hatte ein halbes Jahr zuvor einen halbseitigen Artikel veröffentlichen dürfen, der aus der Wortfolge »bla bla bla« bestanden hatte, eingeteilt in Abschnitte und

Unterabschnitte. Der Redakteur selbst hatte diesen Artikel angenommen, zur großen Bestürzung der Redaktion.

Viele hielten die Sonnenrezension für einen ähnlichen Scherz, für eine Parodie auf die üblichen Kunstkritiken oder auch für eine Satire auf materialistische oder religiöse Weltanschauungen. In informierteren Kreisen, unter Freunden und Kollegen des Rezensenten, wurde der Artikel schweigend übergangen. Man betrachtete ihn als Betriebsunfall.

Im Laufe eines langen Lebens muß selbst der ruhmreichste Journalist einmal einen sinnlosen Artikel schreiben dürfen. Ein Mensch ist schließlich keine Maschine.

Doch es sollten noch weitere Artikel dieser Art folgen. Die Ausnahme entwickelte sich langsam zur Regel. Der Rezensent hatte Blut geleckt. Er schrieb weiter Rezensionen für die Zeitung, ging aber nun von einem enorm erweiterten Kunstbegriff aus.

Eine Rezension der Wirklichkeit, die im Abstand von einer Woche Pause in zwei Folgen veröffentlicht wurde, trug den Titel: ›Werk oder Meister? Notizen über Das vierdimensionale Meisterwerk‹.

Die nächsten Artikel trugen die Überschriften: ›Warum ich über die Kunstgeschichte nur noch lachen kann‹, ›Die Welt als Entfaltung Gottes. Sieben Fußnoten zum deutschen Pantheismus von Cusanus bis Schelling‹, ›Der Bienenkorb, die Grammatik und die anonyme Weltvernunft‹, ›Kyffhäuser und Kaufhäuser‹, ›Warum hat der Urmensch einen Bauchnabel? Kritischer Blick auf achtzehn Darstellungen von Adam und Eva‹.

Der Kritiker hatte noch nicht viele Rezensionen dieser Art geschrieben, als man in der Redaktion begann, über ihn zu tuscheln. Was er schrieb, wurde also immerhin zur Kenntnis genommen. Doch waren die meisten Äußerungen ziemlich gehässiger Natur.

Natürlich bargen seine Artikel stets einen wahren Kern. Blitzt nicht noch im ärgsten Wahnsinn ein Fünkchen Vernunft auf?

Es ist richtig, daß wir unser Leben auf einem Planeten im Universum verbringen; nicht nur als Bürger einer Stadt, sondern zugleich als Bürger eines Universums. Und es kann durchaus angebracht sein, daran zu erinnern. Auch trifft es zu, daß das Leben von Mensch und Tier in einer Reihe von ungeklärten Mysterien wurzelt. Aber hatte sich der alte Kunstkritiker in letzter Zeit nicht etwas zu oft diesen Fragen gewidmet? War er nicht vielleicht ohnehin ein bißchen überspannt?

Es wurde immer schwieriger, seinen Gedankengängen zu folgen. Man spürte seinen Rückzug aus der menschlichen Gemeinschaft in seine eigene private Welt. Der einzige rote Faden, der das Werk des Kritikers nun noch durchzog und höchstens dem aufmerksamen Leser ins Auge fiel, war die fast verbissene Betonung des Mysteriums unseres Daseins. In immer aufdringlicherem Tonfall verkündete er dieses Mysterium.

Schließlich fand der Alte seine Sentenzen so bedeutsam, daß er sie in Verse goß:

> Wir tragen
> und werden getragen
> von einer Seele
> die wir nicht kennen
>
> Wenn sich das Rätsel
> auf zwei Beine erhebt
> ohne gelöst zu werden
> ist die Reihe an uns

Wenn unsere Traumbilder
sich selbst in den Arm kneifen
ohne zu erwachen
sind wir es selbst

Denn wir sind das Rätsel
das niemand löst
wir sind das Abenteuer
eingesperrt im eigenen Bild

Wir sind das
was geht und geht
ohne zur Klarheit
zu gelangen

(aus: ›Das Rätsel der Sphinx‹)

»Aber was sagt denn der Chefredakteur dazu?« hieß es bisweilen. Selbst dessen Nachsicht mußte doch ihre Grenzen haben! Hatte die Zeitung keinen verantwortlichen Redakteur?

Daß ein armer alter Schreiberling durchdrehte, war das eine. So etwas kam vor. Aber mußten denn die Irrungen eines kranken Gemüts in aller Öffentlichkeit breitgetreten werden? Wörter wie »Skandal« und »Bärendienst« wurden in dem kleinen Land immer häufiger in die Debatte geworfen.

Daß der alte Mann einst großen Respekt genossen hatte, geriet sehr schnell in Vergessenheit. Die Artikelserie ›Scharfe Skizzen‹ war von Kunstkennern im ganzen Land als Geniestreich bezeichnet worden. Das kleine Buch ›Der Spiegel als Metapher‹ hatte seinem Verfasser auch über ein Fachpublikum hinaus großes Lob eingetragen und war bereits in sieben Sprachen übersetzt worden. ›Kunstkritik und Kunst der Kritik‹ war der Titel der Festschrift, die zu seinem fünfzigsten Geburtstag erschienen war.

Seitdem war jedoch viel Zeit vergangen. Wie tief war der Kritiker seither gesunken! Seine scharfe Beobachtungsgabe hatte philosophischen Wortspielereien und metaphysischer Schwärmerei weichen müssen.

Gegen Ende seines Lebens wendete sich der Kritiker wieder der konventionellen Kunstkritik zu. Zunächst sah es so aus, als habe er sich gefaßt. Aber da er die Künstler nie mehr für ihre Produkte lobte, wurde er in der Szene immer unbeliebter. Immer waren es die »Natur«, das »Rätselhafte« oder »die menschliche Schöpferkraft«, der er Beifall zollte, wenn ihm überhaupt noch etwas gefiel.

Er starb als verhaßter Mann. Seine Zeitung hatte längst einen neuen Kunstkritiker eingestellt, einen hochkarätigen Fachmann, einen Mann, der auf jeder Cocktailparty und jeder Vernissage willkommen war.

Zwei Tage nach dem Tod des Kritikers aber brachte die Zeitung den persönlichsten und für viele auch wunderlichsten, um nicht zu sagen krankhaftesten, Artikel aus seiner Feder. An diesem Tag waren beide Feuilletonseiten für diesen Artikel mit dem vielsagenden Titel ›Das Seltsame‹ reserviert.

Der Text gewährt nicht nur Einblick in ein krankes Gemüt, sondern macht deutlich, daß es dem Kritiker bewußt war, daß seine Artikel am Ende nur noch von ihm selber verstanden worden waren.

Das Seltsame

1

Irgend etwas ist seltsam. Irgend etwas stimmt nicht. Das kann ich jetzt mit Sicherheit sagen. Ich hege keine Zweifel mehr, daß man mich zum Narren hält.

Eigentlich kann es gar nicht sein. Es ist unmöglich. Aber ich sehe nur das; alles andere ist Zufall.

Bei diesem Gedanken prickelt es in meinem Körper. Ich werde nervös, ich rege mich auf. Dann springe ich von meinem Stuhl auf und laufe ruhelos im Zimmer hin und her.

Ich stehe auf und setze mich, setze mich und stehe wieder auf. Ich hänge ein Bild fünfzehnmal pro Stunde um. Ich lese zwanzigmal ein und denselben Satz. Ich nehme saubere Tassen aus dem Schrank und spüle sie noch sauberer. Ich leere den Papierkorb aus, um eine benutzte Briefmarke oder eine Büroklammer zu finden. Und, noch schlimmer: Ich stehe vor dem Spiegel und schneide mir selbst Grimassen.

Ich bin nicht verrückt. Ich bin auch nicht neurotisch. Nicht ich bin es, mit dem etwas nicht stimmt. Auch ist es kein Traum. Ich bin hellwach, doppelt wach bin ich, wie zwei Tage, die zusammenfallen.

Die Wahrheit ist, daß etwas hinter meinem Rücken geschieht. Mehr noch: Alles spielt sich dort ab. Alles. Und leider habe ich keine Augen im Nacken. Leider, leider.

Doch jetzt lasse ich es mir nicht länger gefallen. Ich kann diesen Stand der Dinge nicht akzeptieren. Nehmen wir zum Beispiel das Leben: Das Leben ist mir unmöglich geworden. Das Leben ist Idioten vorbehalten.

Ich denke dabei nicht an mein Privatleben. Privatleben! Glücklich mag sich schätzen, wer ein dermaßen absurdes Wort in den Mund nehmen kann, ohne dabei das Gesicht zu verziehen. Wie viele Jahre habe ich wohl schon kein »Privatleben« mehr? Ich denke auch nicht an den geplanten Erweiterungsbau des Rathauses. Meine Meinung zu diesem Thema habe ich hinlänglich begründet. Ich denke nicht an den Haushaltsentwurf der Regierung. Der ist mir total egal. Ich denke nicht einmal an die Zukunft unseres Planeten. Selbst unser Planet ist mir so unglaublich gleichgültig. Wie können wir uns nur so wichtig nehmen ...

Ich bin viel zu aufgewühlt, um etwas denken zu können. Das, was man denken kann, läßt sich auch kontrollieren. Was man mit Worten benennen kann, läßt sich beherrschen. Doch das hier ist schlimmer. Sehr viel schlimmer.

Im Laufe der letzten Wochen hat mich die Sprache verlassen. Wörter, Sätze und Meinungen liegen hinter mir, wie Klapper und Schnuller ein überwundenes Stadium darstellen.

Ich bin in der Sprache nicht mehr zu Hause. Sie hat mich abgeworfen. Sie hat mich auf einer Insel ausgesetzt. Auf einem Asteroiden. Wenn es denn eine Sprache gibt. Aber ist das überhaupt gewiß? Nichts ist gewiß ...

2

In Gedanken passiert nichts von Bedeutung. Was geschieht dort schon? Was sind Gedanken anderes als die Wiederholung von Sinneseindrücken?

In Gedanken existiert nur, was die Sinne wahrnehmen.

Das Wichtige passiert *hinter* meinem Rücken. Ich bin eingesperrt in eine Höhle und sitze mit dem Rücken zum Eingang. Die Tage vergehen, und ich starre die Höhlenwand an. Nicht der kleinste Lichtstreifen ist zu sehen. Und was nutzt es mir dann, daß ich über meine Sinne verfüge? Was soll ich mit Augen, die doch nichts als die Dunkelheit der Höhle erkennen?

Ich bin nicht allein. Dies ist keine Isolationshaft. Nein, hier sind alle versammelt. Die gesamte Menschheit. Wir alle sitzen hier in dieser Höhle.

Dann hätte ich also wenigstens jemanden zum Reden. Doch worüber soll man reden, wenn nichts zu sehen ist? Und wäre dort jemand, der mein Schicksal teilt? Nein, nein – auch diese Möglichkeit ist mir genommen. Denn niemand *begreift,* daß er sich in einer Höhle befindet. Alle anderen glauben, alles zu sehen. Sie fühlen sich wohl und wollen nicht weg.

Mir fehlen die Augen im Nacken. Doch ich weiß, daß da draußen vor der Höhlenöffnung etwas passiert. Ich spüre es wie ein Kribbeln im Magen, unserem zuverlässigsten Sinnesorgan. Etwas in mir kitzelt mich. Es ist, als wäre ich mit einer dünnen Daunenschicht unter der Haut geboren worden. Vielleicht rege ich mich deshalb so auf, wenn ich Gänse sehe. Gänse erregen mich, und eines Tages werde ich über den Zaun zum Nachbarn klettern und seine Gänse umbringen. Ich bringe sie einfach um.

3

Jetzt komme ich zur Sache. Zur *Sache,* habe ich gesagt. Zur einzigen *Sache,* die existiert. Wozu dieser unersättliche Pluralismus? Mir fehlt dazu die Gemütsruhe.

Was mich um den Verstand bringt, ist die *Wirklichkeit*. Vor allem die, mehr als irgend etwas sonst. Macht mich das zum Monomanen? Ist es Monomanie, sich für die Wirklichkeit zu interessieren? Für irgendwas muß man sich doch interessieren …

Also, die Wirklichkeit. Die Welt. Das Universum. Ein Waisenkind hat viele Namen – mehr als die geliebten Kinder. Viele Namen für die, die auf einer Treppe gefunden werden. Denen, die im leeren Raum schweben. Wirklichkeit!

Wie ist es möglich, dieses Wort in den Mund zu nehmen, ohne um Atem ringen zu müssen? Wer weiß denn schon, woher sie kommt? Wer kann mir ihre Adresse verraten?

Steht nicht am Anfang und am Ende aller Dinge die Frage: *Woher stammt die Welt?*

Ich weiß, daß es auf diese Frage eine Antwort gibt. Eine Antwort allerdings, die außer Reichweite liegt. Es gibt sie, sie lebt, aber sie lebt hinter meinem Rücken, und nicht in der Höhle, in der ich mein Leben verbringe.

Kann ich mich damit abfinden? Ich meine, wie kann ich mich damit abfinden, mein Leben in einer Welt zu verbringen, von der ich nicht weiß, woher sie kommt?

Die Welt, habe ich gesagt! Die Welt als tonnenschwerer Stein, der plötzlich in geringer Höhe über der Stadt schwebt. Er ist einfach da, läßt sich nicht wegdiskutieren. Den Menschen würde es recht geschehen. Ein schwebender Stein von mehreren hunderttausend Tonnen! Da würden sie Augen machen.

Was sagt ihr eigentlich dazu? Habt ihr euch schon mal darüber Gedanken gemacht, daß die Welt keine Adresse hat? Nicht einmal einen Namen. »Welt« ist nichts als unsere private Bezeichnung für den Spuk, der uns umgibt. Und mehr noch, mehr. Dieser Spuk, der plötzlich aus dem Nichts hervorlugt, dieser Spuk ist nicht nur unser Zuhause. Er ist wir selbst! Wir sind die Waisenkinder. Wir lugen aus dem Nichts hervor.

Was hast du gesagt?

Gott, hast du gesagt. Ja, tatsächlich. Jetzt hast du nach ihm gerufen.

Doch der hat sich nicht einmal die Mühe gemacht,

auch nur eine Visitenkarte zu hinterlegen. Gibt es keine abgelegene Felsspalte, in der er sein Werk signiert hat? Existiert er denn überhaupt? Und was ist dann mit der Welt? Von der ist hier schließlich die Rede. Momentan denken wir nur an sie. Woher kommt dieser Koloß? Für einen kurzen Moment habe ich beschlossen, alle anderen Fragen auf sich beruhen zu lassen. Ich brauche keinem Kind die Windeln zu wechseln. Ich habe den Fernseher ausgeschaltet. Die Börsenkurse haben Zeit bis morgen.

4

Heute abend ist die Welt unser Thema. Herzlich willkommen alle zusammen! Die Welt hat es immer schon gegeben, sagst du. Und damit hat sich's. Warum auch nicht? Das ist tatsächlich der naheliegendere Gedanke. Als Vorschlag betrachtet sogar unvermeidlich. Aber als Tatsache wirkt er gleich weniger überzeugend. Natürlich können wir uns eine Welt *vorstellen*, die immer schon existiert hat. Die Frage ist nur: Ist es *möglich*, daß eine Welt immer existiert hat? Muß sie nicht zu irgendeinem Zeitpunkt auch entstanden sein? Darum geht es mir. 1:0.

Ein anderer sinnvoller Gedanke ist, daß Gott die Welt erschaffen hat, und daß Gott immer schon da war. Fertig. Basta. Auch das ist ein naheliegender Gedanke, doch als Tatsache auch nicht überzeugender. Wir kommen auf diese Weise nicht weiter. Wir haben das Problem nur auf die lange Bank geschoben. Wir sind mit uns selbst zusammengestoßen. 2:0.

Unsere kleine Untersuchung ist aber noch nicht beendet. Lehnt euch bequem zurück. Oder, besser noch: Setzt euch aufmerksam auf die Stuhlkante. Einige Möglichkeiten gibt es noch.

Wer hat gesagt, daß es die Welt immer schon gegeben hat? Es *kann* sie gar nicht immer schon gegeben haben. Aber wenn es sie nicht immer schon gegeben hat, dann muß sie irgendwann aus dem Nichts heraus entstanden sein. Quasi in einer ersten Instanz, Tertium non datur.

Wir können das Problem natürlich bis in alle Ewigkeit vor uns herschieben. Aber dennoch steht fest: Irgendwann muß irgend etwas aus dem Nichts entstanden sein.

Das ist nicht nur eine naheliegende, sondern auch eine rührend schlichte Vorstellung. So schlicht, daß selbst ein Kind sie begreifen kann. Zuerst gab es keine Welt, und dann war sie plötzlich da. Also aus dem Nichts. Ein einfacher Gedanke, aber provozierend. 3:0.

Falls nicht vielleicht doch Gott die Welt erschaffen hat. »Ex nihilo«, wie die Theologen sagen. Es ist möglich, daß wir uns bei unserer Untersuchung ein wenig übereilt haben. Denn schließlich übersteigen Gottes Fähigkeiten die menschliche Fassenskraft. Wir sollten die Existenz eines Gottes nicht zu voreilig abstreiten. Vielleicht verletzt ihn das. (Vielleicht rächt es sich auch. Aber das ist ein anderes Problem. Wir wollen uns hier nun ausschließlich auf Epistemologie konzentrieren.)

Nehmen wir mal an, Gott hat die Welt erschaffen. Damit wären wir bei Gott selbst. Was ist mit ihm? Auf zur zweiten Runde. Hat es *ihn* immer schon gegeben? Nein, auch diese Möglichkeit haben wir bereits zurückgewiesen.

So bleibt nur noch die letzte Möglichkeit: Gott hat die Welt erschaffen, nachdem er sich selber erschaffen hat! Hoc est corpus: Hokus pokus fidibus!

Das ist eine so naheliegende, so vernünftige, so kindliche und so einfache Vorstellung, daß sie seit über tausend Jahren in unserem Kulturkreis bereits im Kindergarten gelehrt wird. Betrachtet man jedoch diese Vorstellung genauer, muß man auch sie ablehnen. Denn sie ist paradox. Um nicht zu sagen, unredlich und verkrüppelt. Sie beißt sich in den eigenen Schwanz.

Zum zweitenmal innerhalb kürzester Zeit haben wir ein Problem auf die lange Bank geschoben. Wir haben mit Narrenkünsten brilliert. Wir haben den Kopf in den Sand gesteckt.

Was wir Gott nennen, ist ein konstruiertes Zwischenglied, eine logische Rettungsplanke für Seelen in Seenot. Ob mit oder ohne Gott, wir sind weiterhin mit dem Unmöglichen, dem Wahnwitzigen konfrontiert.
4:0 – knock-out.

5

Das Denken bringt uns nicht weiter. Das ist ein absolutes Postulat für mich. Wirklichkeit läßt sich mit Vernunft nicht begreifen. Die Welt ist ein Paradoxon.

Hinter der scheinbaren Überschaubarkeit des Alltags ist die Welt so unmöglich, daß ich es hier nicht mehr lange aushalte. Für jemanden, der sich nicht von Windelwäsche und Familienproblemen verschlingen läßt, stellt die Welt eine ununterbrochene Provokation dar. Familienprobleme! Die haben nur Affen. Ich selbst versuche, Mensch zu sein.

Woher die Welt kommt, habe ich gefragt. Und ich wiederhole: Woher zum Teufel kommt die Welt? Siebenhundertmal am Tag stellt sich mir diese Frage. Und natürlich ist es immer vergebliche Liebesmüh.

Mit systematischer Gründlichkeit wollte ich die Wirklichkeit näher untersuchen, eine Erklärung finden oder sie zumindest einkreisen. Und wenngleich ich mitten in der Untersuchung stecke, obwohl ich mich im Gegenstand meiner Untersuchung befinde, darin esse, schlafe und denke, sind meine Bemühungen bisher erfolglos geblieben. Denken hilft nicht, denn Gedanken sind nur Reflexe derselben Sinneseindrücke, die auch Kühe und Schafe erleben. Der Unterschied zwischen mir und einer Kuh ist lediglich, daß ich mich mit dem Stand der Dinge nicht abfinden will. Ich weigere mich, in den Stall zu gehen, ich werde mich nicht in einem Stall anpflocken lassen und der Welt den Rücken kehren. Ich will heraus aus dem Höhlenstall, ich halte es nicht mehr aus.

Die Welt ist nicht möglich. Doch sie gibt sich authentisch. Und die meisten Menschen begreifen sie wohl auch so. Ich selbst muß mich wohl als Ausnahme bezeichnen. Als Joker in der Patience. Im Gegenzug bin ich mir meiner Sache völlig sicher. Ich kann versichern, daß es keine dankbare Aufgabe ist, die Existenz der Welt zu bestreiten, in der man sich doch unleugbar aufhält.

Aus einem unangenehmen Traum kann man aufwachen und die Traumwelt verscheuchen. Die Wirklichkeit ist anders. Sie richtet sich auf. Und tritt keinen einzigen Schritt zurück. Wenn ich morgens aufwache, kommt es immer häufiger vor, daß ich die Wirklichkeit abweise und wieder in den Traum eintauche. Nicht, weil meine Träume besser sind als das, was mich beim Aufwachen erwartet. Der Traum kann genauso wahnwitzig, genauso absurd sein. Aber er ist nicht wirklich. Zwischen mir und der Welt herrscht kein Verständnis mehr. Ich habe mich abgemeldet. Ohne deshalb einen neuen Verein zu gründen. Und der Bruch ist endgültig, definitiv. Das wird mir von Tag zu Tag deutlicher bewußt. Die Welt zieht am einen Ende, und ich, ich ziehe am anderen.

Na und? Ist das denn wirklich wichtig? Von allgemeinem Interesse? *Es bedeutet, daß die Welt keinen Zusammenhang mehr hat.* Sie geht aus dem Leim. Denn auch ich bin Teil der Welt. Oder besser: Ich war ein Teil der Welt. Ehe sie zerbrach.

Ich habe mich von der Erde gelöst und schwebe im leeren Raum. Es ist so einsam hier, meine Damen, meine Herrn!

6

War es denn immer schon so? War das Leben schon immer so düster?

Keineswegs!

Früher kamen mir solche Gedanken nur selten. Ein Stein, eine Landschaft, ein Tier konnten sie hervorrufen. Der zufällige Blick eines Passanten, die Handbewegung einer alten Dame, ein komischer Zwischenfall in der Straßenbahn.

Dann ließen mich diese Gedanken in regelmäßigeren Abständen zusammenzucken, wenn ich nach einer langen Nacht morgens erwachte. So, als hätte ich an mir selbst gezupft. Nach und nach wurde die Welt deutlicher. Ihre Konturen zeichneten sich schärfer ab. Steiler, wilder und aufdringlicher als vorher.

Jetzt denke ich alle paar Minuten daran. Aber gerade dieses Denken quält mich, denn es führt zu rein gar nichts. Jeden Morgen wird mir diese Ausweglosigkeit bewußt, jeden Abend schlafe ich im Bewußtsein dieses Elends ein.

Jetzt habe ich alles besser im Griff. Oder besser: Es hat mich besser im Griff. Ich brauche nur die Hände in den Schoß zu legen, und schon spüre ich es von Kopf bis Fuß. Es steckt in jeder Faser meines Körpers, in jeder einzelnen Zelle. Es hilft nicht mehr, an etwas anderes zu denken. Ich spüre es ständig, spüre es in meinem Innern, spüre das Schaben unter meiner Haut, spüre, wie es meine Brust zum Bersten bringen will. Jetzt drängt es, jetzt ist es hier. Es sitzt auf mir, ich trage es umher, jetzt bin ich selbst das Seltsame, das Unmögliche. Kann ein *Körper* monoman sein? Was sagt die Biochemie dazu? Fehlt mir ein Hormon? Ein Vitamin, ein Mineral? Oder habe ich von allem zuviel?

Das Verzwickte ist, daß mich gerade das empört. Ich bin ein Teil des Kreises, aus dem ich ausbrechen möchte. Ein Gespenst auf Gespensterjagd. Ich kann nicht finden, wonach ich suche, ich selbst bin der Spuk.

Es ist ein unerträgliches Dilemma. Aber ich habe keine Wahl. Ich werde erst zur Ruhe kommen, wenn ich das Mysterium entschlüsselt habe. Das wird allerdings niemals sein. Oder erst, wenn ich umfalle.

Es ist unmöglich, aber ich lasse nicht locker.

7

Im Moment bereitet eine Tatsache mir besonderes Kopfzerbrechen: Ich selbst bin das Seltsame, das Unmögliche. Und ich sehe es in allem, was mich umgibt. Wie wütende Elektronen um einen Atomkern kreisen alle meine Gedanken um die Tatsache, daß ich existiere, daß überhaupt etwas existiert. Von diesem Punkt gehen alle meine Gedanken aus – und zu ihm kehren sie zurück. Doch was mich am stärksten quält, ist, daß ich mit diesem Gedanken so unglaublich allein zu sein scheine.

Ich unterscheide mich in nichts von den anderen. Wenn ich aber in einen Laden für Herrenbekleidung schaue, sehe ich sofort die Unmöglichkeit, daß der Verkäufer auf mich zukommt. Er ist so unwahrscheinlich wie ich. Genauso verzweifelt. Genauso verzaubert. Genauso aufgeladen. Ein Androide. Eine lebende Puppe. Und doch gibt es einen Unterschied: Es ist ihm nicht bewußt. Er bemerkt es nicht. Er sitzt auf einem glühenden Ofen und bemerkt es nicht. Ich kann seinem Gesicht ansehen – seinem unwissenden, verspielten und verkrampften Ausdruck –, daß er es nicht weiß, mehr noch, daß er nie darüber nachgedacht hat. Und auch damit nicht genug: Ich weiß genau, daß es keinen Sinn macht, ihn einzuweihen. Er würde es doch nicht fassen können. Er verkauft Herrenkleidung, das ist seine Bestimmung. Das ist mehr als genug. Und genau das macht mir angst.

Ich weiß sehr wohl, daß es so aussehen kann, als gefiele mir mein isoliertes Dasein. Warum laufe ich nicht in die Welt hinaus und teile meine Erkenntnis mit anderen? Heureka! Ist es wirklich unmöglich, dieser Welt klarzumachen, daß sie ein Mysterium ist? Mit großer Trauer und in tiefster Verzweiflung: Ich muß mit einem uneingeschränkten Ja antworten. Ich rede hier nicht ins Blaue. Ich spreche aus langer Erfahrung.

Meine Sprachlosigkeit habe ich erwähnt. Ich spreche dieselbe Sprache wie die Menschen in meiner Umgebung. Wir benutzen dieselben Worte. Und obwohl ich diese Worte anders zusammensetze als diese Menschen, verstehen sie doch gut, was ich sage. Das Problem ist kein verbales, sondern ein kognitives. Sie begreifen nicht die Erkenntnis hinter meinen Worten. Sie spüren nicht die Reichweite meiner Darlegungen. Sie tragen diese Blende im Kopf, die ihnen den Blick darauf versperrt, daß das Leben ein Rätsel ist. Wer weiß, vielleicht ist bei den Menschen die Verbindung zwischen den beiden Gehirnhälften unterbrochen worden.

Vielleicht unterscheidet mich das von den anderen, vielleicht verfüge ich über ein seltenes Organ, über eine Anomalie. Wenn das der Grund für mein Leiden ist, wird eine Autopsie ihn ans Licht befördern. Doch die hat noch Zeit, hat noch ein wenig Zeit …

8

Ich habe keineswegs die Absicht, meine Mitmenschen zu verurteilen. Ich will ihnen durchaus nicht in den Rücken fallen. Doch mein halbes Leben habe ich dem Versuch gewidmet, Verständnis zu wecken. Und obwohl es mein größter Wunsch war, meinen Mitmenschen bewußt zu machen, daß es sie *gibt*, hält man mich für einen Hysteriker.

Unzählige Male bin ich in meiner Einsamkeit auf einen Mitmenschen zugegangen und habe ihm erzählt, daß wir uns auf einem Planeten im Universum aufhalten.

»*Es gibt eine Welt*«, habe ich zu ihm gesagt.

»*Stell dir vor: Wir existieren!*« und: »*Die Welt ist hier und jetzt!*«

Ich weise ihn auf etwas hin, das ihn nach meinen Maßstäben in den Grundfesten erschüttern müßte, doch er schüttelt nur den Kopf und eilt weiter. Statt einzusehen, daß die Welt phantastisch ist, hält er mich für einen Phantasten. Und versteht nur Bahnhof. Weil er eine berechenbare Welt braucht, erklärt er mich für wahnsinnig. Um nicht selbst verrückt zu werden, redet er sich ein, daß mit mir etwas nicht stimmt. In der Antike schlug man den Boten schlechter Nachrichten den Kopf ab …

Ist es da noch ein Wunder, daß ich verzweifelt bin, wenn ich sehe, daß meine Mitmenschen ungerührt wie eine Herde grasender Kühe auf der Erde herumstehen? Sie sind einfach hier, sie stellen sich auf. Nichts kann sie überraschen. Bei mir ist das anders. Mir wird schwindlig, wenn ich daran denke zu *sein*. Im Gegensatz zu den anderen vermag ich mich nicht im Alltagsgeschehen zu verlieren. Nicht in Details, nicht in Zufällen.

Ich kann mich nicht mehr an das Gefühl erinnern, ein »Interesse« zu haben. Sich für etwas zu »interessieren« heißt, den Wald vor lauter Bäumen nicht zu sehen. Mehr noch, die interessierten Menschen nehmen nicht einmal die Bäume wahr. Man starrt auf Moos und Heidekraut, bis einem die Augen überlaufen, bis man den Kopf verliert.

Das einzig wirklich Interessante an dieser Welt ist doch, daß es sie gibt. Von mir aus kann sie sein, wie sie will. Von mir aus können Gespenster und Einhörner und rosa Elefanten durch die Straßen laufen, mich irritiert das nicht.

Dadurch, daß die Welt existiert, sind die Grenzen zum Unwahrscheinlichen bereits überschritten.

Es würde mich nicht weiter überraschen, wenn eines Tages plötzlich ein Engel vom Himmel herabstiege, um mich in ein anderes Dasein zu holen. Ich brauche diesen Engel nicht, um zu staunen. Doch hat mein Erstaunen längst seinen Sättigungspunkt erreicht, auch ohne außergewöhnliche Stimulanzien. Für mich ist die Welt selbst außergewöhnlich.

Mir würde es nicht die Sprache verschlagen, wenn ich eines Morgens im Garten einem Marsmännchen begegnete. Warum auch? *Schließlich bin ich selbst ein Marsmännchen.* Ich bin über mich selbst gestolpert, habe mich selbst im Kosmos gefunden. So gesehen hat das natürlich auch seine Vorteile. Ich habe dem Großen Troll mitten in die Augen geblickt. Wie könnte eine Maus mich da noch schrecken?

9

Man steht in einer Welt und schaut sich um. Ein übernatürliches Erlebnis.

Schon die Natur ist übernatürlich, und das »Übernatürliche« ist Natur. Wer wollte da eine Grenze ziehen? Das Seiende läßt sich nicht in saubere Bezirke gliedern. Die Welt ist nicht in Zuverlässigkeitsgrade eingeteilt. Bei allem gibt es nur eine Wirklichkeit. Die ist allerdings komplett unerklärlich. Ein pochendes Tischbein ist nicht aufregender als ein pochendes Herz. Ich glaube nicht an Hexerei und Zauberkunst. Und schon gar nicht an »Parapsychologie«. Um zu begreifen, daß ich existiere, brauche ich das alles nicht, ganz gleich, ob der Spuk nun in akademischen Hinterhöfen stattfindet oder in der Kristallkugel einer Wahrsagerin.

Die Erde also. Ein Planet im Raum. Mit Elefanten und Nashörnern. Mit Kühen, Krokodilen und Kakerlaken. Hummern und Kanarienvögeln ... Zöpfen und Pferdeschwänzen, Busen und Oberschenkeln, Schwiegermutter und Ischias ..., und das alles als Folge einiger chemischer Reaktionen, die vor zwei Milliarden von Jahren stattgefunden haben.

Das ist die kleine Perspektive. Ich spreche nicht einmal von der großen Perspektive. Ich komme auch nicht auf die Frage nach dem Weltenstoff oder diesem »Knall« zu sprechen, der das alles in Gang gesetzt haben soll.

Ich interessiere mich nicht für Astronomie. Oder für Kosmologie (wie man es eine Spur bombastischer bezeichnet). Wozu diese Gigantomanie? Genügt es nicht, einen Stein in die Hand zu nehmen? Das Universum wäre auch dann noch unfaßbar, wenn es nur aus diesem einen apfelsinengroßen Stein bestünde. Denn auch dann bliebe noch immer diese verflixte Frage: Woher kommt dieser Stein? Wunder werden nicht kiloweise berechnet. Ein Gramm Materie zu erschaffen, ist im Prinzip nicht weniger großartig als die Erschaffung einer Megatonne.

Wir *sehen*, habe ich gesagt. Was ist es doch für ein absurdes Erlebnis, ein weißes Kaninchen mit roten Augen und zitterndem Schnäuzchen zu sehen. Oder einen indischen Elefanten mit seinem Rüssel. Warum muß ein Elefant rosa sein, um als bemerkenswert zu gelten? Warum muß er zwei Köpfe haben, um einer Zeitungsmeldung würdig zu sein?

Was *ist* diese lebende Materie, die uns auf allen Seiten umgibt und von der wir ein lebendiger Anteil sind? Für Leute mit der entsprechenden Neigung kann es schon einen Schock bedeuten, die eigene Mutter zu sehen. Ganz zu schweigen davon, gesehen zu *werden*.

Wenn wir uns genauer überlegen, daß wir von einem Elefanten, einem Seelöwen oder einem Frosch *gesehen* werden, kann der Wahnsinn schon vorüber sein, ehe wir überhaupt reagiert haben. Grenzt das nicht an Obszönität? Intimer Blickkontakt mit einer Kuh!

Ein Elefant! Was *ist* das? Was ist das für eine unbegreifliche Tiefe, die in uns hineinstarrt?

Schauen wir uns einfach in unserem kleinen Taschenspiegel selbst in die Augen. Schon wird das Sehende mit dem Gesehenen identisch. Eine Tiefe starrt in sich selbst hinein.

10

Wie ist es möglich, daß die Welt mir nicht zustimmt, wenn ich behaupte, es sei verrückt, hier zu sein? Was hat die Welt, das ich nicht habe? Was habe ich, woran es der Welt fehlt? Niemand, niemand sieht die Welt wie ich.

Aber es gibt einen Trost. Einiges von meiner eigenen Verwunderung finde ich bei den Kindern wieder. Neben Wein und Schlafmitteln sind Kinder das einzige, was ich gelten lassen kann. Kinder zeigen zumindest noch Anflüge von Erstaunen über ihr Dasein. Das wäre ja wohl auch noch schöner: Sie springen zwischen den Beinen einer Frau hervor, klettern vom Wickeltisch, erheben sich auf zwei Beine und laufen hinaus in die Welt. Und das alles binnen weniger Monate.

Für Kinder, die ganz neu auf der Welt sind, ist die Wirklichkeit noch ein Abenteuer. Doch in der kurzen Zeit, die sie benötigen um heranzuwachsen, passiert etwas Fatales, etwas, das die Psychologen genauer unter die Lupe nehmen sollten: Bald schon benehmen sie sich, als seien sie schon immer gewesen, und ab sofort verlieren sie die Fähigkeit zur Verwunderung, die Fähigkeit, die Welt ernst zu nehmen.

Die Erwachsenen haben sich an all die Phänomene gewöhnt. Sie wissen nicht mehr, daß sie einmal Kind waren. Sie haben sich mit Wirklichkeit vollaufen lassen. Sie torkeln blind, gleichgültig und ohne Bewußtsein ihrer selbst auf der Erde umher. Sie sind mit Leben verwöhnt, sie sind sinnlos betäubt von allem, was die Sinne ihnen erzählen. Sie erkennen nicht, daß die Wirklichkeit ein Abenteuer ist. Sie haben vergessen, was sie ohnehin nur geahnt haben, als sie noch längst nicht selber denken konnten.

Ich selbst bin ein zu groß geratenes Kind: empfindsam wie ein Neugeborenes. Es ist mir niemals gelungen, erwachsen zu werden.

So werde ich nie zur Ruhe kommen. Immer werde ich hellwach sein. Und obwohl meine Mitmenschen auf ihre Weise ebenfalls wach sind, obwohl sie essen und trinken und arbeiten gehen – schlafen sie.

Quicklebendig jagen sie durch die Welt und existieren, krabbeln als Märchengestalten aus Fleisch und Blut auf einem Erdball im Universum umher. Doch sie sind nicht wirklich wach. Sie schlafen den Dornröschenschlaf des bürgerlichen Lebens.

11

Mehr habe ich nicht zu sagen. Ich glaube, hiermit meine Ansichten hinlänglich dargelegt zu haben.

Jetzt habe ich auf 1001 Art dasselbe gesagt, in der Hoffnung, daß ein einziger Satz irgendwo ankommt. Aber nein: Ihr reagiert nicht! Ihr verzieht keine Miene. Ihr sitzt auf eurem Hintern, lutscht Bonbons und knistert mit Schokoladenpapier. Warum nur seid ihr so verdammt träge?

Nein, es bringt nichts, einen Passanten in den Arm zu kneifen und ihm zu erzählen, daß das Leben ein Rätsel ist. Er wird und er kann es nicht einsehen. Die Natur hat ihn vor diesen Einsichten geschützt. Es bringt nichts, bis zur Heiserkeit herauszuschreien, das Leben sei kurz. Damit werden wir nicht das geringste verändern. Genausogut könnten wir auch ein Schwein in seinen Speck kneifen und ihm erzählen, daß es bald geschlachtet wird. Vielleicht schaut es kurz auf. Mit zwei leeren, nichtssagenden Augen.

In meinen Mitmenschen muß es einen angeborenen Mechanismus geben, der es ihnen verbietet, darüber nachzudenken, daß das Leben ein Mysterium ist. Sie sind mit einer Sperre im Kopf geboren, die sie daran hindert, weiter zu denken als bis zu ihrer Haustür. Sie konzentrieren sich so sehr darauf, wie die Welt ist (oder sein sollte), daß sie der Tatsache, *daß* die Welt ist, keinen Gedanken widmen. Sie erwachen in einer Märchenwelt, nehmen das nach kurzer Zeit gelassen hin, und das, obwohl sie hier nur für eine kurze Frist zu Gast sind. Sie müssen fast schon tot sein, bevor sie sich endlich selbst entdecken.

Der gemeine Mensch hat nicht genügend Phantasie, um sich die Welt anders zu denken, als sie ist. Er akzeptiert die Bedingungen des Daseins, findet sich damit ab, ein auf sechzig oder siebzig Jahre begrenztes Leben zu leben, um dann zu verschwinden. Sich über den Stand der Dinge zu beklagen wäre hysterisch. Das Leben ein Mysterium zu nennen wäre überspannt. Denn alles folgt den Naturgesetzen. Die Wirklichkeit als ein einziges zusammenhängendes »Naturgesetz«!

Überhaupt ist doch alles in schönster Ordnung. Die Blumentöpfe stehen auf der Fensterbank, die Kinder schlafen, und die Erde dreht sich um die Sonne.

Als ob diese Naturgesetze nicht »mysteriös« wären!

Sie sind es keinesfalls für den gemeinen Menschen. Für ihn sind die Naturgesetze eine logische Verlängerung der Gesetze von Familie und Gesellschaft. So, wie die Polizei in den Straßen Streife geht, so bewahrt die Wissenschaft Gesetz und Ordnung der Vernunft. Und sollte doch irgendwann einmal etwas nicht stimmen, dann bleibt als letzte Instanz die kleinkarierte Vernunft der Pfaffen.

Der gemeine Mensch will es gemütlich haben. Will fressen und saufen, sein Leben lang. Er ist wie eine Röhre, durch die das Leben rinnt, bis er sich dann eines Tages auf den Rücken dreht und lebenssatt seinen Geist aufgibt.

12

Obwohl ich mich niemals mit dem Status quo abfinden werde, obwohl ich jede einzelne Stunde am Tag so lebe wie die erste und die letzte, das heißt, wie die einzige, habe ich doch gewissermaßen Bilanz gezogen.

Die Welt ist wahnsinnig. Entweder das, oder die Welt ist in Ordnung – und ich bin wahnsinnig. Was aber wäre schlimmer? Wenn die Welt wahnsinnig ist, dann bin ich der einzige Normale. Aber wäre das besser, als wenn die Welt normal wäre – und ich der einzige Wahnsinnige?

Es gibt noch eine dritte Möglichkeit. Und die verabscheue ich am allermeisten. Ich erlebe die Welt um mich herum so intensiv, daß ich mir immer wieder die Augen zuhalten muß, um nicht geblendet zu werden. Aber nichts von dem, was ich um mich herum sehe, erweckt den Eindruck, daß es sich selbst erlebt. Vielleicht bin ich also auch der einzige auf der Welt, der sich selbst erlebt. Was das bedeutet? Es kann bedeuten, daß ich der einzige bin, der existiert, und daß ich mir alles andere nur einbilde. Man kann schließlich von Traumbildern nicht verlangen, daß sie sich selbst erleben. Oder kann man das doch? Ich weiß es nicht. Aber mir gefällt der Gedanke nicht, ich könnte allein im Kosmos sein. Dann wäre ich doch noch lieber ein Wahnsinniger.

Wenn die Welt aber real ist, wenn ich wach bin und die Wirklichkeit nicht träume, dann steht mir noch eine Rückzugsmöglichkeit offen. Ich kann noch immer die Augen vor dem Unmöglichen schließen und wie die anderen werden. Ein Psychiater oder Chirurg könnte das sicher in die Wege leiten – oder vielleicht geht es auch mit langen Joggingtouren, kalten Duschen und harter Arbeit. Man könnte mich sicher irgendwann dazu bringen zuzugeben, daß *ich* überspannt bin, nicht die Welt. Bis zu einem gewissen Grad zumindest müßte es möglich sein, mich so weit zu bringen, daß ich mich einreihe und unter die anderen mische. Aber das wirkt überhaupt nicht verlockend. Lieber möchte ich der einzige bleiben, der von dem Seltsamen weiß, der das Geheimnis kennt.

Wenn ich sterbe, ist die Welt einen Verrückten los. Entweder das, oder sie hat den einzigen Normalen verloren. Und dann ist es nicht mehr von Bedeutung, wer hier wahnsinnig war, die Welt oder ich. Die Welt wird in jedem Fall das letzte Wort haben.

Es heißt, daß der Redakteur, der seinen Kritiker nur um wenige Wochen überlebte, das ganze Gewicht seiner Position einbringen mußte, damit der lange Artikel vollständig gedruckt werden konnte.
Übrigens war es auch der Redakteur, der den Text im Nachlaß seines Kollegen gefunden hatte. Falls er ihn, wie später getuschelt wurde, nicht selber geschrieben hatte, um – wie es ebenfalls hieß –, das Andenken an einen alten Freund zu ehren.
Aus purem Zufall wurde der Redakteur nur kurze Zeit später auf demselben Friedhof bestattet wie der Kunstkritiker – noch ehe Gras über das Grab des Kollegen gewachsen war, und nur wenige Meter von ihm entfernt.
Es soll hier nicht behauptet werden, daß sie von ihren letzten Ruhestätten aus miteinander tuscheln. Uns darüber zu äußern, liegt eindeutig außerhalb unserer Kompetenz.
Doch der Wind, der Wind tuschelt im Gras über den sterblichen Überresten unserer Helden. Und die Welt ist wie vorher.
Ich glaube, sie hat sich wieder zusammengefügt.

Übung

Verwandle die Tage in kleine Gegenstände, mit denen du spielen kannst. Zu gelben, grünen, roten und blauen Murmeln. Eine ganze Woche kannst du so beherrschen. Montag rot, Dienstag grün, Mittwoch violett ... Wenn du versuchst, den Vorrat für einen ganzen Monat zu sammeln, verlierst du schnell den Überblick. Wo ist denn bloß der Achtzehnte geblieben? War der Sechsundzwanzigste blau oder rot? Ein Jahr genügt, um den Küchenboden zu bedecken. Der 8. Januar unter dem Kühlschrank, der 26. Mai unter der Heizung, der 24. Oktober irgendwo unter dem Herd.

Du kannst dich nicht im Zimmer bewegen, ohne die Murmeln in Bewegung zu versetzen. Ein Tag stößt gegen den anderen – wie Gedankenmoleküle im Gedächtnis. Dreihundertfünfundsechzig Kugeln rollen jetzt durch das Zimmer. Langsam kullert der 3. November über den Küchenboden Richtung Küchentisch, stößt gegen den Heiligen Abend, der rollt weiter zum Pfingstsonntag.

Du hast eine Dreizimmerwohnung und multiplizierst die dreihundertfünfundsechzig Murmeln des Jahres mit Siebzig oder Achtzig. Der 17. April 1983 hüpft über die Türschwelle und rollt ins Wohnzimmer, wo er mit dem 18. Oktober 1954, dem 27. Juni 1996 und dem 24. März 2012 zusammenstößt, ehe er neben dem 5. Dezember 1980 unter dem Fernseher zur Ruhe kommt.

Du badest im Überfluß. Du glaubst dich reich. Und dann klopft es an der Tür. Vorsichtig steigst du über den Fußboden, schiebst an der Tür einige hundert Murmeln beiseite und öffnest einer jungen Frau. Weil du keine roten Rosen hast, überreichst du ihr eine Handvoll Murmeln. Doch die Frau will um die Murmeln spielen, die du ihr gibst, und ehe du dich's versiehst, hast du tausend Kugeln verloren.

Da klopft es wieder an der Tür, und ein kleiner Junge kommt herein. Du gibst ihm einige tausend Murmeln. Am nächsten Tag bringt er eine Schwester mit. Sie verlangt genausoviel wie ihr Bruder. Und jetzt erst siehst du, daß dein Vorrat zu schrumpfen beginnt. Der Boden ist nicht mehr so dicht bedeckt. Die Murmeln stapeln sich nicht mehr wie in den guten alten Zeiten in allen Ecken.

Und dann steht der Mann in der Tür. Er zeigt dir ein Papier, auf dem steht, daß du ihm viereinhalbtausend Murmeln schuldest. Sofort wirfst du dich auf den Boden, zählst die genaue Anzahl Murmeln ab und bezahlst deine Schuld augenblicklich. Du willst wissen, was dir gehört, du willst wissen, woran du dich noch halten kannst. Doch jetzt bleiben dir nur noch einige wenige Kugeln. Du mußt suchen, du mußt von einem Zimmer ins andere rennen, um noch eine zu finden.

Du verschließt die Tür und gehst in Deckung. Was dir noch bleibt, willst du für dich selbst behalten.

Der Mann, der nicht sterben wollte

Ein Verrückter stürzt in einen Porzellanladen und zertrümmert Kristall und alles Porzellan. Scherbenklirren erfüllt das ganze Ladenlokal. Die Angestellten versuchen, den Mann aufzuhalten, doch seine Wut ist viel zu groß. Ehe die Polizei ihn überwältigen kann, hat er einen Schaden von über hunderttausend Kronen angerichtet. Der Mann wird abgeführt, der Laden sieht aus wie ein Schlachtfeld.

Begonnen hatte alles schon früher an diesem Tag. Der Berserker war zu seinem Betriebsarzt gerufen worden. Dort hatte er erfahren, daß es Krebs war. »Es tut mir leid ...« hatte der Arzt hinzugefügt, »aber es hat schon ins Lymphsystem gestreut.«
Eine eindeutige Diagnose also. Was die Sache etwas komplizierter machte, war, daß der Dreißigjährige nicht sterben wollte. Er war noch nicht bereit, wie man sagt.
    Er würde sich der Todespflege nicht einfach ausliefern. Er lebte gern und sah durchaus keinen Grund zu sterben. Auch fehlte ihm jegliche Verhandlungsbereitschaft; und so wehrte er sich mit aller Macht.
    Der Arzt, ein wahrer Humanist, hatte Verständnis für die Anfechtungen seines Patienten. Eindruck machten sie auf ihn indes nicht – schließlich war er ein Profi. Er hatte schon häufiger mit solchen Fällen zu tun gehabt, und schließlich war dieser Patient nicht der erste Mensch in der Geschichte, der sterben mußte. Außerdem würde er nicht der letzte sein.
    Diese überaus vernünftigen Überlegungen hatte der Arzt angestellt, während er den Mann nach den üblichen Beschwichtigungen und guten Wünschen vor die Tür setzte.
    »Es wird schon gutgehen, Sie werden sehen«, sagte der Arzt zum Abschied.

Der Patient hätte gern gewußt, *was* gutgehen würde. Dachte sein Arzt an den Prozeß des Sterbens? Oder war er etwa fromm und spielte aufs Jenseits an?

Johnny Pedersen taumelt hinaus auf die Straße. Er kann die Geräusche der Stadt nicht auseinanderhalten. Alles ist ein einziger zusammenhängender Lärm, ein Trompetenstoß gegen sein Trommelfell.

Guten Morgen, Johnny! Du hast Krebs. Du bist mit der Aussicht vor die Tür gesetzt worden, daß du bestenfalls noch einige Monate zu leben hast. Herzlichen Glückwunsch!

Johnny hatte einen ausgeprägten Hang zu Schlußfolgerungen. Nicht alle todkranken Patienten sind mit dieser Eigenschaft belastet. Krank sein ist eine Sache. Eine andere ist es einzusehen, daß man sterben muß.

In einem halben Jahr, dachte der Unglückliche, vielleicht in hundert Tagen, gibt es mich nicht mehr. Die Stadt, in der ich jetzt lebe, wird dann noch immer existieren. Das Leben wird weitergehen, mein Haus steht an derselben Stelle. Die Schuhe, die ich trage, werden für ein oder zwei Kronen auf irgendeinem Flohmarkt verkauft. Und die Frau, mit der ich Tisch und Bett teile, sie steht vor dem Spiegel und trägt Wimperntusche auf. Nur ich werde nicht mehr sein.

Johnny mußte nicht nur von der Welt Abschied nehmen, sondern auch von sich selbst.

Leb wohl, Johnny Pedersen, es war nett, dich kennenzulernen. Danke, daß ich du *sein* durfte, Johnny Pedersen, danke für die Leihgabe. Jetzt ziehe ich mich zurück, weißt du. Und du verschwindest in die Geschichte.

Johnny Pedersen maß 1,85 m ohne Schuhe. Er war ein kräftiger Mann. In seiner Jugend hatte er Meinungsverschiedenheiten gelegentlich mit seinen Fäusten entschieden. Später war ihm das nur noch im Suff passiert. Schließlich stand er nicht gern mit dem Rücken zur Wand.

Johnny geht durch die Stadt und kocht vor Wut. Im Vorübergehen versetzt er einer Laterne einen Schlag – da schreit Johnny vor Schmerz auf, und die Laterne bleibt unerschüttert stehen.

Dann haut Johnny mit der Faust auf die Motorhaube eines parkenden Wagens der 200 000-Kronen-Klasse. Der Schlag hinterläßt eine hübsche Beule. Doch bevor jemand reagieren kann, steuert Johnny schon auf den Porzellanladen zu. Hier wird er ein Ventil für seine Angst finden.

Johnny hat Angst, aber er ist nicht handlungsunfähig. Er pflanzt seine Verzweiflung in einen Regalmeter nach dem anderen. Er widmet sich ganz und gar dem Porzellan. Das Porzellan versteht ihn besser als der Arzt. Das Porzellan weiß, daß Johnny seinen Protest ernst meint. Eine teure Porzellanvase nach der anderen nimmt Johnnys Angst in sich auf. Bald hat er den ganzen Laden mit seiner Verzweiflung signiert.

Im Streifenwagen kommt Johnny wieder zur Ruhe. Er hat seine Arbeit erledigt, und zwar gründlich. Er hat sich abreagiert, er hat den Nachrichten vom Vormittag ein feedback verpaßt.

Johnny hat sich bemerkbar gemacht. Er gehört nicht zu denen, die sich aus der Geschichte hinausschleichen, ohne die Welt auf ihren Abgang aufmerksam zu machen. Er wird nicht sterben, ohne Spuren hinterlassen zu haben. Und damit ist der Fall erledigt.

Der Bulle läßt die Handschellen um Johnnys kräftige Fäuste zuschnappen. Und der Mann neben ihm sieht ein bißchen sauer aus – als ob Johnny *sein* Wohnzimmer kurz und klein geschlagen hätte.

Die können mich doch unmöglich ins Gefängnis sperren, überlegt Johnny.

Er hat etwas getan, was man nicht tut. Na schön. Die Frage ist aber doch wohl eher die nach dem Warum? Was er getan hat, ist mehr als verständlich. Es ist notwendig.

Nein, Johnny muß nicht ins Gefängnis. Johnny muß sterben. Johnny war schon zum Tode verurteilt worden, ehe er etwas verbrochen hatte. Daher hat er auf seine Weise versucht, ein gesundes Verhältnis zwischen Verbrechen und Strafe herbeizuführen, eine Art Gerechtigkeit zu schaffen.

Johnny gibt alles zu Protokoll. Er hat Kristall und Porzellan für eine halbe Million Kronen zerschlagen. Doch, das gibt er zu. Aber er will nicht verraten, was ihn zu dieser Tat bewogen hat. Das bindet er keinem dahergelaufenen Polizisten auf die Nase. Johnny denkt weiter. Johnny hat einen Plan.

»Die Porzellanvasen«, sagt Johnny Pedersen, »die Porzellanvasen waren in Reih und Glied aufmarschiert. Und Tausende von Menschen sind schon an ihnen vorbeigegangen, ohne auch nur eine einzige auf den Boden zu werfen. Gut, gelegentlich geht eine einzelne Vase zu Bruch, durch eine alte Dame, einen Parkinson-Patienten oder ein herumtobendes Kind. Aber es steckt keine Absicht dahinter. Ist es da so seltsam, daß eines schönen Tages – sagen wir, nach fünfzig Jahren – ein Mensch kommt, ich meine, einer unter Zehntausenden, der eingreift und sich ganz bewußt über die Porzellanvasen hermacht? Porzellanvasen provozieren mich einfach, Herr Wachtmeister. Sie sind so verdammt dekorativ. Nur die Welt ist nicht dekorativ. Die Welt ist brutal ...«

Johnny Pedersen wird wegen Vandalismus angeklagt. Man bietet ihm einen Verteidiger an, doch er will sich selbst verteidigen.

»Der Fall ist ganz einfach«, sagt Johnny. »Ich hatte keine Wahl.«

»Sie werden trotzdem einen Verteidiger brauchen.«
»Diese Sache geht nur mich an. Mich ganz allein. Ich stehe hier auf einem öden Berggipfel zwischen Himmel und Erde. Aber ich habe einen Wunsch. Ich möchte, daß die Verhandlung vor Weihnachten stattfindet. Denn an Weihnachten werde ich wahrscheinlich mit anderen Dingen beschäftigt sein...«

Johnnys Auftritt war kühl und selbstbewußt, was seine Umgebung angesichts der scheinbaren Unmotiviertheit seiner Tat in Schrecken versetzte. Hier hatte man es offenbar mit einem Rambo zu tun, mit einem Proleten –, und nicht etwa mit einem reumütigen Gefangenen.

Andererseits war er nicht betrunken gewesen.

Was also hatte ihn um den Verstand gebracht? Wer stürmt grundlos in ein Geschäft und zerschlägt Porzellan für fast eine Million Kronen?

In Polizeikreisen begann man, dem Prozeß mit einer gewissen Spannung entgegenzusehen.

Der Prozeß wird eröffnet. Es ist Johnnys Tag. Er findet sich pünktlich ein, und er hat keinen Verteidiger.

Johnny Pedersen nennt seinen Namen, sein Geburtsdatum und seine Anschrift. Die Anklage wird verlesen, und Johnny bestätigt, daß sich alles genau so zugetragen hat – nicht ohne einen gewissen Stolz. Er hat etwas getan, er hat sich bemerkbar gemacht, er hat immerhin Aufmerksamkeit erregt. Er wird nicht mit gesenktem Kopf von dannen gehen. Und er erklärt sich unschuldig.

Der Staatsanwalt beginnt mit dem Verhör:

»Sie sind also in den Laden gegangen. Und dann haben Sie angefangen, teure Porzellanvasen zu zerschlagen.«

»Das ist richtig, Herr Staatsanwalt. Und ich finde, Sie sollten mir zugute halten, daß ich mit einer gewissen Gründlichkeit vorgegangen bin.«

»Sie sind sich darüber im klaren, daß sich der Schaden auf 850 000 Kronen beläuft?«
»Das wurde mir mitgeteilt. Also, daran sehen Sie ja ...«
»Wie bitte?«
»Daran sehen Sie, wie gründlich ich war und wie schnell ich gehandelt habe.«
»Hören Sie, ... das ist ein Fall von Mißachtung des Gerichts!«
»Nein, von Porzellanvasen, Herr Staatsanwalt.«
»Warum das Ganze? Sie sind nicht vorbestraft. Sie haben einen sicheren Arbeitsplatz. Sie sind, wie sagt man: eine Stütze der Gesellschaft.«
»Tut mir leid, Herr Staatsanwalt. Diese Stütze ist wurmzerfressen.«
»Können Sie dem Gericht erklären, was Sie zu dieser Tat veranlaßt hat?«
»Ich will es versuchen«, sagt Johnny und blickt dem Staatsanwalt in die Augen. »Eine Stunde, bevor ich diese Porzellanvasen erledigt habe, ... hatte ich erfahren, daß ich bald sterbe. Ein paar Wochen habe ich nun noch zu leben. Sehen Sie diese kleine Pillendose? Sie enthält Morphium ...«
»Aber ...«
»Ich war wütend. Ich mußte mich dafür rächen, daß ich sterben muß. Irgend etwas mußte dafür bezahlen. Das Leben in dieser Stadt durfte nicht einfach so weitergehen wie bisher.«
»Nun gut, ich gebe zu, daß diese Mitteilung den Fall in einem neuen Licht erscheinen läßt. Sagen Sie, möchten Sie, daß diese Verhandlung abgebrochen wird?«
»Auf gar keinen Fall.«
»Vor dem Hintergrund dieser neuen Fakten wirken Sie auf mich ungeheuer ausgeglichen.«
»Sicher. Wenn man einige hundert Kristallschüsseln und Vasen zerschlagen hat, wird man ausgeglichen. Der Tod

wirkt dann nicht mehr so sinnlos. Die Rechnung geht damit eher auf. Ich kann Ihnen versichern, Herr Staatsanwalt, daß nicht eine einzige Porzellanvase umsonst zerschlagen worden ist.«

»Aber Sie müssen doch wohl zugeben, daß es sinnlos ist, Kristall und Porzellan für 850 000 Kronen zu zerschlagen!«

»Es gibt kaum etwas Sinnstiftenderes, als Porzellan zu zerschlagen, Herr Staatsanwalt.«

»Aber das kann man doch nicht akzeptieren. Wir müssen alle sterben. Und wir können doch deshalb nicht alle losgehen und Porzellanvasen zerschlagen.«

»Da sagen Sie etwas Wahres! Die meisten Menschen wandern so diszipliniert ins Jenseits, wie sie vorher Verkehrsregeln befolgt haben. Aber ich bin sicher, nicht der einzige zu sein, der sich erhebt. Es müssen noch viele andere auf diesen Gedanken gekommen sein.«

»Um so wichtiger ist es für die Gesellschaft, diese Form von Vandalismus zu unterbinden. Und in jedem Fall sind Sie für den Schaden voll haftbar zu machen ...«

»Was das betrifft, muß ich Ihnen mitteilen, daß ich total zahlungsunfähig bin. Ich bin plcite, Herr Staatsanwalt. Ich habe nur noch wenige Tage zu leben. Wenn Sie mit Ihrer Familie den Weihnachtsbaum schmücken, bin ich nicht mehr da. Und mehr noch: ich komme auch nicht zurück.«

»Sie wollen also, ehe Sie verschwinden, soviel wie möglich zerstören?«

»Im Examen durchzufallen, Herr Staatsanwalt, arbeitslos oder von der Geliebten im Stich gelassen zu werden«, zum erstenmal legt der Angeklagte hier eine kurze Pause ein, »... kann einen zur Verzweiflung treiben. Es gibt Menschen, die wegen solcher Sachen einen Mord oder Selbstmord begehen. Glauben Sie nicht, daß einem das Sterbenmüssen genauso schrecklich vorkommen kann? ... Man setzt nicht nur ein Examen in den Sand. Man verliert nicht nur einen

Freund. Man verliert sich selbst. Und das war für mich ein explosives Erlebnis.«

»Und Sie meinen, daß die Gesellschaft mit solchen ›Explosionen‹ rechnen muß?«

»Das muß die Gesellschaft entscheiden. Ich bin gerade dabei, diese Gesellschaft zu verlassen. Und mit ihr die Wirklichkeit, Herr Staatsanwalt. Diesen ganzen Mistkram. Verstehen Sie, was ich sagen will? Dieses ... dieses Porzellanmassaker ist nur ein Vorgeschmack auf die Unwirklichkeit.«

»Was sagen Sie da?!«

»Verstehen Sie nicht? Ich möchte eine Warnung aussprechen: an das Glasgeschäft und an den gesamten juristischen Apparat. Nennen Sie es Lehrgeld. Denn mir ist klar, daß solche Einfälle leicht Schule machen können. Sie können Lawinen auslösen. Ich bin ja, wie Sie ganz richtig bemerkt haben, nicht der einzige, der sterben muß. Aber ich bin der erste, der eingegriffen hat. Vielleicht eröffne ich hiermit den Reigen der Porzellanterroristen kommender Generationen.«

»Porzellanterroristen?«

»Vielleicht sind in hundert Jahren keine einzige Vase und kein noch so winziger Krug mehr übrig, um zerschlagen zu werden. Vielleicht sind sie dann alle vernichtet worden – aus Protest gegen den Tod.«

Einige Jahre sind vergangen, seit Johnny Pedersen wie ein Häufchen Elend durch die Stadt taumelte, seit er im Porzellanladen von seinen Muskeln Gebrauch machte und dann vor Gericht gestellt wurde.

Johnny wurde zu zwei Monaten Haft ohne Bewährung verurteilt. Nicht aufgrund der Wiederholungsgefahr, nicht, weil das Gericht kein Mitleid mit dem Angeklagten gehabt hätte, nicht, weil es seine Wut nicht verstand, sondern um eventuelle Nachahmer abzuschrecken.

Vier Wochen nach der Verhandlung starb Johnny in einem Krankenhaus. Einige Tage später wurde er im städtischen Krematorium eingeäschert.

Ich selbst spaziere oft über den Friedhof, auf dem Johnnys Urne unter einer Decke von Gras und weißen Kleeblüten begraben liegt.

Hier ist es friedlich. Fast schon *zu* friedlich für meinen Geschmack. In einer Urne unter dem Gras ruht Johnnys Asche. Alles, was von den angespannten Muskeln dieses starken Mannes übrig blieb, ist schwarzer Staub.

Ich habe diesen Staub immer als Teil der Natur betrachtet. So wäre Johnny am Ende mit der Allnatur vereint.

Immer habe ich an das pantheistische Weltbild geglaubt: zu sterben, um dann zu dem Element zurückzukehren, aus dem wir einst gekommen sind. Heimzukehren. Zu sterben, um Ruhe zu finden.

Doch wenn ich daran denke, was in Johnny Pedersen vorgegangen sein muß, als er in den Porzellanladen stürmte, wird mir klar, daß ich die Natur verharmlost habe. Die Natur befindet sich nicht in göttlicher Harmonie. Die Natur liegt im Streit mit sich selbst.

Die Welt ist los

Jetzt ist die Welt hier. Nie zuvor und auch nie wieder ist sie wir. Wir sind die ersten und die letzten.

Der Große Körper hat sich losgemacht. Jetzt, für einige Sekunden, hat sich die Taube auf unsere Schulter gesetzt.

Dann verschwindet das Rätsel zwischen uns – und der Koloß taumelt weiter, von einer zufälligen Begegnung zur anderen.

Doch wir sollten die Welt nutzen, solange sie hier ist. Wir sollten den Stunden die Minuten entringen. Wir sollten die Tage umstülpen und in ihr Inneres vordringen.

Denn wir sind jetzt wirklich!

Wir sind jetzt wirklich!

Wir sind jetzt wirklich!

Falscher Alarm

Die Uhr zeigte dreizehn Minuten nach fünf. Und ihr fiel auf, daß sie nicht das geringste Anzeichen von Angst verspürte.

Der Bombenalarm der Sirenen war durchaus wirklich. Sie hörte ihn jetzt überall in der Stadt. Doch die Uhr zeigte dreizehn Minuten nach fünf. Und sie hatte an diesem Tag die Zeitungen gelesen. Es konnte also keine Übung sein.

Bestimmt war es falscher Alarm. Technisches Versagen. Ein Unfall.

Und doch. Sie legte das Geschirrtuch beiseite und trat ans Fenster. Auf der Straße sah alles aus wie immer. Die Autos glitten über den nassen Asphalt nach Hause. Vor den Wäschepfählen spielten einige Jungen Fußball. Frau Henriksen wankte mit schweren Einkaufstüten auf den Hauseingang zu. Unten konnte man auch Kristin und John sehen. Bald würden die beiden jede Menge Dreck und Sand in die Wohnung schleppen.

Dieses schreckliche Geräusch wollte nicht verstummen. Die kurzen Sirenenstöße gingen durch Mark und Bein. Und zeigten die Menschen, die aus dem Bus stiegen, jetzt nicht deutliche Anzeichen von Nervosität? Von Panik? Sie hörte ihre Kinder die Treppe hochkommen.

Sekunden nur. Alles Wichtige geschieht innerhalb weniger Sekunden.

Die Türklingel geht. Sofort stürzt sie hin, und die Kinder kommen hereingestürmt.

»Was ist denn das für ein Tuten, Mama?«

Plötzlich hört sie ein schrilles Geräusch in der Luft. Wieder rennt sie ans Fenster. Und sieht in der Ferne den giftigen Pilz, der sich zum Himmel erhebt.

»Krieg!« ruft sie.

Sie packt die Kinder, eins an jeder Hand, und stürzt auf den Flur.

Die Treppe hinunter, in den Luftschutzraum im Keller. Eine oder zwei Minuten vergehen. Schon haben sich alle Hausbewohner eingefunden. Was ist mit Jens, denkt sie. Sitzt er im Auto, ist er auf dem Heimweg? Oder noch im Büro?

Der Nachbar hat ein Radio mitgebracht: »… wir wiederholen: Zwischen der NATO und den Ländern des Warschauer Paktes ist ein Atomkrieg ausgebrochen. Bitte begeben Sie sich sofort in die Schutzräume. Kolsås wurde vor einigen Minuten von einer Atombombe getroffen. Tausende unserer Landsleute wurden getötet. Ärzte, Krankenschwestern und Zivildienstleistende werden aufgefordert, am Radio zu bleiben. Dasselbe gilt für Militärs und Wehrpflichtige. In wenigen Minuten wird die Ministerpräsidentin eine Ansprache halten …«

Sie legt die Arme um ihre Kinder und weint.

Diese Sekunden hatte sie gefürchtet. Sie hatte davon geträumt, wie oft schon? Nachts war sie schreiend aus dem Schlaf aufgefahren.

Doch das hier war weder Traum noch Alptraum. Es war hier und jetzt.

Ihr Leben. Was bedeutete das jetzt noch? In diesem Moment war ihr Leben ein Traum, und alles andere Wirklichkeit. Sie war in dieses Leben, in diese Zeit hineingesetzt worden. Jetzt weinte alles um sie herum: Frauen und Kinder lagen weinend auf dem Betonboden. Auch Männer. Der Hausmeister aus dem ersten Stock. Auch er schluchzend in seiner Ecke.

Sekunden.

Dann ein furchtbarer Knall. Bläuliches Licht füllt das Zimmer. Danach eine Welle tropischer Hitze. Die Augen beginnen zu schmilzen.

Sie betet. Zum erstenmal seit fünfzehn Jahren.

»Lieber Gott«, betet sie. »Mach, daß das hier ein Traum ist! Ich habe so viel falsch gemacht. Mach, daß es nur ein Traum ist, lieber Gott. Nur Du kannst das. Gib mir noch eine Chance, das hier zu verhindern!«

Da schlägt sie die Augen auf. Sie *wird* erhört. Sie *bekommt* ihre Chance.

Diesmal hat sie nicht geschrien. Das Bett neben ihr ist leer. Da kommt Jens herein und fährt ihr durchs Haar.

»Bist du wach, Liebes? Ich muß jetzt los. Bin gegen fünf, halb sechs wieder hier. Wie immer.«

Die Digitaluhr

Jetzt habe auch ich mir eine Digitaluhr gekauft. Mit Stunden, Minuten, Sekunden und Zehntelsekunden. Mit Jahreszahl, Monat und Wochentag. Wecken, Park- und Stoppuhr (zwei Melodien: ›Für Elise‹ oder ›Love Story‹). Alternative Zeit, Zwölf- oder Vierundzwanzigstunden-Uhrwerk. Mit Beleuchtung. Insgesamt zwölf Funktionen.

Und für das alles habe ich achtundneunzig Kronen bezahlt. Das war natürlich ein Schnäppchen. Geradezu nachgeschmissen. Und doch kommen mir inzwischen meine Zweifel. Ich fühle mich betrogen.

Mein Dasein ist nicht länger das, was es einmal war. Allein schon das Wort »digital«. Kalt wie Stahl ist das.

Als die Uhren einfach immer im Kreise gingen, war alles anders. Kein Anfang, kein Ende. Das Leben als ewiges Karussell. Dann kam das Fensterchen für das Datum, dann das für den Wochentag ... doch weiterhin herrschte eine zyklische Harmonie. Ich brauchte meine Uhr nur jeden zweiten Tag aufzuziehen.

Jetzt trage ich den ganzen Rest meines Lebens am Handgelenk. Alle Sekunden und Zehntelsekunden sind einprogrammiert. Selbst die Schaltjahre hat meine Digitaluhr im Griff. Sie ist vorprogrammiert bis zum Jahr 2050. Dann werde ich achtundneunzig Jahre alt – oder nicht mehr sein.

Mit der Digitaluhr ums Handgelenk starre ich viel zu oft die Zeit an, die eine Sekunde, die unerbittlich in die nächste übergeht.

Ich sehe einen blinkenden Punkt vor mir, der keine Linie hinterläßt. Ich sehe einen Vogel vor mir, der in wildem Flug über dem Horizont mit den Flügeln schlägt, ohne eine Spur zu hinterlassen. Ich denke an das eleatische Paradoxon: Eine Linie ist eine Abstraktion. In Wirklichkeit ist sie die Summe einer unendlichen Anzahl von Punkten. Und so ist es auch mit der Zeit. So ist es natürlich mit allem, denke ich. Es gibt keinen Strich, der von Dauer wäre.

Ich werde zum Zeugen eines erbarmungslosen Prozesses. Die Uhr kann nie mehr dieselbe werden wie gestern. Nie mehr wird es 22.15.36 Uhr am Freitag, dem 8. Februar 1985, sein.

Der Zyklus ist durchbrochen. Die Zeit der Wiederholungen ist vorbei.

Ich betrachte mein Handgelenk. Es gleicht einem Ameisenhügel. Nur der Hügel selbst steht still, ansonsten herrscht ein wildes Gewimmel. Stunden und Minuten sind vielleicht noch einigermaßen solide. Doch Sekunden und Zehntelsekunden erinnern mich an Atome und Moleküle.

Wie viele Sekunden habe ich noch zu leben? Wie viele Zehntelsekunden?

Ich habe auch vorher schon eine Uhr gehabt. Doch diese Uhr hier raubt mir die Zeit. Vor meinen Augen. Und niemand greift ein. Die Digitaluhr ist eine ständige Erinnerung daran, daß alle Formen fließend sind. Eine Bergkette ist ein Wasserfall. Eine Galaxis ist eine lodernde Flammenzunge. Die Weltseele ist so unstet wie eine Rauchschwade. Alles ist nur eine Frage der Genauigkeit des Instrumentes.

Ich kann mich nicht an dich gewöhnen, du Weggefährte an meinem Handgelenk. Deine Wahrheit ist brutal. Du spuckst die Sekunden aus wie ein Maschinengewehr die Kugeln. Und du hast Arsenale genug, um dich zu bedienen, leichtsinniges Nichts.

Deine Zahlen sind die Zahlen von Toten. Dein Herzschlag ist kalt wie die Sense.

Der Besuch des Schriftstellers

In der kleinen Stadt Dort wohnten einst Romanfiguren, von denen jede ihre Aufgabe in einer breit angelegten Erzählung zu erfüllen hatte. In dieser Erzählung sagten und taten alle Romanfiguren von Seite zu Seite, was sie sagen und tun sollten – ohne darüber nachzudenken, daß sie Romanfiguren waren.

Mitten im Roman hatten sie sich zum Mittsommerfest versammelt. Sie saßen im Kreis um ein großes Feuer am Seeufer, die Sonne war gerade untergegangen, und kleine Wellen schlugen gegen den Strand.

Die Romanfiguren prosteten sich zu, sangen und amüsierten sich – genau so, wie der Schriftsteller sich das vorgestellt hatte. Sie tranken Weißwein, aßen Krabben und ließen sich's gut gehen.

Ursprünglich hatte sich diese Johannisfeuerszene lediglich über zwei Seiten erstrecken sollen. Sie sollte den Hintergrund für eine belanglose Begegnung zwischen zwei Romanfiguren bilden. Doch dann nahm das Fest eine Wendung, die der Schriftsteller sich niemals hätte träumen lassen ...

Nicht immer sind Schriftsteller Herren über die Welt, die sie erschaffen. Manchmal beginnt ihre Welt, selbständig zu arbeiten. Auslöser im vorliegenden Fall war eine der Figuren, die plötzlich das Wort ergriff, nachdem die Sonne untergegangen war. Und das, was diese Romanfigur sagte, war von einer solchen Kraft, daß es für den Rest des Romans einige Konsequenzen nach sich zog.

Auf der Mitte der Seite 133 versammeln sich die Figuren um das Feuer. Auf Seite 135 oben geht die Sonne unter. Und ganz unten auf derselben Seite erreicht das Fest seinen Höhepunkt.

Und genau in dem Moment, wenn wir von Seite 135 umblättern auf Seite 136, erhebt sich ein Mann und spaziert demonstrativ um das knisternde Feuer.

Er sieht nervös aus. Im Feuerschein wirkt er geradezu unheimlich. Die lauten Gespräche verstummen. Die Aufmerksamkeit aller richtet sich auf ihn. Doch er sagt kein einziges Wort. Immer wieder geht er um das Feuer herum, und die vielen Blicke, die auf ihn gerichtet sind, scheinen ihn nicht weiter zu stören.

Als einige Minuten später dann bedrücktes Schweigen herrscht, bleibt er stehen, setzt an und spricht mit fast prophetischer Würde. Langsam und still, als wägte er jedes Wort ab, sagt er:

»Wißt ihr, ich habe ein Gefühl, von dem ich mich einfach nicht befreien kann. Ich habe das Gefühl, eine Romanfigur zu sein. Ich kann mich nicht dagegen wehren. Irgendwie erscheint mir mein Handeln gelenkt.«

Die anderen blicken mit einer Mischung aus Ernst und Erstaunen auf. Sie sind wie gelähmt von dieser überraschenden Behauptung.

Der Romanheld wandert weiter um das Feuer. Dann bleibt er plötzlich stehen, reibt sich die Hände und ruft:

»Wir sind nichts als Phantasie!«

Das ruft er in die Nacht hinaus. Sein Körper zittert vor Aufregung. Nervös schüttelt er den Kopf.

»Wir sind Romanfiguren, ich sage es euch! Alles, was wir sagen und tun, spielt sich im Bewußtsein des Schriftstellers ab. Nur daß nicht wir ihn sehen können, wohl aber er uns ...«

Wieder läuft er um das Feuer. Einige Sekunden lang herrscht atemlose Stille. Dann bleibt er stehen und stochert mit einem verkohlten Stock im Feuer herum.

»Ich habe das Spiel entlarvt, das der Schriftsteller mit uns treibt!« ruft er. »Habt ihr gehört?«

Und dann sagt er klar und beherrscht:

»Wir sind nicht wir selbst. Wir bilden es uns vielleicht

ein. Doch damit nicht genug: Vielleicht bilden wir uns nicht einmal ein, wir selber zu sein. Nein, es ist der Schriftsteller, liebe Mitfiguren, der sich einbildet, daß wir uns einbilden, wir selbst zu sein ...«

Die kleine Versammlung ist nun ganz Ohr.

»Wenn wir miteinander sprechen, so wie jetzt, dann spricht in Wirklichkeit der Schriftsteller mit sich selbst. Und wenn wir uns anblicken, wie in diesem Moment, sieht der Schriftsteller uns vor seinem inneren Auge. Er sitzt irgendwo in sicherer Entfernung und läßt seinen Gedanken freien Lauf. Und diese Gedanken, liebe Mitfiguren, weben unsere Wirklichkeit ...«

Jetzt kommt Bewegung in den kleinen Kreis der Romanfiguren. Aber noch wagt niemand von ihnen, das Wort zu ergreifen.

»Begreift ihr, was ich meine? Versteht ihr, wie groß unser Elend ist? Sogar die Tatsache, daß ich den Schriftsteller entlarvt habe, daß wir nun eine Art Vorstellung von ihm haben, auch das bildet *er* sich ein. Denn wir haben kein Bewußtsein, wir *sind* Bewußtsein. Was wir auch sagen oder tun, das alles sagt und tut *er*. Wir sind Phantasie. Und wir wissen es noch nicht einmal.«

Er sagte noch viel mehr. Über eine Stunde stand er vor dem Feuer und trug den anderen Romanfiguren seine Spekulationen vor.

Trotz des radikalen Inhalts seiner Botschaft hörte man ihm sehr genau zu – schließlich hatte man ihm als Held des Romans immer schon eine gewisse Achtung entgegengebracht. Auch lag in seinen Worten ein zitternder Ernst.

Als er endlich verstummt war, blieben die anderen eine ganze Weile wie erstarrt sitzen, bevor sie wieder an ihren Gläsern nippten. Schließlich gab ein Wort das andere. Bald schon (ab Seite 159) waren sie alle in eine lebhafte Diskussion vertieft. Dann zerfielen sie in zwei Fraktionen: die,

die an den Schriftsteller glaubte, und die, die das nicht tat.

Sie diskutierten bis zum lichten Morgen, bis zur Seite 247 im Roman, acht Monate im Leben des Schriftstellers. Hier eine kurze Zusammenfassung der Ergebnisse ihrer Diskussion:

Romanfiguren waren ganz gewöhnliche Menschen, die an einem gewöhnlichen Ort wohnten. Aber sie waren Romanfiguren.

Die kleine Stadt lag nicht weit vom See entfernt, an dem sie die Mittsommernacht gefeiert hatten. Es gab eine kleine Weinstube, in der sie sich abends oft trafen. Den ganzen Herbst hindurch diskutierten sie die Frage, ob es einen Schriftsteller gebe.

Doch gerieten diese Diskussionen immer sehr rasch ins Stocken. Die, die nicht an den Schriftsteller glaubten, machten sich über die Gläubigen lustig. Sie behaupteten, die Welt, in der sie lebten, sei die einzig wirkliche, der Schriftsteller dagegen ein Phantasieprodukt. Die Gläubigen ihrerseits erklärten die Welt, in der sie lebten, zum Phantasieprodukt und die des Schriftstellers zur einzig wirklichen. Die Nicht-Gläubigen behaupteten, die Gläubigen bildeten sich den Schriftsteller nur ein, während die Gläubigen daran festhielten, daß der Schriftsteller sich die Figuren einbildete. Größere Meinungsverschiedenheiten unter Romanfiguren sind kaum vorstellbar. Allerdings gelang es keiner Seite, der anderen zu beweisen, daß sie sich irrte. Nur wer den Roman las, wußte, wer recht hatte. Und die Leser amüsierten sich gewaltig. Doch auch sie sollten noch einiges dazulernen, ehe sie das Buch zuklappten.

Auf diese Weise verging ein Winter. Als die Romanfiguren ein ganzes Jahr lang die Frage diskutiert hatten, ob es einen

Schriftsteller gebe, beschlossen die Gläubigen, ihn zum nächsten Mittsommerfest einzuladen.

Eines Tages Anfang Juni kletterten sie auf einen hohen Berg in der Nähe der Stadt und riefen gen Himmel:

»Lieber Schriftsteller, der du bist in Wirklichkeit, aus der Tiefe deiner Seele rufen wir dich. Offenbare dich uns an unserem nächsten Mittsommerfest! Tritt ein in die Geschichte, und verbringe diese Nacht zusammen mit deinen Geschöpfen. Du siehst uns, und du hörst uns. Und wir warten nun auf ein Zeichen von dir.«

Auf diesen Einfall reagierten die Ungläubigen mit lautem Hohngelächter.

»Ihr verdoppelt die Wirklichkeit«, sagten sie. »Aber eure Gebete werden von niemand anderem als von euch selbst erhört.«

»Wir verdoppeln die Wirklichkeit nicht, sie ist doppelt«, erwiderten die Gläubigen. »Ihr dagegen vereinfacht sie.«

Als der Johannistag näherrückte, beteiligten sich auch die Nicht-Gläubigen an den Vorbereitungen für das Fest und den Besuch des Schriftstellers. Die Erwartung einer Offenbarung würde diesem Fest in jedem Fall einen ganz besonderen Reiz verleihen.

Genau ein Jahr, nachdem diese eine Romanfigur verkündet hatte, sie empfinde sich als Romanfigur, versammelten sie sich abermals um das Johannisfeuer. Das geschah auf Seite 376 im Roman, im sechsundzwanzigsten Lebensjahr des Schriftstellers.

Alles war genau so arrangiert wie im Vorjahr: Es gab Krabben, Weißwein und ein großes Johannisfeuer. Und da sitzen die Figuren nun und warten auf den Schriftsteller.

Obwohl über die Hälfte der Anwesenden nicht an den Schriftsteller glaubt, herrscht schon zu Beginn des Festes eine angespannte Stimmung. Und was heißt schon Fest – die Wahrheit ist, daß die Romanfiguren dasitzen und ins Feuer starren, so nervös und ernst wie vor einer spiritistischen Sitzung.

Die Stunden vergehen. Auf Seite 393 geht die Sonne unter, und noch immer ist nichts Auffälliges geschehen. Die Stimmung lockert sich nun ein wenig. Einzelne fangen an zu essen, manche trinken Wein, der eine oder andere tuschelt mit seinem Nachbarn.

»Da seht ihr's«, sagen die, die nicht an den Schriftsteller glauben, »er kommt nicht. Und daß er nicht kommt, hat den einfachen Grund, daß es ihn nicht gibt. Egal, wie sehr sich jemand, den es nicht gibt, auch anstrengen mag, egal, wie hilfsbereit der Betreffende vielleicht ist, ein Mittsommerfest kann er jedenfalls *nicht* besuchen.«

So lachen sie und amüsieren sich auf Kosten der Gläubigen. Und obgleich die Gläubigen zu diesem Zeitpunkt doch ein wenig desillusioniert sind, haben sie ihre Antwort parat:

»Den Schriftsteller gibt es zwar, *uns* aber gibt es nicht!«

Die Stunden vergingen. Bald hatte sich das Fest zu etwas entwickelt, das durchaus Ähnlichkeit mit einem normalen Mittsommerfest hatte – was nicht zuletzt denen zu verdanken war, die nicht an den Schriftsteller glaubten. Die Figuren lärmten und tranken. Einzelne torkelten durch die Gegend. Es wurde dunkler, und das Feuer brannte nicht mehr so lustig wie vorher.

Da plötzlich entdeckt einer der Feiernden eine unbekannte Gestalt am Ufer. Ein Fremder geht am Strand entlang und kommt auf sie zu, ein junger Mann.

Zehn bis fünfzehn Meter vor dem Feuer bleibt der Fremde stehen und blickt die Feiernden verängstigt an. Offenbar wagt er es nicht näher zu treten, lange steht er da und betrachtet sie aus der Entfernung. Dabei wühlt er mit den Füßen im Sand herum.

Schließlich steht einer der Gläubigen auf und sagt:

»Willst du nicht ans Feuer kommen und dich ein bißchen aufwärmen?«

Zögernd gibt der Fremde nach. Langsam und feierlich tritt er zwischen die versammelten Romanfiguren. Er bleibt vor dem Feuer stehen, dreht sich um und blickt jeden einzelnen von ihnen an.

Er ist eine magere Gestalt mit bleichem, etwas verängstigtem Gesicht. Trotzdem, oder gerade deshalb, sieht er im Licht des verglühenden Feuers irgendwie unheimlich aus.

Noch hat er kein einziges Wort gesagt, doch dann platzt einer der Gäste mit der direkten, peinlichen Frage heraus:

»Bist du etwa der Schriftsteller?«

Der Mann fühlt sich sichtbar unwohl. Schließlich richten sich zehn, zwölf stechende Blicke auf ihn. Erst nach einer halben Minute antwortet er:

»Ich bin der Schatten des Schriftstellers.«

Das sagt er gedämpft, aber entschieden. Dann fügt er hinzu:

»Ihr wolltet mich sehen. Und bitte sehr: Jetzt bin ich unter euch. Was ihr seht, ist mein Bild. Aber auch ihr selbst seid Bilder ... Es ist wirklich seltsam, euch aus nächster Nähe zu sehen!«

Auf diese Weise offenbarte der Schöpfer sich seinen Geschöpfen. Die, die nicht an ihn geglaubt hatten, wollten natürlich nicht wahrhaben, daß sie den Schriftsteller vor sich hatten. Sie dachten vielmehr, die Gläubigen hätten den jungen Mann angeheuert. Außerdem sah er überhaupt nicht aus wie ein Gott.

»Woher soll ich denn wissen, ob du wirklich der Schriftsteller bist?« fragte einer.

»Du kannst nichts wissen. Schließlich hast du kein Bewußtsein, mit dem du wissen könntest. Du bist mein Bewußtsein. Und wenn ich an meinem Schreibtisch sitze, wenn ich mich zurücklehne und sorgfältig meine Worte auswähle, dann muß ich oft darüber lachen, daß ich meine Existenz von meinen eigenen Kreaturen anzweifeln lasse.«

Die neugierige Romanfigur fuhr zurück.

»Ich hab's ja gleich gesagt«, erklärte der Romanheld, der im Vorjahr die Gesellschaft mit seinen Reden überrascht hatte, »es gibt uns tatsächlich nicht!«

Mit sichtlichem Stolz lugte er zu seinem Meister hinüber. Doch der ließ sich nicht auf Schmeicheleien ein.

»Aber natürlich gibt es euch! In einigen Monaten liegt das Buch über euch dort oben in der Wirklichkeit in Hunderten von Buchhandlungen. In Bussen und Straßenbahnen und Zügen sitzen die Menschen und lesen von euch. Meint ihr wirklich, die verschwenden ihre Zeit an etwas, das es nicht gibt?«

Die Romanfiguren schauen sich um. Plötzlich scheinen sie ihre eigene kleine Welt in einem größeren Zusammenhang zu sehen.

»Ich erdichte euch«, sagt der Schriftsteller. »Doch was ist Dichtung? Dichten bedeutet, das zu erobern, was erst existiert, wenn es erobert worden ist. Aber jetzt, da ich euch in meiner Phantasie erobert habe, seid ihr durchaus wirklich. Fühlt ihr euch nicht selbst so?«

Jetzt wird am Feuer getuschelt. Ob sie fühlen, daß sie wirklich sind? Mehrere der Figuren nicken.

»Ich denke«, murmelt einer von ihnen, »also bin ich.«

»Es denkt in mir«, murmelt ein anderer. »Also bin ich ein anderer ...«

»Wir sind verwandt!« ruft der Schriftsteller und breitet die Arme aus. »Wir sind vom selben Schlag. Ich selbst bin ein Geschöpf. Und ich lebe in einem viel närrischeren Element als ihr. In einigen Jahren werde ich nicht mehr da sein. Ihr aber werdet mich überleben.«

Dann legt er eine winzige Pause ein, schaut sich noch einmal um und fügt schließlich hinzu:

»Ich bin ein ungeheuer zerbrechliches Wesen, liebe Romanfiguren. Deshalb greife ich zu euch. Eines Tages werde ich nicht mehr sein. Ihr aber werdet überdauern. Wenn ich nicht an euch glaubte, würde ich mein kurzes Leben auf Erden nicht damit verbringen, über euch zu schreiben. Ihr habt für eure Handlungen in meinem Roman Teile meiner Seele geliehen. Doch auch ich habe diese Seele geliehen. Sie gehört mir nicht mehr als euch. Und im Grunde *sind* wir diese Seele mehr, als daß wir sie *haben*.«

Später wurde nie wieder über dieses Ereignis gesprochen. Niemand wagte, die Sache mit dem Schriftsteller zur Sprache zu bringen. Und das Leben in Dort ging weiter wie zuvor.

Secondhand

Ich habe mir einen Gebrauchtwagen gekauft, ich habe es riskiert. Natürlich kann alles mögliche passieren, das weiß ich auch. Aber wer wagt, gewinnt. Und noch läuft das Auto ganz gut.

Einige seltsame Geräusche, einige wenige Unregelmäßigkeiten sind mir schon aufgefallen. Aber ich habe sie noch nicht lokalisieren können, und ich traue mich auch nicht, den Wagen zur Inspektion zu bringen, dann hätte ich das Gefühl, ihn auszuliefern. Und wenn ich mich mit Röntgenblick über ihn hermachte, würde ich sicher den Mut verlieren. Besser ist es da, in Ungewißheit zu leben. Wenn die Leitungen verrostet sind, dann sind sie eben verrostet. Das werde ich noch früh genug erfahren. Und wenn die Karre stehenbleibt, dann muß ich sie eben abschleppen lassen. Ich muß mich freuen, solange sie noch fährt.

Ich finde, wir passen sehr gut zusammen. In gewisser Hinsicht sind wir gleich alt. Mit meinen dreißig Jahren bin auch ich ein bißchen gebraucht, und auch das geschah nicht immer mit Vernunft und Umsicht. Nicht, daß ich krank wäre, so meine ich das nicht. Soviel ich weiß, funktioniert alles nach Wunsch. Obwohl einige seltsame Geräusche, einige wenige Unregelmäßigkeiten mich bisweilen durchaus zusammenfahren lassen. Da war es wieder, denke ich. Zum Teufel! Vielleicht sollte ich mal zum Arzt gehen. Aber das wage ich dann auch wieder nicht. Denn der findet womöglich irgendeine Macke und schickt mich zur Generalüberholung. Da ist es doch besser, von einem Tag zum anderen zu leben.

Wir haben einige Jahre auf dem Buckel, der Wagen und ich. Aber noch schnaufen wir durch die Welt. Heute sind wir in Oslo, morgen in Bergen. Und im vergangenen Sommer waren wir in Italien.

So verbringen wir zusammen die Zeit, ohne alles voneinander zu wissen. Daß wir uns irgendwann trennen müssen, damit müssen wir eben rechnen. Im Grunde ist ja doch alles ein Glücksspiel.

TREFFPUNKT ENGELSBURG

1. Akt

Sie wandte den Blick als erste ab.

Als sie eines Abends im Café saßen, bemerkte er zum erstenmal, daß ihr flackernder Blick unstet durch das gedrängt volle Lokal wanderte.

Er versuchte, sie enger an sich zu ziehen. Er war den ganzen Tag um sie.

Je stärker er sie zog, um so deutlicher spürte er ihren Widerstand.

Schließlich verlangte sie Zeit für sich selbst. Einen Vormittag in der Stadt. Einen Abend.

»Wir müssen uns doch nicht jeden Tag sehen.«
»Aber Ine ...«
»Du klammerst in letzter Zeit so schrecklich.«
»Weil du mir immer mehr ausweichst.«
»Weil du mich verfolgst. Mit deinen Blicken. Mit deiner ganzen Person.«

Er bekommt nun wirklich Angst, sie zu verlieren. Sie ist alles für ihn. Er hat Angst davor, alles zu verlieren.

Sie spürt seine Angst. Sie sieht nicht mehr das, in das sie so sehr verliebt war. Sie sieht nur seine Unsicherheit.

Sie läßt die Abstände zwischen den Treffen größer werden.

»Wenn wir nicht zusammen sind, Ine, triffst du dich dann mit anderen?«
»Was für eine seltsame Frage!«
»Und eine seltsame Anwort.«
»Erinnerst du dich an Orpheus und Eurydike? Er verliert

sie, weil er sie zu sehr liebt. Er verliert sie, weil er sich nach ihr umschaut.«

»Tragisch ...«

»Aber logisch, Morten. Verstehst du das nicht?«

»Liebe ich dich zu sehr?«

Jetzt überkommt sie der Zorn.

»Die Frage kannst du dir wohl selbst beantworten. Wir können doch nicht den ganzen Tag hier herumliegen und vögeln.«

»Vögeln, Ine? Vögeln nennst du das?«

»Jetzt spiel nicht den Jammerlappen!«

Einige Wochen vergehen. Sie sehen sich noch seltener. Und wenn sie sich treffen, will sie nicht immer mit ihm schlafen.

Er streckt die Hand nach ihr aus. Sie weicht zurück. Er sehnt sich nach ihr.

Und dann kommt der Bruch:

»Ich glaube, wir lassen das, Morten. Jedenfalls für einige Zeit.«

»Ine, Ine!«

Er will sie in den Arm nehmen. Sie weicht aus.

»Also habe ich doch recht. Du hast mich nicht geliebt.«

»Du hast recht *bekommen* ...«

»Hast du die ersten Wochen vergessen? Erinnerst du dich noch an ›Tosca‹?«

»Wir reden in einem Monat weiter. Abgemacht, Morten?«

»Du stellst hier die Bedingungen ... Wenn du mich bitten würdest, zwei Jahre zu warten, dann würde ich eben zwei Jahre warten. Ich glaube an uns.«

»Ich begreife nicht, wie du dir so sicher sein kannst.«

»Bist du hier nicht eher diejenige, die sich ganz sicher ist?«

Zögerte sie jetzt? Irgend etwas in ihrer Miene hatte sich verändert.

»Bleibst du heute nacht?«
»Ich weiß nicht ...«
»Wir können ja sagen: Wir schlafen zum letztenmal miteinander ...«

Er wandert durch die Stadt und sehnt sich nach ihr. Er kämpft um sein Leben.

Er schreibt ihr. Das hat sie ihm erlaubt. Doch sie antwortet nicht. Jeden einzelnen Tag antwortet sie nicht. Sie ruft auch nicht an. Den ganzen Tag nicht. Und sie klopft nicht an seine Tür. Jeden Abend klopft sie nicht an seine Tür.

Er schreibt Gedichte an sie:

> ... gefangen in einem Märchen
> nur zu zweit fanden wir den Weg hinein
> gefangen in einem Gobelin
> den wir beide gemeinsam webten
> isoliert von allem
> mit einer Sprache, die nur Du und ich verstehen

Was sie auch tat, sie dachte dabei immer an ihn. Er hatte sich in ihrem Gehirn festgesetzt.

Sie arbeitete an sich. Dann lernte sie einen anderen kennen. Einen alten Freund von Morten. Witziger Zufall ...

Sie hatte das Gefühl, den Mächten des Schicksals ausgeliefert zu sein. Nun mußte sie fort von ihm. Für eine Weile jedenfalls ...

Ine kühlte sich im gleichgültigen Spiel mit dem anderen ab.

Ein Monat vergeht. Dann treffen sie sich in einem Café.

»Ich habe dir lange Briefe geschrieben, Ine. Wollten wir uns nicht schreiben?«

»Es ist wirklich aus, Morten. Ich möchte dich gern als Freund behalten, aber ...«

»Aber?«

»... ich bin jetzt mit einem anderen zusammen. Mit Magnus.«

Er sieht sie an. Er resigniert. Er spürt, daß seine Zeit abgelaufen ist. Er erhebt sich. Er streichelt zärtlich ihren Arm und geht.

»Morten! Warte, Morten! Ich habe noch nicht alles gesagt!«

Er hat sie losgelassen. Er hält sie jetzt nicht mehr im Arm. Sie ist frei.

Und da geht ihr auf, daß sie ihn liebt.

Sie springt auf und rennt ihm nach. Doch Morten ist verschwunden. Sie geht zu ihm nach Hause. Aber Morten ist nicht da.

2. Akt

Er ist hypnotisiert. Er ist verzaubert. Von Ine. Sie ist der Mittelpunkt der Welt. Es gibt nur eine Frau.

Ine, Ine!

Die Welt ist so schön wie zuvor. Die Farben, die Geräusche und die Düfte, die sie ihn entdecken gelehrt hat. Er saugt es alles in sich auf.

Er hat geliebt, er hat Ine geliebt!

Er geht durch die Stadt. Er glaubt, in der Menschenmenge ihren Rücken zu erkennen. Er sieht sie auf dem Fahrrad. Er sieht sie dort drüben aus der Straßenbahn aussteigen. Aber es ist nicht Ine. Überall sieht er nicht Ine. Ine ist überall verschwunden.

Er ist traurig, aber nicht unglücklich. Eigentlich hat er großes Glück gehabt. Er hat im Märchen gelebt. Er ist Ines Geliebter gewesen. Wie viele können das schon von sich sagen?

Jetzt ist das Märchen zu Ende. Morten beschließt zu sterben. Und zwar in Rom. Dort hat alles angefangen. Dort hat Europa angefangen. Dort haben Ine und Morten sich kennengelernt. Sie war mitten in sein Leben gestürzt. In Sant' Andrea della Valle. Im gelben Kleid. So heftig, so schön ...
  Sie kam von »Sterne«-Reisen. Er von »Tjæreborg«.

Er geht in die Bank und hebt sein Studiendarlehen ab. 16 000 Kronen. Er tauscht 200 000 Lire ein. Den Rest kann er in Rom wechseln. Da bekommt er einen besseren Kurs. Was einige Tage zusätzlich bedeutet.
  Morten überstürzt nichts. Zuerst will er noch ein paar Tage für sich haben. Er will in Rom leben, bis sein Geld zu Ende ist ...
  Er geht ins »SAS«-Hotel und bucht seinen Flug. SK 457 von Fornebu nach Kopenhagen, am nächsten Morgen um 10.20 Uhr. Mit »Alitalia« ab Kopenhagen um 13.40 Uhr. AZ 396.
  Er gibt einen falschen Namen an. Jetzt heißt er Marius Inestad.
  Er geht nach Hause und holt seinen Paß. Einige Hemden und etwas Unterwäsche hat er schon in eine Tasche gepackt. Er braucht ja nicht mehr viel ...
  September. Aber in Rom ist jetzt Sommer.
  Er treibt sich die ganze Nacht draußen herum. Zuerst schreibt er den Brief. Dann nimmt er Abschied.

Ine weint.
  Ine versucht die ganze Nacht, Morten anzurufen. Ine klopft am nächsten Morgen früh an seine Tür.
  Dann geht sie nach Hause. Dann öffnet sie den Briefkasten. Dann macht ihr Herz einen Sprung, als sie seinen Brief sieht. Sie ist so erleichtert. Sie ist so glücklich und froh. Ein Brief von Morten!

»Liebe, einzige Ine! Ich verdanke Dir so unendlich viel. Es ist nicht Deine Schuld, daß mit uns Schluß sein mußte, und auch nicht meine. Es *mußte* einfach ein solches Ende nehmen. Es ist wahr: Ich habe Dich zu sehr geliebt.

Wenn Du diesen Brief liest, bin ich verschwunden. Ganz verschwunden, Ine. Du mußt versuchen, das zu verstehen. Von heute an gibt es mich nicht mehr. Auf diese Weise werde ich immer Dir gehören.

Ich habe mit Dir so unendlich viel mehr erlebt als in den fünfundzwanzig Jahren, bevor ich Dich kannte. Kannst Du das verstehen?

Du darfst nicht glauben, ich wollte Dir einen Vorwurf machen, Ine. Ich empfinde nichts als Dankbarkeit. Wie eine tosende Welle, die sich über den Strand ergießt.

Lebe, Ine! Dann lebe ich selbst auch, in anderer Form. In Dir gibt es mehr von mir als in mir selbst.

PS. Verbrenne diesen Brief. Und stell keine Nachforschungen an. Ich versichere Dir, daß ich nicht mehr da bin, wenn Du diese Zeilen liest. Ich werde ganz und gar verschwunden sein, Ine, das mußt Du mir glauben. Meinen Körper werden sie nicht finden. Ich bin wie ein Tier. Ich verstecke mich, wenn ich weiß, daß das Ende gekommen ist.

Nimm diese Worte als letzten Gruß von mir. Als zärtliches und aufrichtiges Lebewohl.«

Sie bricht zusammen. Sie rennt hinauf in ihre Wohnung und wirft sich aufs Sofa.

»Morten, Morten!«

Sie glaubt jedes Wort in diesem Brief. Sie kennt Morten. Sie liebt ihn ja. Sie ist vor Schreck wie erstarrt.

»Ein Mißverständnis«, murmelt sie. »Es war ein Mißverständnis ...«

Inzwischen landet sein Flugzeug in Kopenhagen. Niemand hat seinen Paß sehen wollen. Er wurde einfach durchgewunken.

Niemand weiß, wo Morten steckt. Niemand weiß, daß er lebt. Wie leicht es war, seiner fünfundzwanzig Jahre alten Identität zu entkommen! Wie leicht es war, zum Nicht-Individuum zu werden!

Marius Inestad wartet in der Transithalle von Kastrup. Er geht zum Ausgang 26 und reicht einer brünetten Italienerin seine Bordkarte.

Er mischt sich unter die vielen italienischen Geschäftsleute. Er könnte auch einer von ihnen sein. Er würde sicher als junger Geschäftsmann aus Florenz durchgehen.

Die Stewardeß bietet ihm italienische Zeitungen an. Grazie!

Sobald er in Rom angekommen ist, kann er seinen Paß wegwerfen.

Sie bleibt nicht lange weinend auf dem Sofa liegen. Sie zeigt dem anderen den Brief.

Zuerst erklärt sie ihre Beziehung zu Morten. Sie hätten ein kleines Techtelmechtel gehabt. Jetzt ist es vorbei. Sie wolle ihn aber gern als Freund behalten.

»Glaubst du, er hat es getan, Magnus?«

»Unmöglich ist das jedenfalls nicht.«

»Wir müssen ihn als vermißt melden.«

»Er hatte keine Familie.«

»Hatte?«

»Er hat keine. Beide Eltern sind schon seit Jahren tot. Er war ein Einzelkind ...«

»War?«

Sie gehen zur Polizei. Legen den Brief vor. Erzählen, was sie über Morten Dåsvann wissen ...

Ine kommt nicht auf die Idee, er könne sich 36 000 Fuß über dem Boden befinden. Eher kann sie sich ihn irgendwo draußen in Nordmarka vorstellen. Auf dem Grund eines stillen Waldsees ...

Doch Morten sitzt im Flugzeug hoch über den Alpen. Seit einer Stunde sitzt er und starrt den Notausgang an. EXIT. EXIT. Dieses Wort hat er in Gedanken schon viele hundertmal gesagt. Wie ein geheimes Mantra.

Hier sitzt einer, der seinen Ausstieg plant. Seinen Abgang aus Norwegen, aus Ines Leben, aus der Geschichte.

Dann setzt das Flugzeug über der Po-Ebene zur Landung an. In Mailand muß er umsteigen.

»Es war ein Rollenspiel. Verstehst du, Magnus? Ich glaube, wir haben uns auf fast überirdische Weise geliebt ...«

»Es war jedenfalls nicht schwer zu sehen, daß es etwas ganz Besonderes war.«

»Wenn es umgekehrt gewesen wäre, wenn er sich als erster zurückgezogen hätte, wenn er mir nur um eine Sekunde zuvorgekommen wäre, dann hätte ich wie er reagiert. Ich hätte versucht, ihn mit Gewalt zurückzuholen.«

»Und er hätte sich noch weiter zurückgezogen?«

»Ja! Glaubst du nicht, daß es möglich ist, an Liebe zu ersticken? Wir brauchen Luft ...«

»Er war also das Feuer, und ich die Luft?«

»Vielleicht kann man es so sagen. Ich hoffe, du verstehst ...«

»Ich verstehe ...«

»Es war ein purer Zufall, daß ich als erste meinen Blick abgewandt habe. Und ich kann seine Verzweiflung verstehen. Wir waren so glücklich miteinander.«

»Du darfst dir jedenfalls keine Vorwürfe machen.«

»Das tue ich ja auch gar nicht. Es *mußte* einfach so enden.«

Aber Morten Dåsvann ist nicht tot. Zum drittenmal an diesem Tag hebt er von einem Flughafen ab.

Rechts unter sich sieht er Genua, die weiße Märchenstadt am Golf von Genua. Dann fliegt er hoch über der Toskana, bevor die Rückenlehnen geradegestellt und die Sicherheitsgurte geschlossen werden und das Schild mit der Aufschrift VIETATO FUMARE aufleuchtet. Der Anflug auf Fiumicino hat begonnen.

Auch hier gibt es keine Paßkontrolle. In Mailand hat es genügt, mit dem roten Heftchen zu winken.

Morten landet auf dem Leonardo-da-Vinci-Flughafen als Nicht-Person.

Zu Hause in Norwegen suchen Ine und Magnus nach Morten. Ine kennt Morten erst seit einem halben Jahr. Aber sie kennt ihn besser als irgendeinen anderen Menschen. Magnus kennt ihn seit der Schulzeit.

Sie fahren mit der Holmenkollbahn zur Frogneralm. Sie gehen zum Tryvann, erkundigen sich im Haus Tryvannstua. Sie gehen zur Kobberhaughütte, folgen seinen Pfaden. An jedem See bleiben sie stehen und halten ausgiebig Ausschau.

»Irgendwie ist das zu blöd. Ich habe diese heftigen Gefühle noch nie verstehen können.«

»Glaubst du ans Schicksal, Magnus?«

»Nein ...«

»Eben, weil Ödipus versucht, dem Schicksal zu entgehen, holt es ihn ein ...«

»Das ist Literatur, Ine. Oder Aberglaube.«

»An allem ist ein Mißverständnis schuld. Er glaubt, vor seinen Eltern zu fliehen. Und damit läuft er ihnen mitten in die Arme.«

»Und als ihm die Wahrheit aufgeht ...«

»... sticht er sich die Augen aus. Das ist logisch. Im Grunde ist er doch die ganze Zeit blind gewesen.«

»Hast du aufgegeben? Glaubst du wirklich, daß er ...«
»Ich spüre, daß er verschwunden ist. Ich werde ihn niemals wiedersehen. Hörst du? Er ist nicht mehr da ...«

In Fiumicino geht Morten auf den Ausgang zu. Er kauft sich eine Fahrkarte für den Flughafenbus. 4 000 Lire. Dann stellt er sich wieder zu den erschöpften Geschäftsleuten.

Er fährt vorbei an einer Gruppe surrealistischer Kongreßgebäude auf der rechten Seite und einigen Müllhalden auf der linken Seite, zum Tiber hin. Dann sieht er vor sich das Kolosseum. Der Bus hält an der Stazione Termini. Er nimmt ein Taxi zur Piazza Navona. 4 500 Lire.

Es ist sieben Uhr. Die Dämmerung setzt ein. Er geht zu Berninis Fontäne vor Sant'Agnese. Zu dem Lamm mit den vier Strömen.

Hier hat alles begonnen. Im Zirkus des Domitian. Der erste Abend mit Ine. Vom ersten Moment an waren sie miteinander verschmolzen. Vereint zu einem androgynen Wesen.

Naß und kalt verlassen Ine und Magnus beim Nationaltheater die U-Bahn. Sie nehmen ein Taxi zum Polizeigebäude auf Grønland.

»Leider nichts. Aber alle Streifen sind informiert, alle Wachen verständigt.«

»Sie haben seinen Wohnungsschlüssel ...«

»Nichts weist darauf hin, daß er verreist sein könnte.«

Sie schüttelt den Kopf. Wie zur Bestätigung. Morten ist keiner, der vor etwas davonläuft. Er geht immer voll darauf los.

Ine und Magnus trennen sich für diesen Abend. Ine trinkt eine Flasche Valpolicella. Und weint, weint.

Er wandert lange auf der Piazza Navona umher. Er kann nicht begreifen, daß er ohne Ine in Rom sein soll. Er glaubt, sie überall zu sehen.

Er geht zum Pantheon. Vor dem Tempel sämtlicher Gottheiten wimmelt es nur so von Touristen.

Er kennt sein Ziel. Von Kopenhagen aus hat er im »Hotel Adriano« angerufen und für eine Woche ein Einzelzimmer bestellt. 40 000 Lire pro Nacht.

Das »Adriano«. Ihre erste gemeinsame Nacht in Rom. Ein Pauschalreisender von »Tjæreborg« und eine Pauschalreisende von »Sterne-Reisen« in einem Zimmer. Nach 23.00 Uhr. Die ganze Nacht. Eine ganze Woche.

Süße Küsse. Heftige Umarmungen. Das Hotel war früher einmal ein Kardinalspalast. Süße Sünde.

Und das in einem schnöden Hotelzimmer. Ein Bett und eine Kommode. Anderthalb Handtücher pro Person. Drei Quadratmeter Boden, um sich zwischen Bett, Kommode und dem winzigen Badezimmer zu bewegen.

War das nicht ein Rätsel? Daß sich etwas so Einfaches in ein so facettenreiches Märchen verwandeln konnte? In tausend kleine Kapitel. Denn es war Ines Zimmer ...

Sie hatten sich mehr in diesem kleinen Zimmer aufgehalten als draußen in der Weltstadt. In diesem Zimmer gab es mehr zu entdecken. Immerhin waren sie in der Oper gewesen. Für Morten war das ein ganz neues Erlebnis.

›Tosca‹. Tosca, die Mario versichert, daß er doch nicht hingerichtet werden wird. Es wird nur so aussehen. Eine fingierte Hinrichtung. Mit Schreckschußmunition. Er muß so tun, als sei er tot ...

Sie stellen ihn vor die Mauer des Castel Sant'Angelo.

Come è bello il mio Mario!

Dann schießen sie, und Mario sinkt zu Boden ...

La! Muori! Ecco un artista!

Sie decken ihn mit einem Mantel zu, und Tosca beobachtet das alles aus der Entfernung. Sie ist glücklich ...

O Mario, non ti muovere ...

Die Soldaten entfernen sich ...

Ancora non ti muovere ...
Dann sind die Soldaten nicht mehr zu sehen, und Tosca stürzt zu ihrem Geliebten.
Presto! Su, Mario! Andiamo! Andiamo! Su!
Aber Mario steht nicht auf. Scarpia hat sie betrogen. Tosca kniet neben ihrem Geliebten. Bestürzt sieht sie, daß Blut über ihre Hände strömt.
Mario! Mario!
Dann reißt sie den Mantel weg, mit dem er zugedeckt ist.
Morto! Morto!
Sie wirft sich über ihn.
O Mario! Morto? Tu? Così? Finire così? Così!
Melodramatisch. Aber wahr, Morten, wahr. Das Leben *ist* melodramatisch. Wir werden in ein Märchen geführt. Wir leben, Morten! Hast du dir das schon mal überlegt? Ist das nicht phantastisch? Wir gehen eine Weile zusammen weiter. Wir lieben uns, wir nehmen uns in den Arm. Vielleicht bekommen wir zusammen Kinder ... Aber das Leben ist viel zu kurz. Plötzlich, Morten, immer plötzlich werden wir wieder auseinandergerissen ...

Morten geht zielbewußt auf das schlichte Hotel auf dem Marsfeld zu. Via Maddalena. Via Metastasio. Er betritt das Foyer. Als sei das das Natürlichste auf der Welt. Als sei er erst letzte Woche zuletzt hiergewesen. Er hofft, daß der Portier ihn nicht wiedererkennt.

»Your passport, please.«

Der Paß. Natürlich. Den hat er schon in Fiumicino in Fetzen gerissen und in den Papierkorb geworfen. Er hat ihn vergessen, sagt er. Bei einem Freund, in Neapel. Aber der Paß ist schon unterwegs. Zum Ausgleich kann er vielleicht gleich für die ganze Woche bezahlen? 280 000 Lire. Er hat auf dem Mailänder Flugplatz sein restliches Geld umgetauscht.

Marius Inestad hat schon einmal in diesem Hotel gewohnt. Ob er wohl dasselbe Zimmer haben kann? Trecentoventinove ...

Er geht auf den Fahrstuhl zu. Sie scheint bei ihm zu sein. Sein Blut kocht. Sein Herz hämmert. Dann öffnet er die Tür des kleinen Zimmers. Alles ist wie beim letztenmal. Das Bett, die Kommode, der kleine Tisch ...

Nur die Braut ist nicht mehr da.

3. Akt

Morten wohnt eine Woche im »Adriano«. Er hat noch sehr viel Geld. Er war immer schon geizig. Und es wäre doch Verschwendung zu sterben, solange sein Geld noch nicht ausgegeben ist.

Dann zieht er in eine billige Pension in Trastevere um. Einige Wochen vergehen. Sehr langsam erwacht Morten aus seiner Verzauberung.

An den ersten Tagen ist er nur auf dem Marsfeld umhergewandert. Auf den Wegen, die er mit Ine gegangen ist. Pantheon. Piazza Navona. Piazza di Spagna. Fontana di Trevi. Kulissen für eine heftige Verliebtheit.

Er geht zu Sant'Andrea della Valle, wo Mario und Tosca sich im ersten Akt begegnen. *Mia sirena ... mia gelosa! ... Sempre »t'amo!« ti dirò!*

Er betritt den Corso Vittorio und fährt mit dem Bus Nr. 64 zur Piazza San Pietro. Fährt an der Engelsburg vorbei, die rechts von der Straße liegt. Castel Sant'Angelo. Das Grabmal des Hadrian. Der Hochzeitskuchen. Das Gefängnis.

Castel Sant'Angelo. Wo Mario sterben soll. Wo er den Abschiedsbrief an Tosca schreibt. Wo er die Turmarie singt. *E lucevan le stelle ed olezzava ... Entrava ella, fragrante ... Oh, dolci baci ... L'ora è fuggita ... E non ho amato mai tanto la vita!*

Aber dann bringt Tosca den Freiheitsbrief. *Liberi!* Einen Passierschein für zwei. Nur für einen Moment sieht er sie wieder. Denn er wird trotz allem hingerichtet. Und Tosca stürzt sich aus dem Turm. *Avanti a Dio!*

Die Stadt nimmt ihn gefangen. Er studiert Rom. Wo er schon einmal hier ist …

Er spaziert über das Foro Romano. Er hat seine *panini* und eine Flasche Rotwein mitgebracht. Setzt sich auf den Palatin. Blickt über die alte Stadt.

Einen ganzen Tag verbringt er im Vatikanischen Museum. Den ganzen nächsten Tag widmet er dem Petersdom. Er steht vor Michelangelos Pietà. Maria. Die Mutter Gottes. Die den gekreuzigten Sohn in den Armen hält. Sie ist so schön. Sie ist so rein und jung. Weil sie ohne Erbsünde geboren hat.

Er schafft es auch, Zutritt zur Nekropolis unter dem Petersdom zu bekommen, zur alten römischen Bestattungsstelle. Er gibt sich als promovierter Archäologe aus.

Ein Führer begleitet ihn. Ein frommer Katholik, der ihm die alte Gräberstraße auf dem Vatikanhügel zeigt. Christliche und heidnische Gräber Seite an Seite.

Und hier gibt Morten seinen Entschluß auf.

Der Tod stellt keine Versuchung mehr dar. Er ist hier doch ohnehin auf allen Seiten vom Tod umgeben. Von so viel Leidenschaft. So viel gelebtem Leben.

Warum sollte Morten sterben? Er ist doch schon tot. In Norwegen wird er von niemandem vermißt. Er hat alle Brücken hinter sich abgebrochen.

Morten ist in der Unterwelt. Er ist im Hades. Er ist ein umherirrender Schatten. Er ist ein apokrypher Mensch.

Morten will nicht sterben. Dazu liebt er diese Stadt zu sehr. Dazu liebt er die Erinnerung an Ine zu sehr.

Morten kann zeichnen. Er hat einige Jahre an der Kunst- und Handwerksschule studiert. Er kann die Touristen auf der Piazza Navona zeichnen. Für 10 000 Lire per Porträt.

Er kauft eine Staffelei. Die Geschäfte laufen nicht schlecht. Und er hat noch immer 8 000 Kronen von seinem Studiendarlehen übrig.

So vergeht ein Winter. Morten Dåsvann wird immer mehr zum Römer. Anfangs hat er Angst davor, von irgendwelchen Landsleuten erkannt zu werden. Es ist sicherlich nicht komisch, in Rom einem verstorbenen Freund über den Weg zu laufen.

Er läßt sich einen Bart wachsen. Er hört auf, sich die Haare zu schneiden. Manchmal schminkt er seine Augen. Oder er setzt eine Sonnenbrille auf.

Er lernt Italienisch. Eines Tages zeichnet er einen ehemaligen Klassenkameraden, ohne von diesem erkannt zu werden. Da fühlt er sich sicher. Da ist die Metamorphose vollkommen.

Inzwischen sieht er nicht mehr Ine in jeder Frau auf der Piazza Navona. Noch immer widmet er die Vormittage seinen Studien. Er besucht viele Kirchen. Manchmal sieht er Ine in einem Madonnenbild.

Er sieht Ine in Santa Cecilia in Trastevere. Er geht oft in diese Kirche. Er fühlt sich von ihr angezogen. Von der Rokoko-Kirche, die aussieht wie ein Marzipankuchen. Vor dem Altar liegt Cecilia. Lebensgroß. In Marmor gehauen. Den schönen Körper in ein dünnes Tuch gehüllt. Sinnlich, wie es nur der katholischen Kunst gelingt. Ecco femmina!

Katholische Frömmigkeit, eingehüllt in Sinnlichkeit. Oder Sinnlichkeit, eingehüllt in katholische Frömmigkeit. In einen Marzipankuchen.

Wie sehr sie ihm doch fehlt!

Ine, Ine!

Zu Hause in Norwegen liegt Ine auf dem Sofa und weint. Sie wacht morgens auf und schleppt sich in die Küche. Sie klammert sich an den Frühstückstisch. Schlägt die Hände vors Gesicht und weint in ihren Kaffee, der ganz kalt wird. Sie sitzt mit Tränen in den Augen im Bus.

Stunden, Tage, Wochen ...

Morten! Seltsamer, verhexter Morten! Woher bist du gekommen? Wohin bist du gegangen?

Wie konntest du ... Hast du denn nicht begriffen, daß ich dich geliebt habe?

Ich habe es ja selbst nicht verstanden!

Dann fällt der Schnee. Packt den Herbst in weiche Watte. Verhüllt alle Spuren. Heilt alle Wunden.

Ab und zu trifft sie sich mit Magnus. Sie sind jetzt wie Geschwister. Sie hat ihren Geliebten verloren. Und er seinen besten Freund.

Geschwister. So soll es sein. Ine hofft, daß Magnus das versteht. Aber sie spürt, daß er sich etwas anderes erhofft.

Februar. Er beschließt kehrtzumachen. Nach Canossa zu gehen. Er ist bereit, die nötigen Konsequenzen zu ziehen.

Er schreibt einen Brief an Ine. Dieser Brief soll einige Wochen vor ihm in Norwegen eintreffen. Das wird alles leichter machen.

»Liebe Ine.

Wenn Du diesen Brief aufmachst, verpasse ich Dir den zweiten Schock. Setz Dich am besten in einen bequemen Sessel. Versuch, alles Traurige zu vergessen.

Ich bin also nicht tot. Der Mut hat mich nicht verlassen. Doch es kommt nicht immer so, wie man es sich gedacht hat.

Ich bin nach Rom gefahren. Hier hat ja schließlich alles angefangen. Und dann ist dort etwas mit mir passiert.

Ich war sehr einsam, aber ich habe nicht gelitten. Ich habe so viel an uns gedacht ...

Ich schreibe diese Zeilen, um Dir den Schock zu ersparen, mir auf der Straße zu begegnen ... Ich weiß natürlich auch, daß ich mich bei der Polizei melden muß.

Ich werde Dir eine Karte schicken, wenn ich wieder zu Hause bin. Bitte, komm mich besuchen, wenn Du magst. Du mußt aber nicht. Ich könnte das verstehen. Ihr könnt auch gern beide kommen.

Es ist so viel Zeit vergangen. Ich habe als Künstler und Student gelebt. Und Du? Vielleicht hast du geheiratet?

Morten«

Doch Ine bekommt diesen Brief nicht. Sie hat Urlaub. Sie bucht eine Woche Rom. Die Erinnerung an Morten zieht sie dorthin.

Ein wenig widerwillig läßt sie den anderen mitkommen. Sie erklärt ihm aber, daß sie ein eigenes Zimmer haben will. Und sie will in Rom Zeit für sich haben. Aber natürlich können sie mittags und abends zusammen essen ...

»Sterne«-Reisen. Ine und Magnus springen vor dem »Hotel Adriano« aus dem Bus. Wie die gelernten Weltreisenden.

Ob sie Zimmer trecentoventinove haben könnte? Sie ... sie habe da schon einmal gewohnt. Vor genau einem Jahr.

Der Portier hält inne und denkt nach. Einige Sekunden lang steht er mit dem Schlüssel in der Hand vor ihr, stocksteif.

»Trecentoventinove? Are your sure?«
»Yes, please ...«
»Of course. Trecentoventinove.«

Sie geht zum Fahrstuhl und schleppt ihren großen Koffer mit sich.

Sie schließt die Tür auf. 329.
Ein Bett, eine Kommode ...
Morten! Wie leer doch die Welt ist ohne dich.

Und dann macht sie sich über Rom her.
Morten malt auf der Piazza Navona Touristen. Ine ißt im »Tre Scalini«.
Morten sitzt auf der Piazza di Spagna und denkt nach. Bereitet seine Heimreise vor. Ine ißt im »Caffè Greco« in der Via Condotti Cremeschnitten.
Morten füttert die Tauben auf dem Petersplatz. Ine geht in die Vatikanischen Museen.
Morten überquert den Tiber bei Isola. Ponte Fabricio. Ine besucht den Flohmarkt in Trastevere.

Magnus läßt sie oft allein. Er ist rücksichtsvoll, verständnisvoll.
Sie essen in Trastevere. Sie trinken eine Flasche Barolo. Und Kaffee. Mit Straveccia Branca.
Sie finden den gewohnten Umgangston aus den Wochen vor Mortens Verschwinden wieder.
Dann gehen sie zurück zum Hotel. Sie hat ein paar Flaschen Campari auf ihrem Zimmer stehen. Sechs winzige Flaschen. Ein Gläschen, ehe sie wieder in die Stadt gehen ...
Magnus versucht, attraktiv zu sein. Verführerisch. Er möchte, daß sie auftaut. Elektrisiert wird.
Er nimmt sie in den Arm. Er möchte mit ihr schlafen. Er bettelt. Fleht.
Sie wehrt sich.
»Ich habe Nein gesagt, Magnus. Freunde. Gute Freunde. Mehr nicht.«
»Er ist tot, Ine. Er kann doch nicht zwischen uns stehen.«
»Du bist lieb, Magnus. Furchtbar lieb. Das ist nicht das Problem, aber ...«

»Nur einmal, Ine. Nur heute. Danach nie wieder. Wir sind beide einsam. Eine Symbiose, ein Trost für uns beide.«
»Nicht *hier*. Das mußt du doch verstehen. Das war unser Zimmer ...«
»Komm!«
Er hat so wunderbar viel Wein im Leib. Er hat die Oberhand. Und es ist Frühling in Rom ...
»Du spinnst«, sagt sie. »Du spinnst total.«
Er spritzt ihr Campari ins Haar. Roten, klebrigen Saft. Er lächelt und ist erregt. Der Alkohol gibt ihm die Kontrolle über alles. Er drückt sie aufs Bett.
Und dann nimmt sie ihn in sich auf.

Ein halbe Stunde später setzt sie sich im Bett auf. Peinlich berührt. Innerlich aufgewühlt. Sie kommt sich mißbraucht vor. Überlistet. Aber es war ebenso ihre Schuld wie seine.
Sie duscht.
»Machen wir jetzt unseren Abendspaziergang?«
»Ja, Magnus ... Aber, du ...«
»Ja?«
»Irgendwie war es gut. Aber jetzt muß Schluß sein. Versprich mir das, Magnus. Jetzt muß Schluß sein.«
»Versprochen.«
Er bekreuzigt sich. Als ob Santa Maria ihm dieses Versprechen abgenommen hätte.

Sie gehen durch die Stadt. Zum Pantheon. Via Metastasio. Via Maddalena.
Ine muß daran denken, wie in alten Zeiten im Pantheon Mariä Himmelfahrt gefeiert wurde. Eine als Maria verkleidete Strohpuppe wurde mit einem Flaschenzug durch ein großes Loch im Dach hochgezogen. Dort oben verschwand sie zwischen Tüllwolken und schwebenden Pappengeln.

Halleluja! Halleluja! Jungfrau Maria ist gen Himmel gefahren, und die himmlischen Heerscharen freuen sich!

Naiv. Unvorstellbar naiv. Aber beim Gedanken an diese Zeremonie durchfährt sie ein Schaudern.

Dann gehen sie zur Piazza Navona, Roms Wohnzimmer. Sie läßt ihn seinen Arm um sie legen. Wenn sie mit ihm schlafen kann, wird sie ihm das ja wohl auch zugestehen. Nachspiel ...

Sie erreichen den großen Platz vor Berninis Springbrunnen. Fontana dei Fiumi. Sie spazieren um den Springbrunnen herum.

Sant'Agnese. Der ein römischer Soldat die Kleider vom Leibe riß. Woraufhin ihre Haare innerhalb von wenigen Sekunden so lang wurden, daß sie ihren nackten Leib verdeckten. Und sie wurde in ein überirdisches Gewand aus geheimnisvollem Licht gehüllt.

Morten steht hinter der Staffelei. Es ist sein letzter Abend als Straßenmaler in Rom. Am Mittwoch wird er nach Oslo fliegen. »Alitalia« ab Fiumicino, 8.15 Uhr. Bus von der Stazione Termini um 6.30 Uhr.

Er fährt nach Hause nach Norwegen, nach Hause zu Ine ...

Sie muß inzwischen seinen Brief erhalten haben. Was sie wohl denkt?

Morten wird zu Hause erwartet. Er kehrt aus dem Hades zurück. Wie Eurydike. Oder wie Lazarus. Nein, das nicht. Dieser biblische Bericht roch doch zu sehr nach Leichen ...

Und dann sieht er Ine auf der Piazza Navona!

Er stützt sich auf seine Staffelei.

»Ine!«

Sie geht Arm in Arm mit dem anderen. Eine heiße Welle der Eifersucht durchflutet ihn.

Sicher haben sie inzwischen geheiratet. Doch – sie sind

verheiratet. Arm in Arm. Verliebte gehen Hand in Hand, Ehepaare Arm in Arm ...

Bestimmt ist sie schwanger, denkt er. Vielleicht sind sie auf Hochzeitsreise ...

Ine! Wie konntest du ...

Also hat sie seinen Brief doch nicht bekommen. Der Brief und Ine sind über den Alpen aneinander vorbeigeflogen.

Er muß mit ihr sprechen. Er kann nicht nach Hause fahren, ohne mit ihr gesprochen zu haben. Er muß seine Heimkehr ankündigen. Seine Rückkehr. Seinen Aufstieg ...

Und verspürt er nicht auch eine ganz leise Hoffnung?

Aber nicht hier. Hier gibt er sich nicht zu erkennen. Nicht, solange der andere dabei ist.

Ine nimmt vor einem Straßenmaler Platz. Es ist Magnus' Idee. Er bezahlt. Er möchte ein Bild von ihr.

Sie kichert aufgesetzt und hat immer noch ein wenig Wein im Leib.

Sie hätte sich ebensogut vor Morten setzen können ...

Ine wird auf der Piazza Navona gezeichnet. Im Zirkus des Domitian. Sie sieht den Straßenmaler an. Eine moderne Ausgabe von Mario Cavaradossi.

›Tosca‹ ...

Mario, denkt sie. Und Morten!

Ine hat nie darüber nachgedacht, daß die Namen sich ein klein wenig ähneln. Warum war ihr das nie aufgefallen?

Ich bin wirklich dumm, denkt sie.

Morten steht einen Katzensprung entfernt hinter seiner Staffelei. Er hat keine Angst, sie könnte ihn erkennen. Nicht auf diese Entfernung. Nicht hinter der Staffelei. Nicht mit langen Haaren und Bart. Und schließlich rechnet niemand damit, auf einem Platz in Rom einem Verstorbenen zu begegnen.

Und dann zeichnet er sie. Morten steht im Zirkus des Domitian und zeichnet Ine. Es ist genau ein Jahr her, daß dieser Platz ihnen beiden gehört hat. Diese Stadt. Dieses Leben.

Er zeichnet sie als Munchs ›Madonna‹. Mit raschen Strichen. Kühn. Sinnlich.

Morten ist jetzt inspiriert. Ein Damm ist gebrochen. Es war ein langer Winter.

Die Menschen scharen sich um ihn. Viele Menschen.

Wen zeichnet er eigentlich? Dieser Mann zeichnet ohne Modell.

»Beautiful, signore. Really artistic …«

»Bravo!«

»Ecco un artista!«

Mario ist in dämonischer Stimmung. In ihm wütet ein Sturm. Und dann wird er traurig. Jetzt stehen ihm die Tränen in den Augen. Er weint.

Niemand sagt etwas.

Unten in der linken Ecke. Wo Munch ein Skelett gemalt hat. Oder einen Embryo. Oder beides. In dieser Ecke zeichnet Morten sich selbst. Kauernd auf Knien.

Dann ist er fertig. Er zieht einen Kugelschreiber und ein Stück Papier hervor.

»Ine. Ich bin hier. Verzeih mir. Aber es liegt nicht nur an mir. Ich habe nicht mehr alles unter Kontrolle. Alles ist so logisch. Es mußte so kommen. Ich muß mit Dir sprechen, Ine. Im Castel Sant'Angelo. Oben im Turm, Ine. Morgen um 12.00 Uhr. Hab keine Angst. Aber komm allein. Versprich mir das. Ich werde nichts kaputtmachen.

(Früher Dein) Morten.«

Er faltet das Blatt zusammen. Schnappt sich einen Jungen. Gibt ihm einen Fünftausend-Lire-Schein. Zeigt auf Ine.

»La signora …«
»Sì, sì. Grazie, signore.«
»Prego, prego.«
Dann verläßt er den Platz. Die Staffelei mit der Madonna läßt er stehen. Noch immer drängt sich davor die bewundernde Menge. Niemand wagt, die Madonna anzurühren.
»Ein Meisterwerk!«
»In fünf Minuten!«
»Habt ihr gesehen, daß er geweint hat?«
»Ein wirklicher Künstler!«
Ehe er den Platz verläßt, dreht er sich um und sieht, daß ihr der Brief überreicht wird. Dann geht er über den Corso Vittorio, über den Campo de' Fiori, durch das Judenviertel, über den Ponte Garibaldi und zurück in die Pension.
Ine, Ine!

»Scusi … Signora, una lettera.«
»Come dice?«
»Ecco.«
»Grazie …«
Sie faltet den Brief auseinander. Und springt von dem kleinen Hocker auf, auf dem sie sitzt.
»Morten, Morten!«
»Laß mal sehen, Ine. Das muß ein Mißverständnis sein.«
»Nein, nein. Das ist seine Schrift. Das sehe ich, Magnus. Das weiß ich. Er ist die ganze Zeit hier gewesen. In Rom …«
»Komm!«
»Ich habe Angst. Ich habe so schreckliche Angst.«
Dann gehen sie. Sie bezahlen für ein halbfertiges Portrait, das Magnus aufrollt und sich unter den Arm klemmt.
Wenn sie sich auf dem Platz umgesehen hätten, dann hätten sie die vielen Menschen vor der Staffelei entdeckt.
Einige Stunden später ist die Piazza Navona menschen-

leer. Aber Mortens Madonna hängt noch immer an der Staffelei vor Sant'Agnese.

Am nächsten Morgen erwacht Morten ganz früh. Vor dem Schlafengehen hat er seine Uhr eine Stunde vorgestellt.
Sommerzeit ...
Auch, als er zuletzt in Rom war, mit Ine, hatten sie die Uhren eine Stunde vorgestellt.
»Sommer ...« Sie hatten den Sommer gefeiert wie eine Verlobung.
Morten ist im Hades gewesen, im Totenreich ... und heute wird er Ine treffen. Er hat nie begriffen, warum alles so enden mußte. Das ergab doch keinen Sinn. Irgendwo mußte ein Fehler stecken. Es mußte einen Weg zurück geben.
Er räumt sein Zimmer auf, duscht, frühstückt. Dann geht er in die Stadt.
Morten hat sich seit dem vergangenen Herbst weder rasiert noch die Haare schneiden lassen. Jetzt geht er zum Friseur. Heute wird er Ine treffen. Und sie soll ihn so sehen, wie er damals war ...
»Buon giorno, signore. Barba?«
»Sì, grazie.«
»Anche i capelli?«
»Sì ...«
Dem Friseur rutscht die Hand aus. Er ritzt Morten mit dem Rasiermesser die Wange auf.
»Scusi, scusi!«
»Spielt keine Rolle, signore.«
Blut.
Mit römischer Sorgfalt wischt der ungeschickte Friseur Morten das Blut von der Wange. Und klebt ein Pflaster darauf.

Ine wird nüchtern. Sie bleibt die ganze Nacht wach.

Trecentoventinove ... Sie schaut aus dem Fenster. In einen Hinterhof.

Wie konnte er sie einfach so verlassen? Wie konnte er in Rom ein halbes Jahr ohne sie leben? Ohne zurückzukommen, ohne einen Brief zu schreiben?

Doch hatte nicht sie ihn zuerst im Stich gelassen?

Sie konnte nicht damit rechnen, ihn zurückzubekommen. Ein halbes Jahr. Sicher hatte er inzwischen eine neue Freundin. Vielleicht hatte er im Istituto di Norvegia einen Sprachkurs gemacht. Und in Rom gab es immer eine norwegische Kolonie. Oder einen skandinavischen Verein.

Eine Kunststudentin ... Oder eine echte Römerin. Oder ein Mädchen aus der Provinz. Morgen wird sie ihn sehen. Wenn es doch nur endlich Tag würde.

Morten, Morten!

Er geht durch die Stadt.

Santa Cecilia. Die Braut Christi, die unter Kaiser Marc Aurel zum Tode in einem überhitzten Dampfbad verurteilt wurde. Die fünfzehnhundert Jahre später aufgefunden wurde. Da sah der Körper der jungen Frau aus, als sei sie eben erst eingeschlafen. Unversehrt. Wie eine Jungfrau in ihrem Bett. Santa Cecilia. Die die Orgel erfunden hatte. Sie hatte den Gesang der Engel gehört. Und dann wurde ihr die Kraft zuteil, ein Instrument zu bauen, das diese himmlische Musik nachahmen konnte ...

Ponte Cesto. Isola. Ponte Fabricio ...

Er erreicht den Campo de'Fiori, die »Blumenwiese«, wo Giordano Bruno im Jahre 1600 auf dem Scheiterhaufen verbrannt wurde, weil er behauptet hatte, das Universum sei unendlich ... Heute ein Markt für Fisch, Fleisch und Gemüse. Grüne, saftige Feigen. Und große weiße Kuhmägen. Eine Delikatesse. Und abends der Treffpunkt der römischen Junkies.

Dann folgt er dem Corso Vittorio. Vorne rechts sieht er die Engelsburg. Castel Sant'Angelo. Es ist fast zwölf Uhr.

Einige der Uhren, an denen er vorbeikommt, sind noch nicht umgestellt worden. Auf einigen ist es erst kurz vor elf ...

Es ist acht. Ine ist gerade erst eingeschlafen. Und nun klingelt der Wecker.

Sie zieht sich an, geht hinaus auf die Straße, setzt sich in eine Bar.

»Caffè nero, per favore. E un panino.«

Wie soll sie die lange Wartezeit herumbringen?

Nachdem sie den Kaffee getrunken und ihr Brötchen gegessen hat, fährt sie mit einem Taxi zum Petersplatz. Die könnte einen kleinen Spaziergang machen. Vielleicht schafft sie ja auch noch einen Abstecher in den Petersdom. Auf jeden Fall ist sie schon mal auf dem richtigen Tiberufer ...

Morten ist auf den Turm des Castel Sant'Angelo gestiegen. Es ist fünf vor zwölf. Er hat einen genauen Treffpunkt angegeben. Morten und Ine sind schon einmal hiergewesen. Er ist sicher, daß sie kommen wird. Man läßt sich doch nicht die Gelegenheit entgehen, jemanden zu treffen, der erst kürzlich aus dem Totenreich zurückgekehrt ist.

Castel Sant'Angelo. Ursprünglich das Grabmal Kaiser Hadrians. Kaiser Hadrian, der an Wassersucht gestorben war. Er mußte entsetzlich leiden, und er versuchte, seine Sklaven zu bestechen, damit sie ihm die Stelle unter dem Herzen zeigten, wo ein rascher Messerstich den Tod bringen würde.

Ehe er starb, schrieb er seine ›Botschaft an die Seele‹:

> Kleine, zärtliche Seele,
> Gast und Gefährtin des Leibes,
> wohin wirst du jetzt gehen,

bleich, starr, nackt,
und nicht mehr wie sonst scherzen.

Die Engelsburg. Die aussieht wie ein Hochzeitskuchen. Morten und Ine sind auf der Spitze eines Hochzeitskuchens verabredet.
Pah! Sie ist wohl doch verheiratet. Wie grausam ungerecht das Leben doch ist!
Ine, Ine – kommst du bald? Es ist fünf nach zwölf. Morten wird langsam unruhig.

Es ist fünf nach elf. Ine hat noch viel Zeit bis zu ihrer Verabredung mit Morten. Sie steht unter der riesigen Kuppel des Petersdoms. Die Buchstaben dort oben, die sie von hier unten aus gerade so erkennen kann, sind zwei Meter hoch. In einer großen Kathedrale fühlt man sich sehr klein. Wie ein Kind unter der Vorsehung des gewaltigen Gottes.

Morten wartet auf dem Turm auf seine Geliebte. Es ist gleich Viertel nach zwölf ... es ist halb eins. Ine, Ine! Warum kommst du nicht?

Sie verläßt den Petersdom und geht langsam, aber zielbewußt durch die Via della Conciliazione, den »Weg der Versöhnung«, der vom Petersplatz zur Engelsburg führt.
Der Weg der Versöhnung. Ob es auch für sie und Morten eine Versöhnung gibt?

Es ist zwanzig vor eins. Warum kommt sie nicht? Morten ist jetzt richtig nervös. Darauf war er nicht vorbereitet. Ine, Ine – warum hast du mich verlassen?
Und dann geht ihm die Wahrheit auf. Ine und Magnus haben geheiratet. Sie sind auf der Hochzeitsreise. Sie wollen sich ihre Flitterwochen nicht von einem Eindringling aus dem

Totenreich ruinieren lassen. Man geht nicht während seiner Hochzeitsreise zu einem Rendezvous mit einem alten Geliebten. Nicht einmal, wenn der noch so lange tot gewesen war.

Es war ja auch etwas naiv gewesen. Wie hat er denn glauben können, Ine wolle sich hier mit ihm treffen? Er hat ihr sicher ohnehin schon viel zu viele Schuldgefühle aufgeladen!

Es wäre besser gewesen, wenn er damals im September alles beendet hätte. Er hätte abdanken, aus dem Weg treten müssen. So hätte es das Gesetz der Natur gewollt …

Morten faßt einen Entschluß. Er kann nicht für den Rest seines Lebens an einer Frau hängen, die ihn nicht liebt. Wie ein Übriggebliebener. Wie eine Niete in der große Lotterie.

Wie ein Quälgeist …

Schon als Kind hatte Morten immer ein scharfes Fahrtenmesser am Gürtel hängen. Jetzt weiß er, warum. Jetzt weiß er, wozu das Messer gut ist. Er hat die Tage für sich gehabt, die er haben wollte. Im Vorhof, im Limbus …

Plötzlich erscheint ihm alles ganz logisch. Er wäre nicht der erste, der auf der Engelsburg stirbt.

Er glaubt, Marios Turmarie zu hören:

> … Und es blitzten die Sterne,
> Und es dampfte die Erde,
> Die Tür des Gartens knarrte,
> Es nahten sich eilige Schritte …
> Sie kam wie eine Gottheit …
> Und sie sank an die Brust mir …
> O süßer Küsse schwelgerisches Kosen,
> Wenn ich entschleiert ihrer Formen Reize!
> Für immer ist der Liebesrausch verflogen!
> Die Stund' enteilt, nun sterb' ich in Verzweiflung!
> Und liebte niemals noch so sehr das Leben!

Ine schaut in der Via della Conciliazione auf eine Uhr.

12.45 Uhr. Sie fährt zusammen, blickt auf ihre eigene Armbanduhr, hält einen vorüberkommenden Pater an, fragt in ihrem unsicheren Italienisch nach der Uhrzeit, zeigt ihm ihre eigene Uhr.

»Es ist Viertel vor eins, Signorina. Es ist Sommerzeit. Haben Sie das nicht gewußt?«

Haben Sie das nicht gewußt? Natürlich ist jetzt Sommerzeit. Es wird immer Sommer, wenn Ine und Morten in Rom sind. Ein Mißverständnis. Ein Irrtum.

Morten, Morten! Ich komme doch hoffentlich nicht zu spät? Du stehst doch wohl noch auf dem Turm und wartest auf mich?

Ine stürzt auf das Castel Sant'Angelo zu. Hoch oben auf dem Turm sieht sie viele Menschen stehen. Und ist das da ganz links nicht Morten?

Come è bello il mio Mario!

Es ist fast ein Uhr. Morten tritt dicht an den Erzengel heran. Dann zieht er das Messer aus der Scheide. Kraft und Entschlossenheit erfüllen ihn. Er kann es alleine schaffen. Er ist nicht Kaiser Hadrian. Er braucht nicht die Hilfe der Sklaven, um zu sterben.

Zuerst schneidet er sich den Puls auf. Dann stößt er sich unter dem Herzen das Messer in die Brust und wirft sich darauf.

Ine kommt in die Arena gestürzt. Sie ahnt Böses. Sie sieht, wie die Menschenmenge unter dem Erzengel Michael zusammenströmt.

Sie bahnt sich einen Weg. Ein Aufseher ... zwei Aufseher ... und ein Polizist. Sie beugen sich über einen Menschen.

»Morto, signore, morto ...«

Ine kniet vor ihm nieder.

»Steh auf, Morten! Hörst du mich nicht, steh auf!«

»Morto, morto!«
Sie wirft sich über ihn.
»Morten, um Himmels willen!«
Sie hebt die Arme.
»Es war doch bloß ein Mißverständnis. Ein Irrtum …«
»Sie kennen ihn, Signorina? Sie wissen, wer er ist?«
Sie weint, schaut zum Polizisten hoch. Er faßt sie am Arm.
»Wissen Sie, wie er heißt?«
»Si, si … Mario. Mario Cavaradossi.«
Und jetzt kommt der andere dazu.
Er legt den Arm um sie.
»Er ist tot, Ine. Komm.«
Sie blickt ihn voller Kälte an. Starr und kalt.
»Es ist zu Ende, Ine, es ist zu Ende …«
Sie macht sich von ihm los.
»Noch nicht, noch nicht wirklich.«
Sie geht jetzt voll in ihrer Rolle auf. Irgend etwas scheint sie emporzuheben. Sie weiß, was sie zu tun hat. Sie hat die Rolle einstudiert. Das Libretto kann sie aus dem Ärmel schütteln.
Sie rennt zum Vorsprung, steigt auf das Geländer.
»Ine, was tust du da? Bleib stehen, Ine! Bist du verrückt …?«
»Avanti a Dio!«
Und dann läßt sie sich fallen und stürzt auf den Ponte Sant'Angelo und das Tiberufer zu. In diesem Moment wird zu Hause in Oslo ein Brief in ihren Briefkasten geworfen.

Freiheit

Guten Abend, sagen wir und breiten die Arme aus. Gleich darauf stecken wir uns eine Zigarette an und blicken uns ängstlich um. Ich hoffe, ich habe nichts Falsches gesagt?

Worin gründet diese ganze Eitelkeit?

Für eine begrenzte Dauer kriechen wir auf einem Erdball im Universum herum. Und dann schrecken wir vor einem Blick in der Straßenbahn zurück!

Es scheint, als fürchteten wir uns vor dem Leben stärker als vor dem Tod, als sei unsere Angst vor einem Mitmenschen größer als unsere Angst vor der kosmischen Nacht.

Wer wir auch sind, was wir auch tun, in hundert oder tausend Jahren wird es vergessen sein. Sollten wir aus dieser Tatsache nicht die Konsequenzen ziehen? Ich meine, sollten wir die Eitelkeit nicht zu unserem eigenen Vorteil nutzen, sie zu einer Bereicherung machen?

Es wäre zweifellos unangenehm, wenn alle Lebenssituationen für alle Zukunft unvergessen blieben. Bedeutet es uns nicht eine fast unfaßbare Freiheit, wenn wir denken können: Morgen – morgen ist das alles vergessen?

Ich will damit nicht zur Verantwortungslosigkeit aufrufen. Aber wir brauchen uns um uns selbst keine Sorgen zu machen. Wir brauchen nicht an unseren Nachruf zu denken. Davon sind wir befreit. Wir können hier und jetzt leben.

Gefährlicher Husten

Solveig aß keine Pralinen. Ein Stück Schokolade zum Kaffee, das gönnte sie sich manchmal vor und nach dem Treffen des Missionsvereins. Zum Frühstück dann schon mal ein ganzes Marzipanbrot. Und wenn sie bei der Hausarbeit vor sich hinträllerte, dann lutschte sie Drops und Pastillen. Sie war nicht gerade dünn. Aber Pralinen aß sie nicht.

Schließlich konnten Pralinen Sherry enthalten oder anderen Alkohol, Likör vielleicht, der einen wirren Kopf und sündhafte Gedanken bescherte. Bei Pralinen wußte man nie! Selbst im Abendmahlswein, in Jesu Blut, so hatte sie gehört, konnte Alkohol enthalten sein. Mehrmals schon hatte sie im Pfarrbüro hinter der Sakristei der Missionskirche nachgefragt, ob der Abendmahlswein wirklich frei von Likör oder Madeira gewesen sei. Sie mußte einfach fragen, denn der Abendmahlswein schmeckte ihr immer sehr gut.

Schließlich gehörte sie einem sündigen Geschlecht an. Sogar im Lebensmittelladen an der Ecke wurde Bier verkauft. Sie hatte schon daran gedacht, mit ihrem Ersparten den gesamten Alkoholbestand aufzukaufen und in die Gosse zu kippen, denn dort endete es ja doch früher oder später. Allerdings war sie allein nicht stark genug, den Verkauf von Alkohol in Supermärkten zu unterbinden. Auch das war immer und immer wieder Thema, wenn sie mit Jesus und ihrem Wellensittich sprach.

In regelmäßigen Abständen las Solveig ihre Lieblingsgeschichte im Zweiten Buch Mose, die Geschichte über die Wunder des Herrn in Ägypten. Dann schmunzelte sie und lachte und schlug sich auf die Schenkel, wenn der Gott Israels eine seiner Strafen über dieses sündige Volk kommen ließ. Am schönsten fand sie die Stelle, an der der Herr das

Herz des Pharao verhärtet und allen Staub auf Erden zu Stechmücken werden ließ, die sich über Mensch und Vieh hermachten. Oder, wenn sie weiterblätterte, dann hatte sie bald das Wunder des Schilfmeeres erreicht, wo Moses, Aaron und das übrige Volk von einem Engel Gottes durch das Schilfmeer geführt wurden, während die gottlosen Ägypter allesamt ertranken. Nicht *ein* Mann kam mit dem Leben davon, so stand es dort. Sie sah die Ägypter vor sich, sah, wie sie tot am Ufer lagen. Doch warum schickte der Herr nicht auch heute seine Engel, um in den Lebensmittelläden auf Erden für Ordnung zu sorgen? Das waren Dinge, die Solveig nicht begreifen konnte.

Und dann kam der Herbst mit Erkältung und Husten. Tee mit Honig und Fliederbeergrog halfen schon lange nicht mehr. Solveig brauchte etwas Stärkeres, und das erklärte sie der Apothekerin in allen Einzelheiten. Die empfahl ihr eine Flasche »Bergenser Brustbalsam«. Wie lustig, dachte Solveig, daß wir hier in Bergen unseren eigenen Hustensaft herstellen!

Kaum war sie zu Hause, öffnete sie die kleinen Flasche und nahm einen großen Eßlöffel voll. Der Balsam schmeckte kräftig und ungewohnt, aber schließlich mußte sie ihren Körper gut behüten. Denn auch ihr Körper war ein Tempel Gottes. So erklärte Solveig es noch am selben Abend ihrem Wellensittich.

Sie nahm einen weiteren Eßlöffel. Dann noch einen. Dies hier war eine Wundermedizin. Bereits nach dem sechsten Löffel war der Husten verschwunden. Dennoch: Man wußte ja nie. Vor Solveig lag eine lange Nacht. Und so fanden auch der siebte und achte Löffel den Weg zu Solveigs Mund – und der protestierte nicht. Am Ende der Nacht war nur noch ein kleiner Rest in der Flasche, die Solveig nun bis auf den letzten Tropfen leerte. Schaden konnte das ja nichts, schließlich hatte sie die kleine Flasche ja in einer Apotheke gekauft.

In dieser Nacht hatte Solveig viele seltsame Träume. Die Medizin hatte ihre Wirkung getan. Vielleicht war sie die Antwort auf Solveigs Gebete, das glaubte sie wirklich. In den letzten Tagen hatte sie den Husten immer mit in ihr Abendgebet eingeschlossen. Fast wäre sie an diesem Abend schon vor dem ersten Gebet eingeschlafen. Auf diese Weise konnte der Satan selbst noch das frommste Gotteskind in Versuchung führen.

Am nächsten Morgen erwachte sie glücklich und angeregt. Noch glücklicher war sie, als sie gleich nach dem Frühstück dreimal hintereinander hustete. Dann mußte sie wohl wieder in die Apotheke. Diesmal bat sie die freundliche Apothekerin um zwei Flaschen Brustbalsam. Schließlich konnte man ja nie wissen, wie lange so ein schlimmer Husten anhalten würde. Da war es schon besser, wenn man ausreichend Medizin im Haus hatte.

»Ich darf Ihnen leider nur eine Flasche auf einmal verkaufen«, sagte die Apothekerin. Merkwürdig, dachte Solveig, da haben sie doch tatsächlich die Rationierung wieder eingeführt. Ausgerechnet bei Brustbalsam! Etwas anderes wären ja Bier und Zigaretten, aber Brustbalsam ...

Doch wozu gab es in Bergen noch andere Apotheken? So ging Solveig zur »Löwenapotheke« am anderen Ende der Stadt und kaufte auch dort eine Flasche ihres Balsams.

Stolz wie eine Königin ging sie dann nach Hause und stellte die Flaschen in den Kühlschrank. Sie würde sie nicht sofort öffnen. Sie wollte sie für den Abend aufbewahren. Doch schon während des Nachmittags ging sie immer wieder in die Küche, um den Korken aus einer der Flaschen zu ziehen und am Inhalt zu riechen. Das roch wirklich nach Weihrauch und Myrrhe. Wäre sie einer der Heiligen Drei Könige gewesen, sie hätte dem Jesuskind Brustbalsam vor die Krippe gelegt. Schließlich hatte Jesus die Leiden der Menschen geteilt. Und vielleicht hatte auch er bisweilen einen rauhen Hals ... Ganz sicher war sich Solveig allerdings nicht. Eigentlich mußte ja die Jungfrau Maria dafür Sorge tragen, daß das Jesuskind nicht fror und sich womöglich erkältete.

Der Abend kam, und Solveig zog ihr gutes Kleid an, zu Ehren der beiden Kleinen im Kühlschrank. Jetzt zögerte sie nicht mehr lange, goß einige Schluck Hustensaft in ihre Kaffeetasse und setzte sich vor den Vogelkäfig, denn der Wellensittich war ihr bester Freund, gleich nach Jesus.

An diesem Abend achtete sie sehr auf ihre Gesundheit und nahm ihre Medizin gewissenhaft und in hinreichender Menge ein. Ein kleines Täßchen zuerst, dann noch ein Täßchen. Und dann nur noch ein kleines. Sie versuchte, ein wenig in ihrem Andachtsbuch zu blättern, doch sie konnte sich heute nicht so recht konzentrieren. An diesem Abend sah sie so viele seltsame Wörter, nein, Buchstaben. Um ehrlich zu sein: Über die Buchstaben kam sie gar nicht hinaus. Allein schon das A war so witzig, wie es die Beine spreizte, daß Solveig leise vor sich hinkichern mußte. Auch das A war vom Herrn erschaffen worden, vom Gott Israels. Das war der allererste Buchstabe, den Er erschaffen hatte, der Buchstabe Adams. Und danach hatte er das restliche Alphabet erschaffen – bis hin zum norwegischen Å, einem A mit Heiligenschein, fast schon ein Buchstabe der Offenbarung.

Als sie am nächsten Morgen erwachte, standen unter dem Küchentisch zwei leere Flaschen Hustensaft.

Für Solveig begann ein neues Leben.

Seltsamerweise aber wurden ihr die dauernden Besuche in den Apotheken zunehmend unangenehm. Es war ihr einfach peinlich, daß sie diesen schlimmen Husten nicht loswerden konnte.

Um nicht unangenehm aufzufallen, kaufte sie Pflaster, ein Glas Vitamintabletten oder ein Döschen Tigerbalsam, bevor sie um die kleinen Braunen bat.

Und es gab viele Apotheken in der Stadt! Das entdeckte sie erst jetzt.

Jeden Tag ging Solveig nun ihre Runde. Drei oder vier Flaschen Brustbalsam konnte sie in ihrer kleinen Handtasche unterbringen, ehe sie zu ihrem Wellensittich nach Hause ging. Erkältungen mußte man pflegen, das hatte sie gehört. Und jeden Abend war sie deshalb Patientin und Pflegerin in einer Person.

Eines Vormittags mußte sie dann feststellen, daß sie von allem, was an eine Erkältung erinnerte, geheilt war. Egal, wie sehr sie sich konzentrierte, sie mußte nicht mehr husten. Sie räusperte sich, sie würgte und versuchte alles, doch der Husten war und blieb verschwunden.

Der Wellensittich lachte über ihre vergeblichen Versuche. Aber noch hatte sie zwei Flaschen im Kühlschrank. Und als der Abend kam, schlich sie sich hinter dem Rücken des Wellensittichs in ihre Küche und holte eine Flasche, um gegen die Strapazen der Erkältung anzugehen. Als die Flasche leer war, blieb ihr nur noch eine einzige im Kühlschrank. Und dann trank Solveig auch die.

Am nächsten Morgen lag Schnee in den Straßen. Und Solveig spürte einen Anflug von Kopfschmerz.

Wie schnell die Tage in der letzten Zeit doch vergangen waren! Schon war Advent, und Weihnachten stand vor der Tür.

Erkältung und Husten zum Trotz hatte Solveig einen schönen Herbst gehabt. Zwei unsichtbare Engelsflügel hatten sie während der vergangenen Monate durch die Tage getragen. Jetzt aber ängstigte sie sich ein wenig vor dem, was kommen würde.

Sie hatte einen neuen Freund. Früher gab es nur ihren Wellensittich und das Andachtsbuch. Jetzt hatte sie auch noch den Hustensaft – oder den »Brustbalsam«, das klang einfach besser.

Vor vierzig oder fünfzig Jahren war sie einmal verliebt gewesen. Sie konnte sich daran erinnern, als sei es gestern gewesen. Noch immer steckte ihr diese Verliebtheit in den Knochen. Und genau so war es schon den ganzen Herbst über gewesen. Mit der Unruhe einer Verliebten hatte sie ihre täglichen Einkäufe getätigt und sich auf den Abend vor dem Vogelkäfig gefreut.

Sonst war ja alles beim Alten geblieben. Noch immer aß Solveig keine Pralinen. Und auf Schokolade und Drops konnte sie verzichten. Aber da war noch immer der Vetter, der sonntags zum Essen ein Bockbier trank. Und noch immer fiel es ihr schwer, Käse und Milch zu kaufen und dabei den Anblick dieser widerlichen Flaschen ertragen zu müssen.

Immer schon hatte sie die braunen Bierflaschen ausgesprochen scheußlich gefunden. Immerhin hatte sie sich in letzter Zeit mit der Farbe des Glases anfreunden können. Nicht in der Farbe saß die Sünde!

Im Missionsverein sagte man ihr, sie sehe gut aus, so munter und guter Dinge. Das Geheimnis des Hustensaftes aber hatte sie für sich behalten. Sie gehörte nicht zu denen, die das Vertrauen eines Freundes mißbrauchten. Wo kämen sie hin, wenn der ganze Missionsverein zur Apotheke wallfahren würde, um Hustensaft zu kaufen!

Solveigs Erkältung ging zu Ende, wie auch das Leben eines Tages zu Ende geht. Der erste Tag ohne Brustbalsam war erträglich. Der zweite etwas weniger. Am dritten stand sie in der »Schwanenapotheke«.
»Na, Frau Andersen?«
Solveig kaufte ein Döschen Tigerbalsam und eine Flasche Brustbalsam. Dann ging sie zur »Nordsternapotheke« und kaufte auch dort eine Flasche. Und eine in der »Adlerapotheke« in der Rasmus-Meyers-Allee.

Ein wenig Hustensaft war sicher auch gut gegen den Husten, der morgen oder Mitte nächster Woche kommen könnte – wenn sie nicht brav ihre Medizin nahm. Jetzt war sie drei Tage lang kein braves Mädchen gewesen. Doch heute leerte sie schon auf dem Heimweg eine ihrer Flaschen.

In der Konditorei »Reimers« gönnte sie sich eine Tasse Kaffee und einen Kopenhagener. Und keiner der Männer hinter ihren Zeitungen merkte, daß sie ihre Pflicht tat. Mit geübter Handbewegung öffnete sie ihre schwarze Handtasche und erledigte Flasche Nummer zwei. Nicht, weil das nötig gewesen wäre, sondern sicherheitshalber.

Der Inhalt der Flasche half sofort. Gleich fühlte sie sich viel besser. Dann schwebte sie heim zu ihrem Wellensittich.

»Dumdideldei, kleiner Schnuckiputz!« zwitscherte sie, als sie die Wohnungstür aufschloß. »Hier kommt Mama!«

Und schon trank sie die nächste Flasche. Und dann noch eine. Und so gingen die Tage dahin.

Bald würden Maria und Josef sich schätzen lassen müssen. Zur Ehre aller Weisen in der Skottegate hängte sie einen Weihnachtsstern ins Fenster. Sie buk sieben verschiedene Plätzchensorten. Und jeden Montag und Donnerstag schepperte es in den Mülltonnen.

Solveigs Weihnachten dauerte bis Ostern. Inzwischen war das Jesuskind schon längst ein erwachsener Mann mit Kittel und Sandalen. Eines Freitags Ende März nahm sie an seiner Kreuzigung teil, wie das eben so Brauch ist. Für diese Feierlichkeit hatte sie einen ganzen Eimer Vanillehörnchen aufbewahrt. Am Sonntagmorgen in der Früh stand Jesus von den Toten auf, wie er das früher im Kirchenjahr versprochen hatte. Solveig selbst erwachte erst einige Stunden später. Nun war fast aller Kummer geheilt. Das kleine Unbehagen, das noch übrig war, heilte sie mit Hustensaft.

217

Ihre heimliche Liebe bewahrte sie den ganzen Frühling hindurch. Nicht einen einzigen Tag ließ ihr Geliebter sie im Stich. Mit liebevoller Hand, und nicht ohne das Brausen der Begierde in den Adern, drückte sie die Flasche immer fester an sich.

Manchmal wurde ihr wehmütig ums Herz, wenn sie sich vom täglichen Leergut trennen mußte. Doch sahen schließlich alle Flaschen gleich aus. Und deshalb erschienen sie ihr als ein und dieselbe Person.

Solveig, die nicht gerade ein hektisches Leben geführt hatte, war nun immer beschäftigt. Jeden Tag drehte sie ihre Runde durch die Stadt. Auf diese Weise traf sie viele Menschen, die sie anlächelte und denen sie vertraulich zunickte. Inzwischen hatte sie sich auch angewöhnt, sich in jeder Apotheke von verschiedenen Apothekerinnen bedienen zu lassen. Auf diese Weise entwickelte sie einen ganz eigenen sinnreichen Aktionsplan.

Nachts träumte sie manchmal, daß die kleinen Flaschen ihre Waisenkinder seien, die der Müllkutscher wieder in die Apotheke brachte, nachdem sie eins nach dem anderen geküßt hatte.

Noch ehe im Frühling die Bäume ausschlugen, war ihre tägliche Ration auf vier oder fünf Flaschen gestiegen. Doch noch immer faßte ihre Handtasche alles, was sie für eine ordentliche Konversation mit ihrem Wellensittich brauchte.

Dem Hustensaft war es zu verdanken, daß sie niemals mehr Halsschmerzen hatte. Es war unnötig und unvernünftig, zum Essen Bier zu trinken. Halskrankheiten dagegen ließen sich durch den Konsum von Hustensaft vermeiden.

Und dann war plötzlich alles ganz anders. Eines Tages schmeckte der Hustensaft nur nach Hustensaft – wie Kaffee nach Kaffee schmeckt und Drops nach Drops. Etwas fehlte. Sie wußte nicht, was es war, aber das Goldene, Verführerische, das, womit ihr der heimliche Freund ihre Einsamkeit versüßt hatte, war spurlos verschwunden.

Sie merkte das, sowie sie die Flasche an den Mund setzte. Die Flasche war eine Flasche. Und der Hustensaft war Hustensaft war Hustensaft.

So ist es immer, wenn die Liebe stirbt. Obwohl es wärmer wurde und die Sonne am Himmel stieg, sank Solveigs Laune abgrundtief, und die Tage waren nicht mehr schön.

Nach Wochen voller Hoffnung und gebrochener Versprechen kam der Augenblick der Wahrheit mit allem Schmerz und aller Erniedrigung, die ein solcher Augenblick mit sich bringt. Er kam in Form einer Schlagzeile im ›Dagen‹, der christlichen Tageszeitung, der Solveig bisher ihr Vertrauen geschenkt hatte.

Solveig hatte keinen Saft getrunken. Es war *Alkohol*!

Bisher, so stand es in der Zeitung, bisher hatte der »Bergenser Brustbalsam« über zwanzig Prozent Alkohol enthalten. Doch auf energisches Drängen – unter anderem durch Solveigs eigenen Missionsverein – war dieser Prozentanteil nun auf das unumgängliche Minimum gesenkt worden.

Der Satan hatte sie betrogen. Solveig sah keinen Grund, diese Zeitungsnachricht anzuzweifeln. Die Zeitung galt ihr als endloser Anhang zum ›Neuen Testament‹. Ihre Zeitung entstand unter der Führung des Heiligen Geistes.

Solveig wußte gut, was »Prozente« waren. Prozente waren etwas Gräßliches und Abstoßendes. »%« war das Zeichen des Tieres. Das Siegel Satans.

In dieser Nacht träumte Solveig, sie sei eine Jüngerin Jesu. Es war Gründonnerstag, und sie saß mit Jesus und den anderen Jüngern beim Abendmahl im Missionsverein. Sie war Judas Ischariot und wußte, daß sie das Jesuskind für dreißig Flaschen Hustensaft verraten würde. Und dann war sie plötzlich Petrus. Sie stand auf einem Felsen, allein zwischen

Himmel und Erde, und hustete dreimal. Worauf der Wellensittich zwitscherte und der Pastor in Solveigs Wohnung einbrach und das Andachtsbuch entführte.

Von diesem Tag an aß Solveig Pralinen. Von diesem Tag an aß sie jeden Sonntag bei ihrem Vetter. Von diesem Tag an kaufte sie im Lebensmittelladen nicht mehr nur Milch und Sahne. Von diesem Tag an ließ Solveig sich im Missionsverein nicht mehr blicken.

Orgel

Ein Mensch kann nicht allen Zweifel der Welt auf seinen Schultern tragen. Ein Mensch ist zunächst nur eine Erscheinung.

Viel zu oft aber nimmt der Mensch das Gewissen der Welt auf sich. Ich finde, das geht zu weit.

Die Weltseele spielt auf der Orgel der Geschichte, in der jede und jeder von uns nur eine Pfeife darstellt. Doch will ich das Loch meiner Pfeife nicht mit Zweifeln verstopfen! Ich muß meinen Ton so singen, daß er in der Kathedrale weithin zu hören ist. Mehr als eine Stimme habe ich ohnehin nicht.

Wenn die Weltseele mir Luft einhaucht, pfeife ich munter drauflos. Ich bin ein Ton, eine Farbe und eine Nuance im Universum. Das Protestieren überlasse ich lieber den anderen. Den Kontrapunkt bilden die anderen Pfeifen in der Orgel. Ich kann unverfälscht nur ich selber sein.

Ich kann freimütig ich selber sein, weil ich weiß, daß ich auch alle anderen bin. Ich bin auch das, woran ich zweifle. Ich bin auch das, woran ich nicht glaube. Als Orgelpfeife stehe ich mit dem Orgelbalg in Verbindung, mit dem Urgrund, der allen Orgelpfeifen das Leben einhaucht.

Eigentlich spielt es gar keine Rolle, was wir meinen. Schließlich haben wir ja doch allesamt recht.

DER KATALOG

*Was soll uns denn das ewig Schaffen
Geschaffenes zu nichts wegraffen?
(Goethe,* Faust II)

I.

Der Katalog umfaßt die ganze Welt. Er überzieht den Erdball wie ein engmaschiges Netz, und dieses Netz wird mit der Zeit immer dichter. Die gesamte Menschheit arbeitet daran mit. Nicht eine einzige unbegabte Seele wird ausgeschlossen. Und doch ist die ganze Mühe vergebens.

Schon mit siebzehn Jahren habe ich damals die Arbeit am Katalog aufgenommen. Und zwar als Laufbursche, in dem kleinen Hafenort, in dem ich noch immer wohne. Jetzt bin ich dreiundsiebzig und seit einem Menschenalter Chefredakteur meines Landes. Ich verfüge also über einiges Hintergrundwissen, wenn ich nun den Versuch unternehme, die Bedeutung dieses Werkes zu bewerten.

Der Katalog ist das Tagebuch der gesamten Menschheit. Er erscheint alle vier Jahre (in jedem Schaltjahr), und alle volljährigen Menschen auf der ganzen Welt sind verpflichtet, jedesmal einen Beitrag von sieben bis vierzehn Zeilen dafür zu schreiben.

Wenn ein Bürger 18 Jahre alt ist, muß er also wissen, was er der Welt erzählen möchte. Und es sollte gut überlegt sein, denn der Katalog wird in Schulen und Familien mit größtem Respekt studiert und für alle Zukunft aufbewahrt.

Natürlich kann ein Beitrag in die Neuausgabe unverändert übernommen werden, doch jeder ist berechtigt, alle vier Jahre einen neuen einzureichen. Das ist zweifellos die übliche Lösung. Zahlreiche Menschen aber lassen ihren Text viele Jahre stehen, manchmal ein Leben lang – sei es aus Trägheit, sei es aus Monomanie oder Phantasielosigkeit.

Ich habe schon erwähnt, daß der Katalog den ganzen Erdball umfaßt. Jeweils am selben Tag (dem 29. Februar) wird in jeder Region ein Katalog veröffentlicht. In diesem Katalog sind die Einwohner und Einwohnerinnen dieser Region (etwa 100 000 und 500 000) alphabetisch aufgeführt. Und jedem Haushalt wird unmittelbar nach Erscheinen ein Exemplar des Katalogs zugestellt. Daher ist es sehr einfach, im Katalog nachzuschlagen, was Verwandte und Bekannte auf dieser Welt für wichtig halten. In jeder Region müssen die Kataloge des ganzen Landes der Öffentlichkeit zugänglich sein. Ein nationales Register teilt mit, in welcher Region welcher Bürger des Landes wohnhaft ist. An mehreren Orten gibt es außerdem große Bibliotheken, die alle Kataloge der Welt enthalten. Diese Bibliotheken gleichen sich wie ein Ei dem anderen, wo immer auf der Welt man sich auch befindet. Wenn man durch eine solche Bibliothek wandert, kann man in Kontakt zur gesamten Weltbevölkerung treten. Denn alle Kataloge liegen zusätzlich zur Ausgabe in der Originalsprache auch als Übersetzung in einer Weltsprache vor. Auf diese Weise läßt sich innerhalb weniger Minuten die Sentenz jedes einzelnen Menschen auf der ganzen Welt ermitteln.

Aus meinen bisherigen Ausführungen geht vermutlich hervor, daß der Katalog hundertprozentig demokratisch aufgebaut ist. Jeder hat dem Katalog gegenüber dieselben Rechte und Pflichten, egal, wo auf der Welt er sich befindet. Und alle regionalen Kataloge sehen gleich aus. Es gibt keinen Metakatalog, keine Anthologie und keinen ›Katalog der Kataloge‹, in dem die »besten« Zitate gesammelt wären. Zu einem sehr frühen Zeitpunkt in der Geschichte des Katalogs wurde zwar bereits der Vorschlag gemacht, große Männer und Frauen wie Staatsoberhäupter, Dichterinnen und Philosophen zu bevorzugen und ihnen im Katalog mehr Platz zuzubilligen als den schlichteren und weniger bedeutenden Gemütern. Doch dieser Vorschlag wurde von einer nicht unbedeutenden Mehrheit des Volkes abgelehnt. Auch der etwas bescheidenere Vorschlag, einer besonderen Elite die Möglichkeit zu geben, ihre Sentenzen typographisch hervorzuheben, wurde verworfen. Denn, wie heißt es doch: »Vor dem Katalog sind wir alle gleich.«

Daß alle Menschen gleich sind, bedeutet jedoch nicht, daß es den Katalogangestellten leichtfiele, von allen Bürgern und Bürgerinnen eine Sentenz zu bekommen. Das kann ich bezeugen, schließlich arbeite ich seit über fünfundfünfzig Jahren für den Katalog. Viele, ja, die allermeisten, liefern ihre Beiträge rechtzeitig ab. Der Durchschnittsbürger tut nicht nur freudig seine Bürgerpflicht, nein, er ist geradezu versessen darauf, sich zu manifestieren. Oft genug jedoch müssen wir Sentenzen durch Zwangsmaßnahmen herbeischaffen. Wenn sich das als unmöglich erweist, dann erscheint der betreffende Name ohne Sentenz im Katalog – und das gilt als allergrößte Schande. Denn ist es nicht fast schon ein Verbrechen, wenn ein Mensch von einem Schaltjahr zum anderen sein Leben fristet, ohne etwas Wesentliches zu sagen zu haben? Solche nichtssagenden Gemüter werden auch als Schmarotzer bezeichnet. In regelmäßigen Abständen wird der Vorschlag laut, ihnen Wohnung und Lebensmittel zu entziehen.

Wenn man sich die Sache richtig überlegt, ist es doch wirklich nicht zuviel verlangt. Alle vier Jahre zwischen sieben und vierzehn Zeilen, mehr wollen wir doch gar nicht – schließlich vertreten wir die Meinung, daß ein Menschenleben sich nicht allein durch physische Prozesse legitimiert. Ein Leben zu leben, von der Empfängnis bis zum Tod, gelingt auch Tieren und Pflanzen sehr gut. Viele aber betrachten die physische Existenz nur als Werkzeug oder Organ für das Innenleben – das, wie gesagt, der Katalog widerspiegelt. Wenigstens einmal in vier Jahren sollten die Menschen sich zusammenreißen und sich fragen, wie sie ihr Leben auf dieser Erde beurteilen. Sie müssen gewissermaßen den Löffel aus dem Mund nehmen und sich fragen, wozu sie denn überhaupt essen.

Obwohl im Grunde alle Menschen hinreichend Zeit haben, sich zu überlegen, welche Ansichten sie zu vermitteln wünschen, bestehen zwischen den Millionen von Katalogeinträgen auffällige Qualitätsunterschiede. Dennoch werden alle auf dieselbe schlichte Weise plaziert – ob es sich nun um überaus tiefsinnige Reflexionen handelt oder um platteste Banalitäten. Auf einer einzigen Seite können wir einen spitzfindigen logischen Widerspruch lesen, ein subtiles Paradoxon, politische Satire, den krampfhaften Vorstoß, das Rätsel des Lebens zu lösen, einen verbissenen Versuch, die Quintessenz des Katalogs in Worte zu kleiden, die Viehzuchterfahrung eines Bauern und die Kochrezepte einer Hausfrau. In dieser Hinsicht bezeugt der Katalog auch den Sieg der Demokratie. Es werden keinerlei Ansprüche an Stil oder Inhalt gestellt. Alle Beiträge sind gleichwertig. Philosophie und Pferdeäpfel sind ein und dasselbe.

Niemand lebt vergebens. Jeder wird namentlich im Katalog erwähnt, jeder darf etwas sagen und meinen, was dann für alle Zeiten aufbewahrt wird.

II.

Im Katalog zu lesen bedeutet, den Rahm der Geschichte abzuschöpfen.

Wie viele tiefsinnige Reflexionen, wieviel Kopfzerbrechen, wie viele Menschenseelen sich doch hinter einer Ausgabe des Katalogs verbergen! In unserer Zeit ist das Wort »Kultur« zum Synonym für »Katalog« geworden. Die Kultur in der archaischen Bedeutung dieses Begriffs ist zu Beginn des 21. Jahrhunderts ausgestorben. Zwar gibt es noch immer Menschen, die sich mit dieser Kultur beschäftigen, das jedoch nur noch aus historischem Interesse.

Im Gegensatz zur präkatalogären Kultur ist der Katalog vor allem von unschätzbar praktischer Bedeutung. Überall können wir feststellen, was ein beliebiger Mensch irgendwo auf der Welt für wesentlich hält. Der praktische Nutzen, den die Menschheit aus einem solchen Forum zieht, liegt auf der Hand. So läßt sich der Katalog zum Beispiel bei der Suche nach einem Freund oder Ehepartner nutzen. Denn sobald wir einem Menschen vorgestellt werden, kann es vorkommen, daß wir uns zufällig daran erinnern, was dieser Mensch im Katalog geschrieben hat. Und schon haben wir ein Gesprächsthema und können die neue Bekanntschaft beginnen.

Auch suchen viele Menschen im Katalog nach der WAHRHEIT. Es gibt Beispiele von Menschen, die um die ganze Welt gereist sind, um einen bestimmten Menschen kennenzulernen, der im Katalog ihr Interesse geweckt hat. Immer wieder nehmen Menschen Kontakt auf, um intensiv ihre Sentenz zu diskutieren. Studienkreise und philosophische Schulen schießen wie Pilze aus der Erde. Die ganze Welt ist eine einzige Geschwisterschar.

Immer schon war der Katalog Objekt eifriger Spekulationen. Zahllose Abhandlungen wurden darüber verfaßt, wie er gelesen und gedeutet werden sollte. Derzeit gilt die »arithmetische« Methode als interessanteste Lesart. Ihr zufolge kann der Katalog aufgrund von bestimmten arithmetischen Prinzipien als zusammenhängende Darstellung gelesen werden. Diese Darstellung spiegelt die Geschichte der Wirklichkeit wider, sie zeichnet ein Bild von der Entwicklung des Lebens auf der Erde, sie paraphrasiert verschiedene philosophische Systeme, und so weiter. Vor allem jedoch vereint sie die Millionen von Sentenzen und faßt die gesamte Menschheit zu einer einzigen Seele, ja, zu einer einzigen Erzählerstimme zusammen.

Indische Mystiker erkennen in dieser Schule ihre alte Lehre des Brahman, oder die der Weltseele. Wir alle sind Bruchstücke desselben Bewußtseins, Impulse in ein und derselben Seele, Facetten desselben Auges. Dieses Auge ist der Katalog. Und der Katalog ist das Auge Gottes.

Auch im Westen ist auf präkatalogäre Vorläufer der arithmetischen Methode hingewiesen worden. Ein Philosoph wie Hegel gelangt auf rein spekulativer Grundlage in die unmittelbare Nähe der arithmetischen Methode. Er hat diese Methode so auf die Geschichte angewendet, wie wir sie heute auf den Katalog anwenden können. Auch Hegel betrachtet das Willkürliche, das Einzelindividuum, aus zusammengekniffenen Augen. Er liest die Geschichte als Bericht darüber, wie der Weltgeist zum Bewußtsein seiner selbst gelangt. Die arithmetische Schule glaubt heute, diese Sichtweise in concreto verifizieren zu können. Der Katalog ist, um eine Anleihe bei H.G. Wells zu machen –, *the world brain*.

Inwieweit die arithmetische Methode in die Irre führt oder nicht, ist natürlich eine Frage von höchstem Interesse. Und gerade in diesen Tagen soll der Sache auf den Grund gegangen werden. Doch noch ist es zu früh für ein endgültiges Urteil. Dieses Urteil werden unsere Kinder und Kindeskinder fällen.

III.

Es sollte also alles in schönster Ordnung sein. Alle sind stolz auf den gemeinsamen Besitz der Menschheit. Doch welchen Nutzen bringt der Katalog denn nun wirklich? Welche Bedeutung hat Kultur unter dem Blickwinkel der Ewigkeit? Als alternder Mann (mein Leben ist ja eine einmalige Unternehmung) muß ich in tiefster Trauer eine negative Antwort erteilen.

Der Katalog ist ganz und gar wertlos. Es ist nichts als das monströse Manifest der menschlichen Eitelkeit. Daß er eine gewisse praktische Bedeutung hat, habe ich bereits eingeräumt. Er ist ein Forum für die Menschen, ein Marktplatz der Seelen, eine Adressenliste im Reich des Geistes. In dieser Hinsicht ist er wertvoller als die alte Kultur. Aber das Sterben hat er uns nicht leichter gemacht.

Der Katalog ist entwickelt worden, um allen Menschen die Möglichkeit zu geben, ihre Namen und ihre Überlegungen in eine unvergängliche Tafel einzuritzen, in ein Medium, das über Zeit und Raum erhaben ist. So, wie frühere Generationen die Namen von Buddha und Aristoteles bewahrt haben, so soll der Katalog die Erinnerung an sämtliche Exemplare der Spezies Mensch bewahren.

Ich selbst habe mich mit größter Begeisterung für dieses Projekt eingesetzt. Doch die Wahrheit ist, daß der Katalog gerade in bezug auf seine grundlegende Idee versagt. Denn auch das, was wir im Katalog schreiben, sind Zeichen im Sand. Ich will das genauer erklären.

Vor drei Milliarden Jahren sind in unserem Sonnensystem die ersten Anzeichen von primitivem Leben entstanden. Und in unseren Tagen, während wir dabei sind, uns ein zusammenhängendes Bild von der Entwicklung des Lebens auf der Erde zu machen, erleben wir eine Serie von warnenden Hinweisen auf den Untergang dieses Lebens. Nach drei

Milliarden Jahren, in denen es im Dunkeln getappt ist, hat das Leben ein Bewußtsein von seiner eigenen Entwicklung erlangt. Damit hat diese Entwicklung gewissermaßen ihren Zweck erfüllt. Wir sind am Ziel. Und dieses Ziel ist das Bewußtsein der Entwicklung zum Ziel hin.

Was also bleibt? Soll das Leben einfach immer weitergehen? Ist das möglich? Ist das nötig? Stehen wir nicht am Ende des Weges?

Die rein technische Abwicklung des Lebens ist eine Sache für sich. Darüber sollten wir uns keine Sorgen machen. Die läuft inzwischen ganz von selbst. Mit mathematischer Gründlichkeit haben die Menschen sich angeschickt, der Biosphäre ein Ende zu bereiten. Die letzte Strecke liegt vor uns. Wir müssen nur noch diese allerletzte Aufgabe erfüllen, nur noch den kollektiven Selbstmord auf der Bühne des Lebens begehen, dann kann sich der Vorhang senken, zum blinden und stummen Applaus des Weltalls.

Wir sind Virtuosen in der Ars moriendi. Sollte der eine oder andere Selbstmordversuch fehlschlagen, so wird es doch immer eine Reihe anderer Menschen geben, die unabhängig von den Versagern arbeiten. Wenn wir nicht die letzte Silvesternacht der Welt mit einem atomaren Feuerwerk begehen, dann werden wir uns gegenseitig ersticken, wie eine Bakterienkultur in einer Zuckerlösung. Und wenn es zu lange dauert, bis auf diese Weise alles Leben ausgerottet ist, dann werden wir früher oder später die Vorhänge der Ozonschicht öffnen, damit die ultravioletten Strahlen endlich ins Wohnzimmer des Lebens auf der Erde fallen.

Die Methoden also sind eine Sache für sich. *Wie* wir dem Leben ein Ende setzen, ist in diesem Zusammenhang nicht von Interesse. Weitaus wichtiger sind die mentalen Voraussetzungen. Der Kreis hat sich geschlossen. Die Entwicklung hat ihr Ende erreicht. Es gibt keinen Bedarf an mehr Geschichte, es gibt keinen Platz für noch mehr Geschichte.

Noch gibt es den Katalog. Er wird von Mal zu Mal umfangreicher. Die Magazine werden größer und größer, bald werden sie große Teile der Erdoberfläche bedecken. Mit jeder Ausgabe wird es für das lebendige Leben schwieriger, Freiräume zu finden. Der Katalog geht vor. Die Geschichte geht vor. Aber haben wir Platz für noch mehr Geschichte, haben wir Platz für noch mehr Kultur? Sind wir imstande, noch mehr Gedanken und Ideen zu verkraften? Nähern wir uns nicht einem Punkt der Sättigung? Ist die Geschichte nicht inzwischen ziemlich lebenssatt?

Und selbst wenn wir uns eine Zivilisation hätten vorstellen können, die kein Ende nähme, wäre der Katalog ein hoffnungsloses Projekt gewesen. Bestenfalls wären wir in Kultur ertrunken. Das Problem ist, daß wir mehr Geschichte produzieren, als wir verdauen können. Am Ende stehen wir bis zu den Knien im Papier. Wir gehen in den Exkrementen unserer eigenen Vergangenheit zugrunde. Die Zeiten, in denen die Menschen ihr Leben auf der Erde lebten, ohne mehr zu hinterlassen als ihre Skelette und ein paar Tonscherben, sind längst vergangen. Allein in den letzten fünfzig Jahren sind mehr Bücher geschrieben worden als während der gesamten Geschichte der Menschheit zuvor.

Vielleicht wird der Katalog noch hundert oder tausend Jahre existieren. Aber was sind tausend Jahre? In diesen letzten Tagen, die mir noch auf der Erde bleiben, werde ich die Perspektive doch wohl ein wenig erweitern dürfen. Die Zivilisation, dieses dünne Eis, auf dem wir herumtrampeln, ist ohnehin nur eine Insel im Meer des Chaos. Im Zweifelsfall dauert es nur eine endliche Anzahl von Jahren (wie groß die Anzahl ist, spielt im Prinzip keine Rolle), bis alles Leben in unserem Sonnensystem erlischt, weil unser Stern im Weltraum verbrennt. Und für mich, dem bestenfalls noch fünfzehn oder zwanzig Jahre bleiben, gibt es keinen Unterschied zwischen Tausend und einer Milliarde.

Es gibt keine Ewigkeit. Das ist des Pudels Kern. Es gibt keine rettende Planke in diesem Ozean, in dem wir umhertreiben.

Ich habe keine Angst mehr vor dem Sterben. Ich habe akzeptiert, daß meine Besuchszeit ihre Grenzen hat. Aber ich kann mich nicht mit der Tatsache versöhnen, daß alles – also wirklich alles – aufhören wird. Ich habe nichts, woran ich mich klammern könnte, nichts Ewiges, nichts, was über unseren vergänglichen Tand und Trödel erhaben wäre.

Vielleicht wird der Katalog mich überleben. Aber generell überleben wird er nicht. Auch er ist ein Prozeß in Zeit und Raum.

Noch weiß dieses Universum, in dem wir auf einem Staubkörnchen leben, daß es existiert. Doch dieses Bewußtsein ist ein ausgesprochen vergängliches Phänomen. Und selbst, wenn die arithmetische Schule recht haben sollte mit ihrer Behauptung, der Katalog sei das Auge Gottes, dann ist das ein schwacher Trost, solange dieses Auge eine Insel im Nichts ist.

Vor der Zeit können wir uns nirgendwo verstecken. Die Zeit entdeckt uns überall. Die ganze Wirklichkeit ist in diesem rastlosen Element versunken, in dem sich unser Leben abspielt.

Warum ich das alles schreibe? Vielleicht ist es ein letzter Versuch, Kontrolle zu erlangen. Ich weiß es nicht. Ich will auch nicht andere mit meinem Lebensüberdruß behelligen. Ob diese Zeilen nach meinem Tod gefunden und gelesen werden oder nicht, ist mir gleichgültig. Denn dann werde ich weg sein, verschwunden – wie alles verschwindet. Wie wir es auch drehen und wenden, so ist doch keine Aussage so wesentlich, daß sie nicht im großen Zusammenhang ertränke. Wir gehören einer schwatzhaften Sippe an. Das Vernünftigste, was ein Mensch tun kann, ist schweigen.

In einigen Tagen werde ich beim Internationalen Sekretariat des Katalogs mein Rücktrittsgesuch einreichen. Nicht nur als Chefredakteur für dieses Land bin ich ein Versager. Ich bin es auch als Mensch. Wenn die nächste Ausgabe des Katalogs in Druck geht, wird mein Name darin ohne den obligatorischen Beitrag erscheinen.

Ich bin fertig mit der Welt.

Ein Plädoyer für die Macht der Fantasie

Wie kommt es, dass Anas Gesicht genauso aussieht, wie das von Goyas *Maya* im Prado? Eine Laune der Natur? Oder ist es möglich, dass nicht nur eine Wirklichkeit, nicht nur ein Universum existieren? »Gewitzt und fachmännisch führt Gaarder den Leser in ein Lebenslabyrinth, das zunehmend phantastisch erscheint. Alles wird möglich und der Mensch zum Bewußtsein erhoben.« *Fritz Rumler, Der Spiegel*

Aus dem Norwegischen von Gabriele Haefs
432 Seiten. Halbleinen, Fadenheftung

Jostein Gaarder im dtv

»Geboren zu werden bedeutet, dass wir die ganze
Welt geschenkt bekommen.«
Jostein Gaarder

Das Kartengeheimnis
dtv 12500

Anita hatte sich vor Jahren nach Athen abgesetzt, »um sich selbst zu finden«. Jetzt machen sich Vater und Sohn auf den Weg, um sie zu suchen. Kaum aber erreichen sie die Alpen, gelangen sie in den Besitz dieses winzigen Büchleins mit der irrwitzigen Geschichte von einer magischen Insel ...

Sofies Welt
Roman über die Geschichte der Philosophie
dtv 12555

Mysteriöse Briefe landen im Briefkasten der 15-jährigen Sofie. Was sollen diese Fragen: »Wer bist du?« oder: »Woher kommt die Welt?« Die Briefe werden ausführlicher, und schon bald entführen sie sie in die abenteuerliche und geheimnisvolle Gedankenwelt der großen Philosophen.

Das Leben ist kurz
Vita brevis · dtv 12711

Jahrelang währte die Liebe zwischen Floria und dem berühmten Kirchenvater Augustinus, eine Liebe, der immerhin ein gemeinsamer Sohn entsprang. Wie muss Floria sich fühlen, als Augustinus sich für seine Liebe zu Gott – und damit gegen die Liebe zu ihr entscheidet?

Der seltene Vogel
Erzählungen · dtv 24111

Zehn Erzählungen und Kurztexte, in denen Grenzen überschritten werden: zwischen Realität und Traum, Zeit und Unendlichkeit, Leben und Tod. Einfühlsam und poetisch, humor- und phantasievoll, zeigt Gaarder sich hier als wunder- und wandelbarer Geschichtenerzähler.

Henning Mankell im dtv

»Mankell liest man nicht, man trinkt ihn – in einem einzigen Schluck, ohne abzusetzen, in blinder, weltvergessener Gier.«
Jürgen Seeger im Bayerischen Rundfunk

Mörder ohne Gesicht
Roman · dtv 20232
Wallanders erster Fall
Ein altes Bauernpaar ist auf seinem Hof in der Nähe von Ystad brutal ermordet worden. Das Motiv der Tat liegt völlig im Dunkeln – Kommissar Wallander ermittelt.

Hunde von Riga
Roman · dtv 20294
Wallanders zweiter Fall
Die Ermittlungen führen Kommissar Wallander diesmal nach Osteuropa. Immer tiefer gerät er hinein in ein gefährliches Netz unsichtbarer Mächte, in dem er nicht nur seinen Glauben an die Gerechtigkeit verliert, sondern fast noch sein Leben läßt.

Die weiße Löwin
Roman · dtv 20150
Wallanders dritter Fall
Kommissar Wallander steht vor einem der kompliziertesten Fälle seiner Karriere. Alles beginnt mit dem spurlosen Verschwinden einer Immobilienmaklerin – doch schon bald ist klar: hier geht es um ein teuflisches Komplott von internationalen Dimensionen.

Die falsche Fährte
Roman · dtv 20420
Wallanders fünfter Fall
Der Selbstmord eines jungen Mädchens ist nur der Auftakt zu einer dramatischen Jagd nach einem Serienkiller.

Die fünfte Frau
Roman · dtv 20366
Wallanders sechster Fall
Die Opfer dieser besonders grausamen Mordserie waren allesamt harmlose Bürger. Warum verfolgt der Mörder seine Opfer mit so brutaler Gewalt?

Javier Marías im dtv

»…ich glaube, das ist einer der größten im Augenblick lebenden Schriftsteller der Welt.«
Marcel Reich-Ranicki

Mein Herz so weiß
Roman · dtv 12507

»Ich liebe dich, ich würde alles für dich tun. Ich würde sogar für dich töten.« Soeben von der Hochzeitsreise zurückgekehrt, geht eine junge Frau ins Bad, knöpft sich die Bluse auf und schießt sich ins Herz… Die meisterhaft gewebte Auflösung eines unerklärlichen Selbstmords: ein raffiniert inszenierter Roman über Liebe, Ehe, Treue und Verrat.

Alle Seelen
Roman · dtv 12575

Als Gastdozent in Oxford beginnt ein junger Spanier eine Affäre mit der verheirateten Clare. Erst in der letzten gemeinsamen Nacht enthüllt sie ihr Geheimnis… Immer enger verknüpft Marías die Erzählfäden, immer rascher treibt er seine suggestive Sprache einem dramatischen Finale zu.

Morgen in der Schlacht denk an mich
Roman · dtv 12637

»Niemand denkt je daran, dass er jemals eine Tote in den Armen halten könnte.« Doch Marta stirbt. In Victors Armen. Den Armen eines Fremden. Der Ehemann auf Reisen, der kleine Sohn schlafend nebenan. Victor ist überfordert und flüchtet, doch bald muss er erkennen, dass nicht nur er vom Tod einer Frau verfolgt wird…

Als ich sterblich war
Erzählungen · dtv 12779

Subtil inszenierte Geschichten über die Untiefen und Abgründe menschlicher Existenz, ganz große Kunst eines an Hitchcock geschulten Erzählers.

T. C. Boyle im dtv

»Aus dem Leben gegriffen und trotzdem unglaublich.«
Barbara Sichtermann

World's End
Roman · dtv 11666
Ein fulminanter Generationenroman um Walter Van Brunt, seine Freunde und seine holländischen Vorfahren, die sich im 17. Jahrhundert im Tal des Hudson niederließen.

Greasy Lake und andere Geschichten
dtv 11771
Von bösen Buben und politisch nicht einwandfreien Liebesaffären, von Walen und Leihmüttern...

Grün ist die Hoffnung
Roman · dtv 11826
Drei schräge Typen wollen in den Bergen nördlich von San Francisco Marihuana anbauen, um endlich ans große Geld zu kommen.

Wenn der Fluß voll Whisky wär
Erzählungen · dtv 11903
Der Zusammenstoß zweier Welten in den USA – der Guerillakrieg zwischen Arm und Reich hat begonnen.

Willkommen in Wellville
Roman · dtv 11998
1907, Battle Creek, Michigan. Im Sanatorium des Dr. Kellogg lässt sich die Oberschicht der USA mit vegetarischer Kost von ihren Zipperlein heilen. Eine Komödie des Herzens und anderer Organe.

Der Samurai von Savannah
Roman · dtv 12009
Ein japanischer Matrose springt vor der Küste Georgias von Bord seines Frachters. Er ahnt nicht, was ihm in Amerika blüht...

Tod durch Ertrinken
Erzählungen · dtv 12329
Wilde, absurde Geschichten mit schwarzem Humor.

América
Roman · dtv 12519

Riven Rock
Roman · dtv 12784
Eine bizarre und anrührende Liebesgeschichte.